Bierleichen

Roland Weis

Roland Weis

Bierleichen

Sternwald Verlag

Die Deutsche Bibliothek – CIP-Einheitsaufnahme
Schwarzwaldkrimi: Bierleichen
Freiburg: Sternwald-Verlag, 2013
ISBN 978-3-9811708-8-7
NE: Roland Weis

© 2013 Sternwald Verlag, Hans-Albert Stechl
Sternwaldstraße 26
D-79102 Freiburg
Tel. (0761) 31414
Fax (0761) 24302
www.sternwaldverlag.de

1. Auflage: ISBN 978-3-9811708-8-7

Alle Rechte vorbehalten

Gesamtherstellung: fgb · freiburger graphische betriebe
Umschlagtitel: Ramesh Amruth

INHALT

Zur Vorgeschichte.................... 7
Es gärt im Sudhaus 9
Ein Auftrag........................ 19
Revolution in Leitz-Ordnern 28
Ein Dach über dem Kopf 38
Die Agentur „CleverMind"............. 49
Verheißungsvolles Abendessen 58
Umzug............................. 75
Stand der Ermittlungen................ 86
Brauereiführung 94
Die Polizei kombiniert 104
Festabend mit Promille 112
Noch ein Mord...................... 128
Tierischer Sex....................... 139
Verdächtigt, verhaftet, verfolgt........... 151
Mord ohne Leiche?................... 166
Gardinenpredigt..................... 174
Zu Besuch bei Witwe Böckler........... 188
Eine heiße Spur 199
Rauswurf.......................... 208
Notquartier......................... 221
Verschiedene Baustellen 236
Tapetenwechsel 245

Nachlass Grüninger 256
Endspurt 264
Indizien und Beweise 272
Das Fass des Johannes Grüninger 288
Epilog 302

ZUR VORGESCHICHTE

Im Jahr 2002 habe ich im Auftrag des damaligen Brauereivorstandes Norbert Nothhelfer die Geschichte der Rothausbrauerei recherchiert und die offizielle „Chronik der Rothausbrauerei" geschrieben.

Für seinen Nachfolger Thomas Schäuble habe ich zwei Jahre später dann auch die „Chronik der Brauereigaststätte" verfasst. In der Folge habe ich bei vielen Besuchen in Rothaus und in vielen Gesprächen mit Dr. Thomas Schäuble immer wieder die spannende und anekdotenreiche Geschichte der Brauereigaststätte und speziell ihres langjährigen Wirtes Johannes Grüninger diskutiert. Die Rolle von Grüninger während der Badischen Revolution von 1848 bietet Stoff für mehr als nur eine Wirtshauschronik, man könnte gewiss einen Film oder ein Theaterstück daraus machen. – Oder einen Krimi?

Als mich dieser Gedanke das erste Mal befiel, lag das größte Hindernis zur Umsetzung darin, dass die Ereignisse allesamt mehr als 150 Jahre in der Vergangenheit liegen. Ein historischer Kriminalroman hätte zwar seinen Reiz, spricht aber sicher nicht jedermann an, vor allen nicht die inzwischen deutlich gewachsene Fangemeinde meines Krimihelden Alfred, der bekanntermaßen durch die Gegenwart stolpert.

Auf die zündende Idee brachte mich dann Dr. Schäuble selbst, als er einmal bei einer der erwähnten Diskussionen einen Gedanken fallen ließ, der von Johannes Grüninger und der Zeit der Badischen Revolution direkt in die Gegenwart der Rothausbrauerei führt.

Aus diesem Kerngedanken ist der vorliegende Krimi entstanden. In der Zeit, als ich daran schrieb, ist Dr. Schäuble leider an den Folgen eines schweren Schlaganfalls gestorben. Ich möchte diesen Krimi deshalb ganz besonders ihm widmen, der die Grundidee dazu hatte.

Auch diesmal ließ es sich nicht vermeiden, sowohl die Örtlichkeiten als auch eine ganze Reihe der handelnden Personen in ihrer tatsächlichen, realen Funktion und mit Klarnamen in der Geschichte mitspielen zu lassen. Wie immer setze ich auf den Humor und Großmut der Betroffenen und vergesse nicht zu erwähnen, dass unter ihnen sich auch solche befinden, die sich freiwillig angeboten, um nicht zu sagen, beworben haben, durchaus auch mit der heldenmütigen Bereitschaft, notfalls als Leiche oder zumindest als vermeintliche Leiche zu enden.

Ich habe mich redlich bemüht, auch diese Wünsche umfassend zu erfüllen.

Roland Weis, Titisee-Neustadt im Februar 2013

ES GÄRT IM SUDHAUS

Am Geruch erkannte Max Sachs noch nichts. Der Oberbraumeister besaß zwar hinsichtlich der Düfte in der Brauerei die Nase eines Jagdhundes, doch die im Biersud eines Braukessels schwimmende männliche Leiche verbreitete keinen spezifischen Eigengeruch, zumindest im frühen Stadium noch nicht.

Aber dass etwas nicht stimmte, das nahm der oberste Braumeister der Staatsbrauerei Rothaus dennoch wahr. An Braukessel Nummer drei von insgesamt sieben im weißgekachelten Sudhaus der Rothausbrauerei stand eine Luke einen Spalt breit offen. Auf diese Entfernung sah das nur ein geübtes Auge. Max Sachs sah es sofort. Max Sachs hatte seinen hopfengrünen Trenchcoat noch nicht abgelegt, noch nicht einmal die Instrumente und Messgeräte im Kontrollraum richtig in Augenschein genommen, da stach ihm beim Blick durch die frontbreite Glasscheibe hinunter in das Sudhaus schon diese merkwürdige optische Anomalie ins Auge. Zuerst war es nur eine Irritation im äußersten Augenwinkel. Aber jemand wie Max Sachs, seit mittlerweile mehr als 25 Jahren Hüter und Lordsiegelbewahrer der Rothaus-Braukunst in der höchstgelegenen Brauerei des Landes, war so eins mit dieser, seiner Brauerei, dass jede noch so unscheinbare Kleinigkeit, die anders aussah als gewohnt, ihm sofort auffiel. Insbesondere an einem Montagmorgen. Und insbesondere im Zentrum, im Herzen der Brauerei, in seinem ureigensten Reich, im Sudhaus.

So schnell konnte Max Sachs nichts erschüttern. Wenn jemand Bierruhe verkörperte, dann er, der kastenbreite, joviale Franke, den eine Tageszeitung einmal als „gerstenblonden Gert Fröbe" beschrieben hat. Nur, und da kannte der Oberfranke dann keine Gemütsruhe mehr, es stimmte etwas nicht im Sudhaus. Von den Arbeitern war niemand in Sicht. Montagmorgen, Schichtbeginn. Aber es gab keinen Zweifel: Eine Luke an Kessel Nummer drei stand offen, gerade mal um wenige Millimeter, und zwar so, dass die Harmonie der kupferglänzenden Haube des Braukessels durch einen störenden dunklen Strich gestört wurde.

Der Braumeister vergewisserte sich noch einmal mittels eines Blickes durch die Scheibe. Irgend einer der Arbeiter hatte geschlampt und die Luke nicht ordnungsgemäß verschlossen. Noch nicht sonderlich beunruhigt, aber doch um eine Nuance schneller als üblich, begab sich Max Sachs ins Sudhaus. Den Trenchcoat hatte er immer noch nicht abgelegt. In einem ersten Impuls wollte er die offenstehende Luke sogleich zuschieben und verriegeln. Dann besann er sich und schob sie über ihre ganze Breite auf, um einen Blick in den Kessel zu werfen.

Und da sah er die Leiche. Sie dümpelte untergärig, ganz am Boden des Braukessels. Sie schimmerte als schwarzer Schatten durch den schaumigen Sud, so als befände sich ein verirrter Walfisch in diesen Gewässern. Dass es sich um eine Leiche handelte, erkannte Max Sachs keineswegs sofort, dazu war die Sudflüssigkeit zu trüb. Aber dass sich ein Fremdkörper von erheblichen Ausmaßen in der Sudpfanne befand, war ihm auf der Stelle klar.

Er rief alle Biersieder, Bierlaufer, Mälzer und Brauer zusammen, derer er zu so früher Montagmorgenstunde auf die Schnelle habhaft werden konnte. Schließlich standen sie zu sechst um den Braukessel Nummer drei und waren gemeinsam ratlos.

„Was meinst du, Heiner", so fragte Max Sachs seinen erfahrensten Mann, „was könnte das sein?"
„Vielleicht hat sich innen von der Kesselbeschichtung etwas abgelöst und treibt nun in der Würze", schlug der alte Meister vor. „Das merkt der Computer vielleicht nicht gleich."
Seit das neue, computergesteuerte Sudhaus vor einigen Jahren auf Automatikbetrieb umgestellt worden war, gewöhnten sich die altgedienten Brauereimitarbeiter mit unterschiedlicher Begeisterung an die Unschlagbarkeit des Computers. Neidvoll mussten sie anerkennen, dass die digitale Braukunst der von ihnen so hoch besungenen Handarbeit in nichts nachstand. Ging aber doch einmal etwas schief, dann war der Schuldige auch immer gleich gefunden. Natürlich der Computer! Und dann waren alle froh, dass es noch solche vom Schlag des alten Heiner gab, die wussten, wo und wie man mit wenigen Handgriffen die Dinge wieder ins Lot bringen konnte.
Einer der Kollegen schleppte einen langen Stab mit einer Art Bootshaken an der Spitze herbei. „Mal sehen, ob wir das Ding da herausfischen können", erklärte er seine Absicht.
Max Sachs nickte zustimmend. Insgeheim dachte er schon weiter: Dieser Sud war verdorben, unverwertbar, Ausschuss. So oder so. Ganz egal, was die Männer nun herausfischen würden. Damit konnte man nun einige hundert Hektoliter Bier abschreiben. Und das am Montagmorgen. Was würde der Chef dazu sagen, der Brauereivorstand?
Aber erst einmal abwarten, was da überhaupt in den Braukessel geraten war? Für Max Sachs war es ein Rätsel. Die Hygiene- und Sicherheitsvorschriften in diesem Bereich der Brauerei standen denen an der Intensivstation der

Uniklinik in nichts nach. War das ein Trost? Gar eine Gewähr? Spontan fielen Max Sachs Horrormeldungen über Patienten ein, in deren Mägen nach Operationen vergessene Pinzetten und Mullbinden ihr Unwesen trieben.
Vielleicht war es ja eine Decke oder ein großes Tuch, ein Putzlumpen etwa, der da in der Würze schwamm.
„Es sieht aus wie ein großer Hund", hörte er einen der Männer rufen, der die Nase durch die Putzklappe steckte und jenen Kollegen dirigierte, der mit dem großen Bootshakenstab hantierte.
„Jesssis!", wehklagte der Stangenbediener.
„Du meine Güte", sagte der Kollege, der mit dem Kopf in der Öffnung steckte. Es klang dumpf, weil er mehr in den Braukessel hinein als zu den Kollegen nach draußen sprach. Aber es klang beängstigend.
„Was ist?", wollte Max Sachs wissen.
„Es ist schwer, ... schwer, ... schwerer als ein Hund", stöhnte der mit der Stange. „Viel schwerer. Was ganz Schweres!"
„Zur Seite!", befahl Max Sachs und zog den Lotsen vom Loch weg. „Lass mich mal sehen!" Er steckte seinen eigenen Gerd-Fröbe-Kopf in die Öffnung, nur um ihn sofort entsetzt wieder herauszuziehen. „Mein Gott!", entfuhr es ihm. Dann befahl er dem Mann mit der Stange: „Lass los! Lass ab! Ruf die Polizei! Sofort!"
An die erschrockenen Kollegen vor ihm gewandt, sagte er mit krächzender Stimme, als säße ihm ein Kloß im Hals: „Das ist ein Mann, ... ein Toter! Ihr kennt ihn alle. Es ist der Böckler Heinz!"

Die Polizei erschien in dreifacher Ausfertigung und in Abständen von mehreren Stunden. Zuerst erreichte das zuständigerweise alarmierte Team von der Kripo Waldshut den Tatort. Drei Mann!

Sie fischten den Leichnam aus dem Bottich.

„Das ist Heinz Böckler, ein Betriebsrentner", bestätigte Max Sachs bei der offiziellen Aufnahme des Protokolls.

„Ein Betriebsrentner?", fragte der Polizeikommissar, der die Untersuchung leitete. „Was hat er am Wochenende in der Brauerei zu suchen?"

Der inzwischen eingetroffene Brauereivorstand nahm seinem Braumeister die Antwort ab: „Er ging hier ein und aus. Seit er vor zwei Jahren in den Ruhestand ging, beschäftigte er sich mit der Brauereigeschichte. Ich habe ihn ermuntert und unterstützt. Er wollte eine spezielle Chronik verfassen."

„Was meinen Sie damit, eine spezielle Chronik?"

Der Brauereichef strahlte Ruhe aus. Er überlegte die Antwort gründlich: „Nun ja, dazu müsste ich weiter ausholen. Es sollte eine Chronik der Badischen Revolution werden. Das Thema war sozusagen die Brauerei während der Badischen Revolution. Eine ganz spannende Angelegenheit."

„Und in dieser Angelegenheit hat Herr Böckler, hat der Verstorbene …, also das Opfer, … in dieser Angelegenheit hat er recherchiert?", vergewisserte sich der Kommissar.

„So ist es", bestätigte der Rothaus-Chef. „Er hatte als Ruheständler ja alle Zeit der Welt."

„Am Wochenende?"

„Auch am Wochenende, ja." Der Brauereichef antwortete sachlich und überlegt, obwohl in der Frage des Kommissars ein provozierender Zweifel steckte, etwa so, als wollte er warnen: Binden Sie mir bloß keinen Bären auf! Der Rothaus-Vorstand fuhr fort: „Manchmal saß Heinz Böckler bis spät in die Nacht über den Akten. Er durchforstete die alten

Rechnungsbücher, die Personalakten jener Zeit, die Lieferbücher, die Wareneingangsprotokolle, die Handwerkerrechnungen, einfach alles."
Der Kommissar nickte, als sei ihm das alles glasklar. Hinter vorgehaltener Hand flüsterte er seinem Kollegen zu: „Wann war das, die Badische Revolution?"
„Keine Ahnung, ich bin erst seit 2002 bei der Polizei."
Inzwischen erschienen die vom Waldshuter Team zur Amtshilfe herbeigerufenen Kollegen von der Kripo Freiburg, von der dortigen Spurensicherung und von der Gerichtsmedizin. Sieben Beamte!
Im Dienstgrad stand Polizeioberkommissar Junkel von der Kripo Freiburg über dem einfachen Polizeikommissar aus Waldshut. Junkel war ein älterer Herr, zerknittert, als habe man ihn gerade vom Sofaschläfchen geholt, und er stellte die gleichen Fragen noch einmal wie zuvor der Waldshuter Kommissar. Wann wurde der Tote entdeckt? Wer hat ihn entdeckt? Um wen handelte es sich? Was hatte der Mann in der Brauerei zu suchen? Wie ist er in den Braukessel geraten? Bei dieser letzten Frage kamen beide Kommissare nicht weiter.
„Es ist mir ein Rätsel?", räumte Braumeister Sachs ein. „Ein Mann passt zwar durch die Luke, um ins Innere des Kessels zu gelangen, aber rein zufällig plumpst da niemand hinein."
„Wollen Sie damit sagen, dass Sie sich einen Unglücksfall nicht vorstellen können?"
Max Sachs wollte gegenüber den Kriminalbeamten zwar vorsichtig bleiben. Aber seinen gesunden fränkischen Menschenverstand schaltete er deshalb nicht freiwillig ab: „Man muss schon sehr gezielt da hineinklettern. Niemand fällt aus Versehen durch diese kleine Öffnung."

„Vielleicht Suizid?", schlug Kommissar Junkel vor.
„Der Heinz?", entfuhr es dem Oberbraumeister spontan. „Niemals! Der stand so mittendrin am Leben, hatte so viel Spaß an seiner Aufgabe …, das ist unvorstellbar!"
Max Sachs deutete auf die Öffnung im Braukessel: „Die Luke war fast geschlossen, sie stand nur einen winzigen Spalt offen. Jemand muss sie zugeschoben haben, nachdem …, nachdem der Heinz …, also, nachdem er schon drin war."
„Also ein Mord?", fragte der Brauereichef fassungslos. Er sah Unheil auf seine Brauerei zukommen.
„Nun mal langsam", dämpfte der Freiburger Polizeioberkommissar Junkel. „Die Todesursache muss von der Gerichtsmedizin ermittelt werden. Vielleicht hatte der Mann gesundheitliche Probleme? Vielleicht wurde er ohnmächtig, als er gerade den Kessel inspizierte?"
Max Sachs schüttelte den Kopf: „Der Heinz hatte bei den Kesseln nichts zu suchen. Er hatte auch im Sudhaus nichts zu suchen. Das ist völlig ungewöhnlich, dass er sich überhaupt in diesem Teil der Brauerei aufgehalten hat."
„Das stimmt", bestätigte der Vorstand. „Heinz Böckler war bis zu seiner Pensionierung bei uns in der Buchhaltung. Mit der Technik hatte er nichts zu schaffen. Und wenn er mit seinen Recherchen und Forschungen beschäftigt war, dann saß er oben in seinem früheren Büro."
Bei diesem Stand der Befragung trafen schließlich auch noch die Beamten vom Landeskriminalamt ein. Elf Experten, die Fahrer mitgezählt! Die Landeskriminalbeamten begründeten ihre Anwesenheit damit, dass es sich bei der Rothausbrauerei um eine Einrichtung im Alleineigentum des Landes Baden-Württemberg handele. Deshalb seien eine politisch motivierte Tat, Wirtschaftskriminalität oder

ein Delikt aus dem Bereich der organisierten Kriminalität nicht völlig auszuschließen. Die LKA-Delegation wurde angeführt vom noch sehr jungen, sehr blonden und sehr energisch auftretenden Polizeirat Beuge, im Dienstgrad nochmals ein paar Stufen über dem Freiburger Oberkommissar Junkel. Beuge besaß einen kantigen Oberkörper und einen kantigen Schädel, wie man ihn braucht, wenn man es gewohnt ist, häufig mit dem Kopf durch die Wand zu gehen. Deshalb verwunderte es auch nicht, dass Polizeirat Beuge die gleichen Fragen noch einmal stellte, die zuvor schon seine Kollegen gestellt hatten. Beuge bekam zwar die gleichen Antworten, aber seinem Tatendrang tat dies keinen Abbruch: „Ich will eine Liste von allen Mitarbeitern, die am Wochenende Dienst hatten. Außerdem eine Liste von allen Leuten, die Zugang zur Brauerei hatten. Braucht man besondere Schlüssel, um in das Sudhaus zu kommen? Gibt es eine Zeiterfassung? Gibt es eine Videoüberwachung? Wer hat den Toten zuletzt lebend gesehen? Wer informiert seine Angehörigen? Chemische Analyse der Biersuppe!"

Bei dieser Bezeichnung zuckten alle umstehenden Brauereimitarbeiter erkennbar zusammen. „Wann können wir wieder brauen?", lautete die Gegenfrage von Braumeister Max Sachs, der betrübten Blickes die fast zwei Dutzend Ermittler im Sudhaus der Rothausbrauerei beobachtete. Diese hatten inzwischen alles fotografiert, abgesperrt, mit Kärtchen nummeriert und mit Klebeband markiert und den Betrieb mehr oder weniger lahmgelegt. Brauereimitarbeiter durften den abgesperrten Bereich nicht mehr betreten.

Braukessel Nummer drei musste vollkommen abgelassen, der Inhalt in Richtung Betriebskläranlage verklappt werden. Die Spurensicherung hatte Proben von der Würze entnommen, plante aber, den leeren Braukessel später noch in allen Einzelheiten und von innen unter die Lupe zu nehmen.

„So schnell können wir den Tatort nicht wieder freigeben", beschied kühl Polizeirat Beuge. „Erst müssen wir die Ergebnisse der Spurensicherung und der Obduktion kennen. Das kann zwei oder drei Tage dauern. Oder länger!"

„Und die Brauerei? Die Arbeit? Sie können doch nicht den ganzen Betrieb lahm legen?"

„Mein Herr", reagierte der Polizeirat unwirsch und setzte seinen jugendlichen Fitnessstudio-Körper in Pose: „Was ich kann und was ich nicht kann, das lassen Sie gefälligst meine Sorge sein. Halten Sie sich lieber zur Vernehmung bereit. Sie waren es doch, der den Toten gefunden hat. Sind Sie immer so früh in der Brauerei?"

„Ich rede mit ihm", beruhigte der Brauereivorstand seinen obersten Braumeister, in dem es erkennbar stärker gärte als in den lahmgelegten Braukesseln.

„Sie sollten ihm sagen, dass Sie beste Kontakte zur Politik haben und ihm gehörig Dampf machen können", knurrte der Braumeister. „Vielleicht versteht er diese Sprache."

Der Brauereichef leitete routiniert die Deeskalation ein: „Wollen Sie bitte mitkommen in mein Büro", bat er die drei leitenden Ermittlungsbeamten. „Dort können wir in Ruhe die weiteren Maßnahmen besprechen."

Es war Montagmorgen, inzwischen 11.35 Uhr. Braumeister Max Sachs blickte seinem Chef nach, der mit den drei Kripo-Herren Richtung Verwaltungstrakt verschwand. Sein innerer Groll ließ nach. Erstaunt stellte er fest, dass er immer noch seinen Trenchcoat trug. Kopfschüttelnd über so viel Vergesslichkeit schälte er sich aus dem Mantel. Dabei trat er auf dem gefliesten Boden auf einen harten Gegenstand. Was war das? Er bückte sich, nahm das Fundstück in Augenschein. Wer lässt denn so etwas liegen? Leicht irritiert schob er es in seine Manteltasche.

EIN AUFTRAG

Der junge Mann am Besuchertischchen wirkte schüchtern, aber ohne dass er etwas tun oder sagen musste auch charmant. Hätte man die Chefsekretärin gefragt, sie hätte den Besucher als „schnufflig" bezeichnet. Er sprach die Mutterinstinkte an, vielleicht wegen seines treuen Dackelblickes, oder wegen der Strubbelfrisur, oder wegen des unbekümmerten Lächelns, wegen seiner heiteren Erscheinung insgesamt. Wenn Alfred lächelte, waren Frauen generell bereit, ihn zu beschützen, zu verköstigen und in die Arme zu schließen. Nun saß er schon geschlagene anderthalb Stunden im Vorzimmer des Brauereichefs und wartete darauf, endlich in das Chefbüro vorgelassen zu werden. Schließlich hatte er einen Termin. Schließlich war er eingeladen worden. Aber die „Herren", die sich laut Sekretärin noch dort drin befanden, hatten Wichtiges zu besprechen, ließen sich Zeit.

„Es ist ganz ungeschickt heute, ganz ungeschickt", klagte die Chefsekretärin mehrfach und bedachte Alfred mit mitleidigen Blicken. „Wollen Sie es nicht ein anderes Mal probieren. Wir können einen neuen Termin vereinbaren?"

Ursula Lang, die Chefsekretärin im Vorzimmer von Brauereivorstand, gab sich alle Mühe, den Besucher bei Laune zu halten. Kaffee hatte sie bereits besorgt, Mineralwasser ebenso, einige ältere Ausgaben der Branchenzeitschrift „Brauerei Forum", eine farbige Broschüre vom Besucherzentrum der Rothausbrauerei, einen Flyer von der Brauereigaststätte, und zwischendurch immer wieder ihre besorgte Frage: „Wollen Sie noch warten? Es ist sehr ungeschickt heute, es kann noch länger dauern."

Was denn so „ungeschickt" an diesem Tag war, mochte sie ihm nicht anvertrauen. Alfred fand es auch nicht heraus,

wenn er bei ihren zahlreichen Telefonaten die Ohren spitzte. Wenn aus anderen Büros Besucher hereinschauten und ihn am Besuchertisch wahrnahmen, brachen sie ihre Gespräche schnell ab, unterhielten sich nur noch im Flüsterton oder verkündeten bedeutungsschwer: „Ich komme später noch mal, dann reden wir über alles ..." Jedenfalls blieb Alfred ahnungslos zurück. Nur soviel stand fest: Irgendein ganz außergewöhnliches Ereignis beschäftigte die Brauerei. Zwar hatte Alfred bei seinem Eintreffen die vielen Polizeiautos auf dem Gelände der Brauerei bemerkt, und auch die ratlosen, aufgeregten und erhitzen Gesichter der Menschen waren ihm aufgefallen, doch er konnte sich keinen Reim darauf machen. War vielleicht ein Unglück passiert?
Alfred beobachtete mit heiterer Gelassenheit die freundliche Sekretärin. Er hatte keine Eile. Sie sortierte Post, heftete Blätter in Ordner, tackerte auf ihrem Computer herum und wimmelte am Telefon fast sämtliche auswärtigen Anrufer ab. „Es ist ganz ungeschickt heute!" Einmal ließ sie einen Anrufer durch zu ihrem Chef: „Jawohl Herr Bonde, jawohl. Mache ich Herr Bonde, ja, ich sage es gleich. Ja, warten Sie, bleiben Sie dran!" Dann, nach kurzem Verbinden: „Ich habe den Landwirtschaftsminister in der Leitung. Ja, direkt jetzt. Er hat gehört, was passiert ist. Ob er Sie gleich sprechen kann. Ja, ich stelle durch ..."
Alfred, der die Wortfetzen verstanden hatte, obwohl Ursula Lang wie alle guten Sekretärinnen das diskrete Telefonflüstern beherrschte, musste sich beim Namen Bonde besinnen, dass es sich bei der Rothausbrauerei ja um ein Staatsunternehmen handelte. Klar, der Landwirtschaftsminister war gleichzeitig auch Vorsitzender des Aufsichtsrates. Aber wieso die Dringlichkeit? „Er hat gehört, was passiert ist",

hatte die Sekretärin gesagt. Alfred wagte nicht zu fragen. Stumm saß er in seinem mäßig bequemen Sessel am Besuchertisch und heuchelte Desinteresse und Geduld. Das fliederfarbene Jackett zwickte unter den Achseln. Kein Wunder, es war ja nicht sein eigenes. Er hatte es sich von seinem Kumpel Linus ausgeliehen, dem Versicherungsmakler. Extra zu diesem Anlass, um einigermaßen schick auszusehen. Er selbst besaß nämlich kein Jackett. Aber wenn man zu einem geschäftlichen Termin beim Chef der Rothausbrauerei eingeladen war, und wenn man darauf spekulierte, dass für einen bei diesem Termin vielleicht ein Auftrag heraussprang, dann zwängte man sich schon mal in ein zu enges und zu farbiges Jackett.

„Es ist wirklich ganz ungeschickt heute, wollen Sie nicht doch ein andermal wiederkommen?", fragte Ursula Lang zum gefühlt hundertsten Mal, als der Zeiger der Uhr auf 14.30 Uhr vorrückte. Alfred verneinte: „Es macht mir nichts aus. Ich habe den ganzen Nachmittag Zeit, ich habe nichts anderes mehr vor."

Das stimmte zwar, dennoch war es nur die halbe Wahrheit. Er studierte den Busfahrplan, den er sich aus dem Internet ausgedruckt hatte. Der Bus der Linie 7343 fuhr um 16.03 Uhr und dann noch mal um 17.07 und um 18.07 Uhr von der Haltestelle vor der Brauerei in Richtung Schluchsee-Seebrugg ab. Vom Bahnhof in Seebrugg gingen Züge um 17.39 Uhr und 18.39 Uhr Richtung Titisee und Freiburg ab. Er hatte also noch genug Zeit und zwei Optionen. Alfred seufzte und zauste sich mit einer unbewussten Bewegung das strubbelige Haar: Es war schon ein Martyrium der besonderen Art, im hintersten Hochschwarzwald auf öffentliche Verkehrsmittel angewiesen zu sein. Aber was wollte er machen? Auf seinen Führerschein musste er noch einige

Monate warten, der lag auf Eis beim Landratsamt oder sonst einer Behörde. Für ein Jahr entzogen, wegen Fahrens unter Alkoholeinfluss. 1,7 Promille hatte der Bluttest damals ergeben. Damals? Das war keine vier Monate her. Alfred schien es, als sei seither eine Ewigkeit vergangen.

Um 14.45 unternahm Ursula Lang einen weiteren Versuch: „Möchten Sie noch warten? Es tut mir sehr leid, aber bei uns geht heute alles drunter und drüber. Ich kann einen neuen Termin ausmachen …"

„Nein, nein! Kein Problem für mich. Ich warte gerne. Danke!"

„Ich frage mal den Chef", kündigte Ursula Lang an. Sie wählte in das seit Stunden so geheimnisvoll beschäftigte Chefzimmer hinein und sprach in den Telefonhörer: „Der junge Mann wartet immer noch. Soll ich ihn …" Sie lauschte in den Hörer. „Ah, ja. Ja, gut. Ich werde es ihm sagen." Sie wandte sich zu Alfred und verkündete mit ihrem mütterlich fröhlichen Lächeln: „Zehn Minuten noch."

Alfred sah charmant aus und lächelte zurück, sein sonnigstes Schwiegersohnlächeln. Mit den Sekretärinnen musste man sich gut stellen, das hatte er schon immer so gehalten. Dann öffneten sich so manche Türen. Er widmete sich wieder dem „Brauerei Forum" und dort dem schon mehrfach begonnenen Artikel „Der Brauer- und Mälzerlehrling in der dualen Berufsausbildung". Obwohl ein begnadeter Biertrinker, beschränkte Alfreds Interesse an der Brauereibranche sich bisher lediglich auf das Endprodukt. Beeindruckt nahm er zur Kenntnis, welche vielfältigen Ausbildungsmöglichkeiten das Gewerbe bot.

Seit er selbst seinen Job bei der Wochenzeitung „Hochschwarzwaldkurier" verloren hatte – genauer gesagt, er hatte hingeschmissen, weil man ihn an den Hochrhein versetzen wollte -, begann er sich für alle möglichen Jobs und Branchen zu interessieren, stets mit der Frage im Hinterkopf, wo er mit seiner bescheidenen Redakteursausbildung vielleicht sonst noch landen könnte.

Unter der Rubrik „Stellenanzeigen" bot das „Brauerei Forum" nichts, was Alfred sich ernsthaft zugetraut hätte, außer vielleicht „Geschäftsführer/in einer gut geführten, erfolgreichen Privatbrauerei im Nordschwarzwald". Geschäftsführer konnte man immer werden, solange es Mitarbeiter gab, die das Geschäft besorgten.

Er malte sich gerade aus, wie es wohl wäre, Geschäftsführer einer „gut geführten" Privatbrauerei im Nordschwarzwald zu sein, da öffneten sich die schweren Türen zum Vorstandsbüro. Es erschien, zum Staunen von Alfred, erst ein Polizeikommissar, dann noch ein Polizeikommissar, dann noch ein Dritter, alle drei mit ernsten Gesichtern und zerknitterten Uniformen, die vom langen Sitzen in tiefen Bürosesseln kündeten.

Der Brauereichef erschien als Letzter im Türbogen und verabschiedete jeden einzelnen der drei Polizeioffiziere mit Handschlag und den Worten: „Viel Erfolg. Wir alle wünschen uns, dass dieser Fall möglichst schnell und umfassend aufgeklärt wird. Und wie besprochen: Alle Presseanfragen leite ich an die Staatsanwaltschaft in Freiburg weiter …"

Als sie endlich verschwunden waren, war Alfred an der Reihe.

Die Sekretärin übergab den Besucher an ihren Chef: „Das ist der Herr, mit dem unser … mit dem Heinz, mit dem Herr Böckler den Kontakt aufgenommen hat. Wegen der Chronik …" Sie brach die Einführung hilflos ab: „Sie wissen schon …"

Der Brauereivorstand nickte und schüttelte Alfred die Hand, während er ihn einer schnellen und professionellen Musterung unterzog. Alfred fühlte sich nicht unbehaglich dabei, aber er spürte, dass der Brauereichef sich sofort ein präzises Urteil bildete. Mit einem Male fühlte er sich unbehaglich im fliederfarbenen Jackett. Vielleicht war das doch keine so gute Idee gewesen.

Was hatte Alfred erwartet? Er wusste, dass es sich beim Chef der Rothausbrauerei um eine landesweit profilierte und aufs Höchste angesehene Persönlichkeit handelte. Alleine dies flößte Alfred gewaltigen Respekt ein. Er kannte den Brauereichef bisher nur aus dem Fernsehen. Jetzt stand er aber dem Mann leibhaftig gegenüber. Er hatte ihn sich viel größer vorgestellt. Der Brauereichef wirkte durch eine unaufdringliche physische Präsenz, vielleicht sollte man es Autorität nennen. Zwei sehr kluge und neugierige Augen musterten Alfred mit ehrlichem Interesse. Obwohl den Brauereichef an diesem Tage ganz offensichtlich wesentlich wichtigere Dinge beschäftigten, widmete er sich doch mit ganzer Aufmerksamkeit seinem Besucher, geleitete ihn höflich zu einer Gruppe schwarzlederner Sessel, entschuldigte sich vielmals für die lange Wartezeit und orderte frischen Kaffee und Mineralwasser für den Gast.

Entgegen seiner üblichen Gewohnheit fläzte Alfred sich nicht in den Ledersessel hinein, sondern blieb spitz auf der vorderen Kante sitzen. Er konnte seine Nervosität nicht verbergen.

„Sie sind also der junge Mann, der sich beworben hat, die Geschichte der Rothausbrauerei zur Zeit der Badischen Revolution zu schreiben?"

Alfred nickte beflissen und fühlte sich sofort zu einer ausführlichen Erklärung herausgefordert: „Ich hatte eine Anzeige in der Zeitung aufgegeben, dass ich Firmenchroniken verfasse. Und da hat sich Ihr Mitarbeiter bei mir gemeldet, der Herr Böckler. Und wir haben diesen Termin vereinbart. Ich dachte eigentlich, dass er mit dabei sein würde …"

„Herr Böckler ist leider verstorben. Heute Morgen. In der Brauerei …" Der Rothaus-Chef machte ein sehr betroffenes und nachdenkliches Gesicht.

Alfred kombinierte: Deswegen das ganze Polizeiaufgebot. „Ein Unfall?", fragte er vorsichtig.

Der Brauerei-Chef winkte müde ab: „Man weiß es noch nicht genau. Jedenfalls ganz tragisch. Die Polizei wird das untersuchen. Das ist auch der Grund, warum ich diesen Termin mit Ihnen nicht gleich abgesagt habe. Sie haben mit Herrn Böckler gesprochen. Vielleicht hat er Ihnen etwas gesagt, was uns weiterhelfen kann."

„Ich habe vergangene Woche zweimal mit ihm telefoniert", bestätigte Alfred. „Ich kannte ihn ja nicht. Er hat sich auf meine Anzeige gemeldet und mir erklärt, dass er die Geschichte der Rothausbrauerei während der Badischen Revolution von 1847 bis 1849 recherchiert habe. Und jetzt soll ein Buch daraus werden, oder eine Art Chronik. Er traue sich aber nicht zu, diese Geschichte niederzuschreiben. Zwar arbeite er mit einer Marketing-Agentur für die Gestaltung und Illustration zusammen, aber die Leute dort könnten auch nicht professionell schreiben. Deshalb suche die Brauerei einen Autor, jemanden, der historisch bewandert ist und gut schreiben kann."

„Das stimmt soweit", bestätigte der Brauerei-Chef. Er musterte Alfred noch einmal. Alfred saß immer noch verkrampft auf der Sesselkante. Das fliederfarbene Jackett spannte über seinen gebeugten Schultern und fühlte sich unter den

Blicken des Brauereichefs plötzlich heiß wie eine Herdplatte an. Ich sehe vermutlich nicht so aus, wie man sich einen seriösen Autor vorstellt, schoss es Alfred durch den Kopf.
„Die Recherchen von Herrn Böckler sind soweit abgeschlossen. Er war es, der darum gebeten hatte, jemanden mit dem Schreiben zu beauftragen. Das traute er sich selbst nicht zu. Erzählen Sie! Was machen Sie, was haben Sie schon geschrieben?" In Tonfall, Mimik und Gestik strahlte der Brauereichef sanftes Wohlwollen aus, eine Art Vorschussvertrauen. Es lag nur an Alfred, es nicht zu zerstören.
„Ich bin Redakteur, gelernter Zeitungsredakteur", erklärte er. „Zuletzt habe ich beim Hochschwarzwaldkurier in Neustadt gearbeitet."
„Zuletzt?" Die Frage lag schwer wie Blei in der Luft.
Alfred nickte. Lügen kam nicht in Frage. Aber ein bisschen die Wahrheit zurechtbiegen schon: „Ja, ich habe dort gekündigt. Um zu studieren. Ich studiere jetzt an der Uni in Freiburg. Wirtschafts- und Sozialgeschichte." Die Kausalitätskette sah in Wahrheit zwar anders aus, aber das spielte keine Rolle. „Also, ich bin, ich werde … ich will als Historiker …, als Journalist und Historiker sozusagen, deshalb habe ich diese Anzeige aufgegeben, dass ich Firmenchroniken verfasse."
Alfred hasste sich selbst für das Gestammel, das er absonderte. Aber diese einsame, seltene Chance, vielleicht einen Schreibauftrag von der Rothausbrauerei zu bekommen, diese wunderbare, unerwartete Gelegenheit, sie machte ihn nervös wie einen Pennäler vor dem ersten Rendezvous. Schließlich ging es auch um Geld. Um Honorar. So eine Chronik schrieb man schließlich nicht umsonst.

Der Brauereivorstand lächelte. Vielsagend! Wissend! Es ging eine für Alfred beängstigende Ruhe und Selbstgewissheit von ihm aus. Du kannst ihm nichts vormachen, dachte er sich. Er hat dich durchschaut.

Eine Weile plauderten sie über Badische Geschichte. Alfred tanzte auf einem Hochseil. Er wusste wenig, kein Zehntel von dem, was offensichtlich der Brauereichef über die Badische Geschichte wusste, gleichzeitig wollte Alfred kompetent, belesen und vollkommen sicher in der Materie wirken. Irgendwie manövrierte er sich heil durch das Minenfeld.

„Der unerwartete Tod von Heinz Böckler stellt uns bei diesem Vorhaben natürlich vor ein Problem", fasste der Rothaus-Chef schließlich zusammen. „Seine Unterlagen und Rechercheergebnisse stehen selbstverständlich zur Verfügung, ebenso alle Dokumente und Archivalien der Brauerei. Er hat einen ganzen Umzugskarton voller Aktenordner und Unterlagen gerichtet, die er Ihnen heute übergeben wollte. Die Marketing-Agentur, mit der wir zusammenarbeiten, hat sicher auch schon einige Vorarbeiten geleistet. Mit denen müssten Sie sich kurzschließen. Aber Sie müssten sich vermutlich ganz neu in die Details hineinlesen und vieles wahrscheinlich auf eigene Faust noch einmal rekonstruieren. Trauen Sie sich das zu?"

Niemals! Alfred hatte keine Ahnung, wie er unter diesen Umständen die gewünschte Chronik verfassen sollte. Er nickte trotzdem: „Selbstverständlich, ja. Das ist ja mein Geschäft."

Alfred bekam den Auftrag!

REVOLUTION IN LEITZ-ORDNERN

Der Rothaus-Chef geleitete Alfred ins Vorzimmer und verabschiedete sich. Er hatte noch wichtige Telefonate zu erledigen. Neben dem Schreibtisch der Sekretärin Ursula Lang stand der Karton, von dem der Brauereichef gesprochen hatte. Der Karton, den der verstorbene Heinz Böckler für Alfred gerichtet hatte. Es handelte sich um einen Umzugskarton, vollgestopft mit zwei übereinander gestapelten Reihen von prall gefüllten Leitz-Ordnern.

„Er ist sehr schwer, passen Sie auf, wenn Sie ihn zu Ihrem Auto tragen", warnte Ursula Lang. Sie erhob sich von ihrem Platz und trat hinter dem Schreibtisch hervor. Eine gepflegte, auf subtile Art resolute Erscheinung. Ihre zuvorkommende Hilfsbereitschaft beschämte Alfred. „Soll ich Ihnen beim Tragen helfen? Wo haben Sie Ihr Auto stehen? Auf dem Besucherparkplatz?"

Welches Auto? Alfred war mit dem Bus gekommen. Das konnte er niemals zugeben. Alfred gehörte zu jener Sorte von Männern, denen es peinlich war, öffentliche Verkehrsmittel zu benutzen. Ein richtiger Kerl fährt Auto. Am besten einen solchen roten Flitzer, wie Alfred einen besaß. Nur leider jetzt abgemeldet und zum Stillstand verdammt, vor sich hin staubend in der Garage seines Kumpels Linus.

„Nein, nein, nein", wehrte Alfred ab. „Ich komme schon zurecht. Lassen Sie mal. Das schaffe ich schon alleine."

Er fasste den Umzugskarton an den Grifföffnungen und zerrte ihn hinter dem Schreibtisch hervor. Du meine Güte, das Ding war schwer wie ein Amboss. Alfred pustete vor Anstrengung. Versuchsweise fasste er den Karton mit beiden Händen und hob ihn an. Er wankte wie ein Gewichtheber beim Weltrekordversuch. Nach wenigen Sekunden musste er das Monstrum wieder abstellen.

„Sehen Sie, ich habe es doch gesagt", belehrte ihn streng die Chefsekretärin.

„Sind Sie sicher, dass da nur Papier drin ist?", schnaufte Alfred.

„Ich rufe Hilfe. Jemand soll Ihnen helfen, den Karton zu Ihrem Auto zu tragen. Das schaffen Sie niemals alleine."

Alfred wollte abwehren. Aber schon hatte Ursula Lang nach dem Telefonhörer gegriffen, eine Nummer gewählt, und „Max, kannst du mal hochkommen. Wir brauchen einen starken Mann" hineinkommandiert.

Wenig später erschien Max Sachs, der Oberbraumeister, ein Obermannsbild. Schultern hatte er doppelt so breit wie Alfred, er war einen Kopf größer und mit einem Brustkasten und mit Oberarmen ausgestattet, für die das Herumwuchten von 50-Liter-Bierfässern vermutlich ein lockerer Freizeitvertreib war. Die Vorstandssekretärin erklärte dem Oberbraumeister kurz den Sachverhalt, und dass es sich bei Alfred um einen Journalisten und Historiker handele, der die gesammelten Unterlagen von Heinz Böckler nun mit nach Hause nehmen werde, um dort in Ruhe eine Brauereichronik der Revolutionsjahre zu schreiben.

„Anpacken!", kommandierte der Braumeister, und: „Hochheben!" Ursula Lang hielt die Vorzimmertür auf. Sie turnten auf den Gang hinaus, der Braumeister voraus, die Umzugskiste auf Hüfthöhe, dann rangierten sie durch ein Treppenhaus ins Erdgeschoss, dort am Empfang vorbei, bis Alfred das erste Mal schnaufend um „bitte mal absetzen, kurze Pause" bat.

Sie stellten den Karton ab.

Max Sachs musterte Alfred. Dieser untersuchte die seitliche Naht des fliederfarbenen Jacketts, die bei seinen Anstrengungen irgendwo unter der Armbeuge krachend geborsten war. Bleichgelbes Futter quoll hervor wie die Gedärme aus dem Leib eines Schlachtviehs. Linus würde sich bedanken, wenn er sein modisches Jackett in diesem Zustand zurückbekam.

„Das war sicher eine Heidenarbeit", sagte Braumeister Sachs, indem er mit seinem Gerd Fröbe-Kopf Richtung Kartonkiste nickte. „Der Heinz, der hat sich seit seiner Pensionierung mit Haut und Haaren da hineingefressen."

„Wie ist er verunglückt?", fragte Alfred zaghaft.

Max Sachs sah auf: „Verunglückt?", fragte er zurück. „Ich bin mir da nicht sicher ..." Max Sachs war ein gradliniger Mensch, offen und ehrlich, frei von diplomatischer Vorsicht. „Ich glaube, er wurde ermordet. Freiwillig springt niemand kopfüber in einen Braukessel!"

Nun wusste Alfred also, was geschehen war. Wo war er da wieder hinein geraten? „Was genau ..., wie genau ...?", fragte er vorsichtig.

Max Sachs erzählte ihm die Einzelheiten.

„Was war Heinz Böckler für ein Mensch?", wollte Alfred wissen.

„Der Heinz? Oh, das war ein ganz Genauer. Ein Hundertprozentiger. Bis vor zwei Jahren arbeitete er in der Buchhaltung, Kreditoren, Debitoren, keine Ahnung, jedenfalls ein Zahlenmensch. Und nebenbei, als Hobby sozusagen, beschäftigte ihn die Brauereigeschichte. Da hat er alles gesammelt, was er finden konnte. Eines Tages kam er mit der Idee, die Geschichte der Brauerei während der Badischen Revolution auszuforschen. Darüber gibt es nämlich noch nichts, das hat noch nie jemand richtig erforscht." Max Sachs legte

eine kurze Pause ein, überlegte kurz, was ihm zu diesem Thema einfiel, und ergänzte dann: „Mir hat er erzählt, dass die ganze Brauereibelegschaft damals auf Seiten der Revolution stand. Das muss man sich mal vorstellen. Die Brauerei gehörte dem Großherzogtum Baden, aber die Belegschaft der Brauerei machte Revolution gegen den Großherzog."
„Klingt spannend", bestätigte Alfred.
Dann packten sie wieder gemeinsam an und schleppten den Karton nach draußen. Es pfiff ein kalter Wind. Jenseits des Brauereigeländes lagen noch fußballfeldgroße Schneeteppiche auf den braunen Wiesen. Die Tannen duckten sich, der Himmel verbreitete trübsinniges Grau.
„Wo steht Ihr Auto?", fragte der Braumeister, und Alfred antwortete schwer schnaufend und spontan gelogen: „Besucherparkplatz!"
„Auweia!", kommentierte der Braumeister. „Da müssen wir ja zum Hof raus und ganz um das Gebäude herum. Wollen Sie nicht das Auto schnell holen?"
Nun steckte Alfred in der Klemme. Es gab kein Auto, das er hätte schnell holen können. Er hatte darauf spekuliert, dass der Braumeister ihm helfen würde, den Karton bis zum Besucherparkplatz zu tragen. Von dort waren es nur noch wenige Meter bis zur Bushaltestelle, die hätte Alfred dann zur Not alleine geschafft. Was nun?
Alfreds Blick fiel auf einen Sackkarren, der neben dem Haupteingang an der Wand des Brauereigebäudes lehnte. Irgendein Bierfahrer hatte ihn wohl dort stehen lassen.
„Lassen Sie mal", sagte er zum Braumeister. „Da, ich nehme den Sackkarren, wenn ich darf. Damit fahre ich den Karton bis zum Auto."
Max Sachs nickte: „Kein Problem. Sie können den Sackkarren auch mitnehmen. Zu Hause müssen Sie den Karton

schließlich vom Kofferraum in Ihre Wohnung bringen. Behalten Sie ihn einfach so lange, wie Sie ihn brauchen. Wenn Sie irgendwann den Karton zurückbringen, bringen Sie auch den Sackkarren wieder mit."

Der Braumeister nestelte an seiner Jackentasche und förderte schließlich ein Visitenkärtchen zum Vorschein. „Hier, meine Karte. Wenn Sie Hilfe brauchen oder mal eine Frage haben. Rufen Sie mich jederzeit an. Gerne zeige ich Ihnen auch mal die Brauerei. Sie müssen sich ja schließlich ein Bild vom Brauereigeschäft machen, wenn Sie darüber schreiben wollen."

Dankbar nahm Alfred die Karte an. „Das ist so, da haben Sie sicher Recht", bestätigte er. „Aber zuerst muss ich mich mal in das ganze Thema einlesen und das Material sichten, das Heinz Böckler zusammengestellt hat." Er deutete bei diesen Worten auf den Karton, den Max Sachs inzwischen auf den Sackkarren gewuchtet hatte.

Alfred kramte seinen Geldbeutel hervor, in dem er zwar nur wenig Geld, dafür aber eine ganze Reihe von Visitenkarten mit sich führte. Es waren seine eigenen Visitenkarten, die er sich in den letzten Monaten gebastelt hatte. Für jeden Anlass eine andere. „Journalist – Redakteur – Autor", stand auf einer. Die brauchte er, wenn er sich um Schreibaufträge bei den Tageszeitungen der Region bewarb. Seit er seinen Job verloren hatte, musste er ja von etwas leben. Eine andere Visitenkarte wies aus: „Historiker und Autor – Firmen- und Vereinschroniken". Er entschied, dass dies die richtige Visitenkarte für Max Sachs war und überreichte dem Oberbraumeister eine solche Karte. Es gab noch das Kärtchen „Privatdetektiv – Recherche – Überwachung – Ermittlung". Das hatte er auf Anraten von Linus angefertigt. Der hatte ihm auch die entsprechende Homepage zusammen gestellt. „Privatdetektiv darf sich jeder nennen, das ist kein geschützter Beruf", hatte Linus erklärt. „Du hast schon so viele Fälle aufgeklärt, Alfred, du hast ein Detektivtalent. Streite es nicht ab."

So war also dieser weitere Erwerbszweig entstanden, Alfred als Privatdetektiv. Sogar im Telefonbuch stand er unter dieser Firmierung. Nur Aufträge hatte er noch keine erhalten. Aber das konnte ja noch kommen. Der Auftrag jetzt, den ihm unverhofft die Rothausbrauerei erteilt hatte, schien auch auf wundersame Weise vom Himmel gefallen. Niemals hätte Alfred sich träumen lassen, dass sich auf seine Zeitungsanzeige „Gelernter Journalist und Historiker sucht Aufträge – schreibe Firmen- und Vereinschroniken", überhaupt jemand melden würde. Und nun das! Die Rothausbrauerei!

Während er den Sackkarren mit der wankenden Fracht des vollgeladenen Umzugskartons vorsichtig Richtung Bushaltestelle chauffierte, sinnierte er über die Folgen nach. Welches Honorar sollte er verlangen? Darüber hatten sie noch gar nicht gesprochen. Jedenfalls nicht konkret. Der Brauereivorstand hatte nur gesagt: „Jetzt sichten Sie mal das Material, dann kalkulieren Sie den Aufwand, den Sie voraussichtlich haben werden, und dann machen Sie ein Angebot. Wir werden uns schon einigen."

Diese Worte schwebten hinter ihm her wie verheißungsvolle Engelsgesänge. „Machen Sie mal ein Angebot!"

Der Blick auf die Uhr sagte ihm, dass er die 16.03 Uhr-Abfahrt bereits verpasst hatte. Bis um 17.07 Uhr der nächste Bus kam, blieb noch Zeit. Auf halber Strecke zum Besucherparkplatz stellt er den Sackkarren ab. Zigarettenpause! Er kramte in den Taschen des fliederfarbenen Jacketts, das seit der gerissenen Naht glücklich nicht mehr unter den

Achseln spannte, nach seinem Tabak. Irgendwo hatte er ihn doch hineingestopft. Was war das? Kein Tabak? Ein Geldschein. Zwanzig Euro! Da hatte Linus doch tatsächlich in den Taschen seines Jacketts einen Zwanzig-Euro-Schein vergessen.

Heute ist ein Glückstag, dachte Alfred bei sich, denn selbstverständlich betrachtete er diesen Geldschein ohne den geringsten Anflug von Unrechtsbewusstsein nunmehr als sein Eigentum. Der Tabak befand sich in der anderen Seitentasche. Alfred drehte sich einen Glimmstängel und inhalierte, den Rücken dem Wind zugewandt. Mit dem Fuß fixierte er den Sackkarren. Während er genussvoll an seiner krummen Kippe zog, betrachtete er das imposante Hauptgebäude der Rothausbrauerei. Wie eine blassrosa getünchte Trutzburg erhob es sich. Mächtige Zinnen thronten auf den Giebelmauern. Wie ein Industriebetrieb sah die Brauerei auf jeden Fall nicht aus, eher wie der Herrensitz eines mittelalterlichen Adelsgeschlechts. Aber der Anblick täuschte. Hinter der fast pittoresken Fassade des Eingangsgebäudes verbarg sich in der Tiefe des weitläufigen Brauereigeländes ein verschachtelter Gebäudekomplex von mächtigen Hallen, aufragenden Türmen und tief ins Erdreich versenkten Kellern. Dies alles hatten Planer und Architekten so elegant dem Gelände angepasst, dass man als flüchtiger Besucher nicht auf die Idee kam, es hier mit einer der in Deutschland zwanzig größten und weltweit modernsten Brauereien zu tun zu haben. Der jährliche Bierausstoß erreichte fast die Marke von einer Million Hektoliter. Alfred hatte im Vorfeld seines Besuchs den Versuch unternommen, anhand seines eigenen durchschnittlichen Jahresverbrauchs, den er großzügig – und um leichter rechnen zu können – mit 10 Hektolitern ansetzte, hochzurechnen, wie viele Biertrinker von seiner Sorte es bedurft hätte, um eine Jahresproduktion der Rothausbrauerei zu vertilgen. Hunderttausend Mann würden es schaffen. Ungefähr die doppelte Bevölkerung des Hochschwarzwaldes.

Vom Besucherparkplatz aus gesehen linker Hand der Brauerei stand die Rothausbrauereigaststätte, ein Bauwerk in verwandter Architektur, aus großen, grauen Granitquadern gemauert. Dort stand zur Landstraße hin ein Baukran, der das ganze Gebäude überragte. Er gehörte zu einer Baugrube an der Straßenseite der Brauereigaststätte. Ein Bagger zermalmte geräuschvoll braunen Erdaushub und schichtete ihn am Rande der Baugrube auf. Soweit Alfred dies aus der Entfernung einzuschätzen vermochte, wurde eine Terrasse oder eine Art Vorbau angebaut. Alfred erwog kurz den Gedanken, in der Brauereigaststätte die Wartezeit bis zur Ankunft des Busses zu verkürzen. Es erschien ihm nicht richtig, die Rothausbrauerei zu verlassen, ohne nicht wenigstens einen Schluck Bier getrunken zu haben. Aber was sollte solange mit dem Karton und den Leitz-Ordnern geschehen? Alfred blickte sich suchend um. Es gab entlang des Besucherparkplatzes einige Bäume, etwas Gebüsch, ein kleines Mäuerchen. Vielleicht hätte man dort den Karton mitsamt Sackkarren vorübergehend verstecken können. Dann fiel Alfred aber ein, dass er auf dem Weg zur Brauereigaststätte wieder am Haupthaus vorbei musste. Was, wenn ihn dann der Braumeister Max Sachs sähe, oder mit Blick aus seinem Chefbürofenster der Brauereivorstand? Was sollten sie dann von ihm halten? Dieses Risiko wollte Alfred nicht eingehen. Er gönnte sich eine weitere selbstgedrehte Zigarette, manövrierte dann den Sackkarren mit seiner Last glücklich bis zur Bushaltestelle und saß die Wartezeit ab.

Der Busfahrer schaute ungerührt zu, wie Alfred sich abmühte, Sackkarren und Karton gemeinsam, und als dies nicht gelang, beide einzeln in den Bus zu hieven. Im Bus selbst saßen lediglich zwei halbwüchsige Mädchen, die Ohren verstöpselt und mit irgendwelchen Handys oder iPhones verkabelt, sowie eine Grafenhausener Großmutter, die aussah wie soeben dem Heimatmuseum Hüsli entsprungen.

Die jungen Mädchen würdigten Alfred keines Blickes, was ihn irritierte. Er war es gewohnt, ein bisschen beflirtet zu werden. Aber mit dem Sackkarren, dem zerfledderten Jackett und dem Riesenkarton zwischen den Beinen verpuffte anscheinend seine übliche Wirkung auf das weibliche Geschlecht. Der Bus rumpelte los. Ein einziger, die gesamte Frontscheibe bestreichender Scheibenwischer, scheuchte federnd einzelne Schneegraupel aus dem Sichtfeld. Ende März war der Winter im Hochschwarzwald noch lange nicht auf dem Rückzug.

Alfred gähnte. Mit dem Bus nach Seebrugg, dann in den Zug nach Titisee, dann umsteigen, mit dem Zug nach Neustadt, dann mit dem Sackkarren quer durch die Stadt nach Hause. Da stand ihm noch einiges bevor.

Während der knapp 20minütigen Busfahrt nach Seebrugg zog Alfred den obersten Aktenordner aus dem Karton. Fein säuberlich in der exakten Buchhalterschrift des verstorbenen Heinz Böckler stand auf dem Rückendeckel des Ordners: „Der Brand von 1847". Alfred schlug den Ordner wahllos auf. Er stieß auf ein Vernehmungsprotokoll der Polizei. Darin schilderten ein „Bauaufseher Kempter" und ein „Mälzer Hahn", wie sie todesmutig einen hölzernen Treppenaufgang mit ihren Äxten zerstörten, um so die Ausbreitung „des Feuers" zu verhindern. Welches Feuer? Aha, da stand es, einige Blätter weiter: Ein Hauptkamin der Brauerei hatte sich entzündet, in der Nacht vom 9. auf den 10. Januar 1847, und sogleich das ganze Brauereigebäude in Brand gesetzt. Der Bauaufseher Kempter musste von der Feuerwehr permanent mit Wasser übergossen werden, während er mit seiner Axt zugange war. Sonst wäre er in der Hitze verschmort, oder die Axt wäre geschmolzen, oder wer weiß, was sonst. Alfred musste auf den Ausgang der Geschichte vorerst verzichten, denn der Bus rumpelte auf das Bahnhofsgelände in Seebrugg. Was, schon da? So schnell war die Zeit vergangen, während er den Ordner durchstöbert hatte. Das war ja richtig spannend. Gleich im Zug Richtung Titisee musste er unbedingt weiterlesen.

EIN DACH ÜBER DEM KOPF

Es bedeutet eine gehörige Anstrengung, einen Umzugskarton von der Größe einer Tiefkühltruhe auf einem Sackkarren vom Bahnhof in Neustadt über den Postplatz zu karren, von dort durch die Gutachstraße bis zum „Bollewegle", das seit einigen Jahren nach dem Ehrenbürger der Stadt „Paul Pietsch Weg" hieß, dort hinauf bis zur Hauptstraße und von dort nochmals einige hundert Meter an der McDonalds-Filiale vorbei bis zum Haus von Luise Ziegler, wo Alfred in Untermiete wohnte. Zumal, da ein kalter Wind pfiff und Alfred in seinem fliederfarbenen Jackett deutlich zu dünn und unpassend angezogen war. Ein Taxi konnte er sich nicht leisten, notorisch klamm wie er war. Und Linus um Hilfe anzutelefonieren machte auch wenig Sinn, weil der Kumpel in seinem Porsche keinen Platz für den großen Umzugskarton hatte. Ein Porsche ist so gebaut, dass auf dem Beifahrersitz maximal eine schöne Frau und auf der Ablage dahinter ihr Pelzmantel oder wahlweise ihr Schoßhündchen noch Platz fanden. Auch eine Golfausrüstung brachte man unter. Aber keinen mit zwei Dutzend Aktenordnern vollgestopften Karton.

Alfred schob, zog, zerrte und ruckelte also seinen Sackkarren durch die Straßen, legte in immer kürzeren Intervallen Zigarettenpausen ein und verfluchte das Schicksal, das ihn zum Fußgänger gemacht hatte.

Bei McDonalds gönnte er sich einen Halt und verzehrte zwei Cheeseburger, die er mit dem Zwanzig-Euro-Schein bezahlte, den er in Linus' Jackett gefunden hatte. Dazu trank er eine Cola, die er aber nicht bezahlte. Er nahm sich einfach von der Tablettablage einen gebrauchten Becher und zapfte ihn sich an der Selbstbedienungsanlage voll, ohne dass ihn jemand hinderte.

Zwar erntete er vielsagende Blicke, als er seinen Sackkarren mit dem großen Karton mitten zwischen den Tischen parkte, aber er konnte den Karton mit seinem wertvollen Inhalt ja schlecht draußen im Schneeregen stehen lassen.

Als er endlich seine Wohnung erreicht hatte, lauerte dort vor der ebenerdig gelegenen Eingangstür die Hausbesitzerin Luise Ziegler.

Einst war sie, ungeachtet des Altersunterschiedes, Alfreds glühendste Verehrerin gewesen. Mit seinem ganzen Charme hatte er sie eingefangen, so dass die alte Dame ihm Kuchen backte, bisweilen die Wohnung saugte, seine Zeitungsartikel bewunderte und ihm jeden nächtlichen Radau und alle Damenbesuche verzieh. Sie hatte ihm sogar einmal ihr Heiligtum anvertraut, ihr Aquarium. Aber das war alles vorbei.

Inzwischen war Luise Ziegler Alfreds Feindin. Seit jenem Skandal um den korrupten Bauunternehmer Polter, den in mehreren Artikeln aufzudecken Alfred den Job beim Hochschwarzwaldkurier gekostet hatte, strafte die Zieglerin Alfred mit Verachtung. Erschwerend kam hinzu, dass Alfred betrunken beim Autofahren erwischt worden war. Führerschein weg. Ein Überfall auf ein Juweliergeschäft hätte Alfred im Ansehen Luise Zieglers nicht tiefer stürzen lassen als dieses Trunkenheitsdelikt. Unter diesen Vorzeichen war es eigentlich kein Wunder, dass Luise Ziegler nunmehr, anders als früher, auch keine Mietrückstände mehr durchgehen ließ.

„Alfred, Sie Herumtreiber", schimpfte sie. „Ich habe auf Sie gewartet."

Das hörte sich nicht gut an.

„Warum?"

„Warum! Das fragen Sie noch? Seit zwei Wochen gehen Sie mir aus dem Weg. Ich merke es ganz genau. Weil Sie wieder die Miete nicht bezahlt haben. Es ist Monatsende, und Sie haben erneut die Miete nicht bezahlt." Ihre Stimme war klirrender als die Kälte, die ums Haus schlich.

Alfred zuckte mit den Schultern und wollte sich an Luise Ziegler vorbei zur Haustür drängeln. Doch sie verstellte ihm resolut den Weg.

„Ich bin zur Zeit ein bisschen klamm. Das wissen Sie doch."

„Ein bisschen klamm? Das höre ich jetzt schon seit vier Monaten. Sie schulden mir vier Monatsmieten. Und nehmen Sie die Hand da weg, was glauben Sie eigentlich."

Alfred wollte Luise Ziegler eigentlich nur sanft beiseite schieben. Er besaß nach diesem langen Tag und der Anstrengung mit dem Sackkarren einfach den Nerv nicht mehr, mit ihr zu streiten. Er wollte nur noch in seine Wohnung, sich ins Bett legen und schlafen.

„Nichts da! Hier kommen Sie nicht rein!"

„Was soll das heißen? Das ist meine Wohnung!"

„Ha!" Das hätte er nicht sagen dürfen. Luise Ziegler fauchte: „Wessen Wohnung?" Sie stanzte ihm Wahrheiten ins Ohr: „Es ist mein Haus! Mein Grundstück! Meine Wohnung! Meine Möbel!" Und nach kurzer dramaturgischer Pause vollendete sie: „Und meine Miete!"

„Bitte, Frau Ziegler, lassen Sie mich hinein. Ich friere und bin todmüde. Ich werde krank, wenn ich länger hier im kalten Wind stehe. Ich verspreche Ihnen ..."

„Ihre Versprechungen, die kenne ich!"

„Doch, doch, doch! Bald habe ich wieder Geld. Ich habe einen großen Auftrag von der Rothaus Brauerei ..."

„Aha, wird das Saufen jetzt schon bezahlt?", spottete die keifende Megäre. Sie rückte keinen Millimeter zur Seite.
Schließlich wurde es Alfred zu bunt. Er packte Luise Ziegler am Arm und zog sie rabiat von der Eingangstüre weg.
„Es reicht jetzt!", sagte er so beherrscht wie möglich. Er wollte aufschließen. Der Schlüssel passte nicht.
„Ich habe das Schloss austauschen lassen", triumphierte Luise Ziegler.
„Was haben Sie …?" Alfred konnte es nicht fassen.
Luise Ziegler hielt ihm mit ihren spitzen Hexenfingern einen funkelnden Haustürschlüssel unter die Nase. „Damit kommt man hinein, mein Herr! Ich bin zwar eine alte Frau, der man zuwider leben kann, aber ganz auf den Kopf gefallen bin ich auch noch nicht. Ich habe das Schloss austauschen lassen, damit Sie wissen, was die Stunde geschlagen hat."
Vorsichtig fragte Alfred: „Was hat die Stunde geschlagen?"
„Entweder Sie haben bis zum 1. April Ihre rückständige Miete bezahlt, vier Monate stehen aus, oder Sie sind gekündigt. Wenn Sie nicht bezahlen, werfe ich Sie hinaus."
„Bis zum 1. April? Das ist übermorgen. Wie soll ich das schaffen. So schnell habe ich das Geld nicht."
„Das hätten Sie sich mal früher überlegen müssen! Ich spaße nicht."
Das sah man ihr an. Mit ihrem grimmigen Gesicht hätte sie auch einer von Al Capones Gangstern beim Eintreiben des Schutzgeldes sein können. Ungerührt erklärte sie: „Übermorgen kommt mein Bruder mit seinen drei Söhnen aus Frankfurt. Ich habe ihn schon vorbereitet. Er wirft Sie hinaus, mitsamt Ihrem ganzen Krempel. Außer, Sie bezahlen!"
Dann steckte sie den neuen Schlüssel in das neue Schloss: „Ich lasse Sie jetzt hinein. Aber denken Sie daran: Nur ich habe den Schlüssel." Und damit ließ sie Alfred alleine.

Eigentlich wollte Alfred nur noch ins Bett. Aber die Umstände zwangen ihn, noch einige Aktivitäten zu entfalten. Linus anrufen! Er griff zum Handy: „Hi, Linus. Ich bin' s, Alfred. Schlechte Nachrichten!"

„Uhhh!" Linus klang verpennt, so als hätte er gerade ein Schläfchen auf seinem weißen Designerledersofa hinter sich. „Für dich oder für mich?"

„Für mich! Ich fliege aus der Wohnung."

Linus schwieg. Alfred hörte ihn schnaufen. Das bedeutete, dass seinem Kumpel die Bedeutung dieser Nachricht schon aufgegangen war, dass Linus bereits dabei war, sie zu verarbeiten.

„Wann?", fragte er.

„Sofort! Außer ich bezahle bis übermorgen auf einen Schlag vier Monatsmieten. So ungefähr zweitausend Euro."

Linus klang erleichtert: „Ach so. Ja dann mach das doch!"

„Du bist gut. Wie soll ich das machen? Ich habe keinen müden Cent."

„Wenn du damit andeuten willst, dass du mich gleich anpumpen wirst, dann hast du dich geschnitten." Linus klang energisch. „Du pumpst mich ständig an. Ich habe dir erst letzte Woche einen Hunni geliehen. Und davor schon ein paar Mal einen Fuffziger. Ich hoffe, du erinnerst dich daran. Nach meiner Rechnung schuldest du mir über 500 Euro. Wie oft ich deine Zeche in der Spritz oder im Dennenbergstüble bezahlt habe, will ich gar nicht erst vorrechnen. Mit Anpumpen ist irgendwann mal Schluss."

Alfred ließ den ganzen vorwurfsvollen Schwall über sich ergehen. „Ich weiß nicht, was ich machen soll", gestand er schließlich.

Linus am anderen Ende der Verbindung knirschte mit den Zähnen. Der smarte Versicherungsmakler kannte keine

Geldsorgen. Er besaß eine geräumige und nobel eingerichtete Eigentumswohnung, fuhr einen silberlackierten Porsche der neuesten Baureihe, erlaubte sich pro Quartal einen Tauch-, Segel – oder Skiurlaub irgendwo an einem der exotischsten Plätze der Welt, und er fand nebenher noch die Zeit, mit einem seiner fünftausend Euro teuren Fahrräder durch die Wälder zu fahren oder im Fitness-Studio die heißesten Schnecken abzufischen.

„Linus? Bist du noch dran?", fragte Alfred nach mehreren Sekunden Funkstille.

Linus räusperte sich: „Ich habe nachgedacht, Alfred. Ich weiß, du wirst das nicht gerne hören, aber die Wahrheit ist, du kannst dir diese Wohnung nicht mehr leisten."

„Ah ja? Dafür hast du nachgedacht? Danke! Da wäre ich selber nicht drauf gekommen."

„Wie wäre es, wenn du deinen roten Flitzer verkaufst?"

„Wie bitte?" Die Empörung ließ Alfreds Stimme sich schier überschlagen. Das Auto verkaufen? Alfreds Heiligtum? Niemals! Wie konnte Linus nur auf so eine Idee kommen. Derzeit stand Alfreds roter Flitzer abgemeldet und ohne Nummernschild in einer von Linus' Garagen. Es hatten extra dafür zwei Rennräder und drei Mountainbike-Fahrräder den Platz räumen müssen. Diese Fahrräder, zusammen deutlich mehr wert als Alfreds roter Flitzer, standen nun in Linus' Keller, denn einen solchen besaß er auch noch.

„Alfred, sei vernünftig!", beschwor ihn Linus durch das Telefon. „Der rote Flitzer steht, bis du deinen Führerschein wieder hast, noch mehr als ein Jahr nutzlos herum. Er rostet vor sich hin. Er verliert an Wert. Ich würde nicht mehr als 5000 Euro dafür geben."

„5000 Euro! Bist du verrückt! Er ist das Doppelte wert. Mindestens!"

„Es ist eine alte Schrottkiste, ganz ehrlich. Und es regnet durch das Verdeck ..."
„Ohh! Aha! So ist das." Gekränkt brach Alfred das Telefongespräch ab. Tolle Ratschläge! Auf solche Freunde konnte er verzichten.
Er telefonierte seine sämtlichen Kumpels ab, also all jene Saufkumpane aus der Spritz und aus dem Dennenbergstüble, derer er habhaft werden konnte. Zuerst Harry, der einen zwar langweiligen, dafür aber sicheren Job bei der Bank hatte.
„2000 Euro leihen? Für Mietrückstände? Das fragst du mich, einen Banker?", Harry lachte vergnügt. „Kennst du nicht die eiserne Regel der Kreditvergabe bei Banken und Sparkassen?"
„Nein, kenne ich nicht", grollte Alfred missmutig, weil er schon spürte, dass bei Harry nichts zu holen war.
„Die lautet: Banken sind dafür da, dass man sich bei ihnen viel Geld leihen kann, wenn man nachweisen kann, dass man es nicht braucht. Verstanden? Ha, ha, ha ..." Harry lachte begeistert. Offenbar fand er die ganze Angelegenheit zum Prusten.
Alfred versuchte sein Glück bei Max. Max arbeitete im größten örtlichen Supermarkt als stellvertretender Geschäftsführer. In besseren Zeiten, als er selbst noch als Lokalredakteur firmierte, hatte Alfred Max oft als „Bananenverkäufer" verspottet. Jetzt hatte sich das Blatt gewendet.
„Wir suchen noch Aushilfskräfte im Lager. Kisten auspacken, Dosen stapeln, Regale befüllen, solche Sachen ..."
Danke für den Ratschlag. Alfred gab es auf. Was nun?
Minutenlang saß er regungslos auf dem Sofa – Luise Zieglers Sofa – und starrte gegen die Wand. Als ob dort Lösun-

gen erschienen. Er ließ den Blick durch die Wohnung schweifen. Luise Zieglers Wohnung. Alle Möbel gehörten der Vermieterin. Sogar der Fernseher. Nur ein klappriger CD-Player und das Laptop waren Alfreds Eigentum. Sonst weit und breit kein einziges Stück, das er hätte auf die Schnelle zu Geld machen können. Ob man Luise Zieglers Fernseher in die Pfandleihe bringen konnte?

Alfreds Blick fiel auf den Umzugskarton mit den Akten aus der Vergangenheit der Rothausbrauerei. Das war's! Er würde einen Vorschuss erbitten. Gleich Morgen. Einen Vorschuss, mit dem er fürs Erste Luise Ziegler würde ruhigstellen können. Alles Weitere würde sich dann schon geben.

Wahllos griff er einen Ordner aus der Kiste. Der Rückendeckel trug die Aufschrift: „Grafenhausener Volksverein" Was war das schon wieder? Neugierig blätterte Alfred die Seiten auf. „Protokoll Gründungsversammlung", las er am Kopf einer handschriftlich verfassten Seite. Die Schrift war entsetzlich. Ein Urwald aus Haken, Schlingen, Schnörkeln und Kringeln. Sütterlin-Handschrift. Die damals übliche und auch in allen Amtsstuben gebräuchliche Handschrift des vorkaiserlichen Kleinstaatendeutschlands. Für Alfred sah es aus wie kyrillisch. Er wollte schon aufgeben, da sah er beim Weiterblättern, dass jemand das Original fein säuberlich mit Schreibmaschine abgetippt und diese Kopie dazugeheftet hatte. Heinz Böckler! Das konnte nur der ermordete Heinz Böckler gewesen sein. Alfred kontrollierte den ganzen Ordner und dann auch noch weitere Akten. Überall hatte Heinz Böckler die schwer leserlichen Originalhandschriften auf Schreibmaschine abgetippt. Wie viel Zeit und Arbeit steckte darin? Alfred begann sich ein Bild von der Akribie und Geduld des Verstorbenen zu machen.

Wie hatte Braumeister Max Sachs gesagt? „Der Heinz war ein Hundertprozentiger!" Jetzt wusste Alfred, was damit gemeint war.

Das „Protokoll Gründungsversammlung" des Grafenhausener Volksvereins nannte als Vereinszweck „Hebung der allgemeinen Bildung" und „Pflege des freiheitlichen Liedgutes". Die Originalurkunde stammte vom Juni 1847, also hatte die Gründung dieses Vereins einige Monate nach dem Brand stattgefunden, von dem Alfred bereits im Bus gelesen hatte. Aber er stutzte, weil ihm zwei bekannte Namen in die Augen stachen. Unter den siebzehn Männern, die als „Gründungsmitglieder" das Protokoll unterschrieben hatten, befanden sich auch „Ernst Kempter, Bauaufseher, Rothaus", sowie „Josef Hahn, Mälzer, Rothaus". Waren das nicht die zwei tapferen Männer, welche die Feuerwehr beim Brand im Januar 1847 mit Wasser hatte übergießen müssen, während sie mit ihren Äxten zugange waren? Zufall? Überhaupt, beim Überfliegen der Namen, die alle mitsamt Berufsbezeichnung und Wohnort aufgelistet waren, fiel Alfred auf, dass zwei Drittel aller Vereinsmitglieder Beschäftigte der Brauerei gewesen sein mussten: Mälzer, Bierknecht, Brauknecht, Oberbrauknecht, Brauereischlosser, Brauereischmied, – so und ähnlich stand es hinter den Namen. Dreizehn von siebzehn Gründungsmitgliedern des „Grafenhausener Volksvereins" gehörten offenbar zur damaligen Belegschaft der Rothausbrauerei. Ganz am Ende der Liste stand der Name des bei der Gründungsversammlung gewählten ersten Vorsitzenden dieses „Volksvereins". Alfred las: „Johannes Grüninger, Gastwirt, Rothaus-Wirtschaft".

Alfred legte sich einen Notizblock zurecht, um Namen, Sachverhalte und Begriffe zu notieren, die er nachrecher-

chieren wollte. Er schrieb auf: „Volksverein!" und setzte ein kräftiges Ausrufezeichen dahinter.
Vielleicht konnte er in Freiburg in der Unibibliothek nachschlagen, was es mit diesen Vereinen im Großherzogtum Baden auf sich gehabt hatte. Schließlich war er ein eingeschriebener Student. Er hatte sich zum Frühjahrssemester in den Fächern Wirtschafts- und Sozialgeschichte, sowie Politik und Philosophie eingeschrieben. Die gleiche Fächerkombination hatte er schon einmal belegt, vor mehr als sieben Jahren, aber nur für vier Semester. Dann hatte er das Studium abgebrochen und ein Zeitungsvolontariat absolviert, was ihn geradewegs in die Sackgasse „Hochschwarzwaldkurier" geführt hatte, jenes Wochen-Anzeigenblatt, bei dem er nun hinausgeflogen war.
Das Telefon klingelte.
Es war noch einmal Linus.
„Hi, Alfred! Bist du noch wach?"
Alfred sah auf die Uhr. Es war noch nicht einmal 21 Uhr. Was war denn das für eine komische Frage?
„Ich habe mir etwas überlegt, Alfred. Wegen deiner Wohnung? Wegen deiner Miete?"
Huch! Schon glimmten bei Alfred wieder die Hoffnungslämpchen. Würde Linus ihm doch das Geld leihen?
„Du kannst bei mir pennen! Vorübergehend! Also für ein paar Tage."
Als Alfred nicht sofort antwortete, fuhr Linus hastig fort: „Ich meine, wenn du ausziehen musst. Wenn die Zieglerin dich wirklich hinauswirft. Dann ziehst du einfach mit deinen paar Habseligkeiten zu mir. Solange, bis wir was Neues gefunden haben."
Alfred schluckte. Noch immer war er unfähig zu antworten. Linus rechnete wirklich mit seinem Rauswurf. Und er

war nicht bereit, ihm mit Geld zu helfen. So ein ... Der innere Fluch wurde unterbrochen, denn Linus fügte hinzu: „Dann hast du wenigstens ein Dach über dem Kopf!"

DIE AGENTUR „CLEVERMIND"

Nach einer unruhig mehr durchwachten als durchschlafenen Nacht hatte Alfred am nächsten Morgen seinen dickfelligen Optimismus wiedergefunden. Er entschied, dass die Drohungen von Luise Ziegler ihm nichts anhaben konnten. Soviel Bosheit, Niedertracht und Entschlossenheit traute er ihr nicht zu, dass sie ihn am nächsten Tag auf die Straße setzen würde. Anstatt sich also weiter über die missliche Situation zu grämen, traf er sich mit Joe Campta, dem Inhaber der Marketingagentur „CleverMind".

Warum Marketingagenturen in Deutschland englische oder amerikanische Namen tragen mussten, hatte sich Alfred bislang noch nicht erschlossen, ebenso wenig, wieso die Schreibweise dieser Namen meistens radikal gegen die im Duden festgelegten Regeln der Rechtschreibung verstieß. Die Agentur „CleverMind – Ihr Gehirn für die schlauen Lösungen", so der Werbespruch, saß in Freiburg in einem Glaspalast in der Bahnhofsmeile. Das traf sich gut, denn so konnte Alfred erstens bequem mit dem Zug fahren und zweitens gleich auch noch ein paar Dinge an der Uni erledigen. Schließlich musste er ja irgendwie sein wiederaufgenommenes Studium am Laufen halten. Es handelte sich bei „CleverMind" um jene Agentur, mit der Heinz Böckler bei der Erstellung seiner Revolutionschronik zusammenarbeiten wollte.

Alfred hatte, nachdem er sich mit dem Agenturinhaber Joe Campta telefonisch verabredet hatte, einen smarten Mitdreißiger erwartet, einen solariumsgebräunten Anzugtypen mit gegelten Haaren, Designerbrille und Haifischgrinsen. Und siehe da: Genau ein solcher Typ nahm ihn im Empfang, als Alfred im vierten Stockwerk des Glaspalastes vor den Räumen der Agentur stand.

„Campta, Joe Campta! Herzlich willkommen. Sie sind sicher der Mann, der die Chronik schreiben soll." Joe Campta besaß einen amerikanischen Akzent, denn er war Amerikaner. „Seit zehn Jahren in schöne Deutschland", wie er versicherte. Er sprach den eigenen Namen ungefähr wie „Cämpta" aus und kaute dabei alle Buchstaben durch, als handelte es sich um Wrigley-Kaugummis.

Alfred nickte und ignorierte die zur Begrüßung ausgestreckte Hand. Durch einen Flur, dessen Wände mit großen, grellen „CleverMind"-Plakaten vollbehängt waren, folgte Alfred dem Agenturchef. Joe Campta hatte den federnden Gang eines Menschen, der zuviel Freizeit auf dem Tennisplatz zubrachte, eine schmale Hüfte und breite Schultern. Er sah aus, wie Alfred neidisch anerkennen musste, wie eine Sportskanone, und wenn man das Gesicht dazunahm, wie ein Filmschauspieler, – und war aus all diesen Gründen Alfred vom ersten Moment an unsympathisch.

Camptas Sekretärin bestand fast nur aus Frisur und Busen und brachte einen Kaffee herbei, der auch als Suppe durchgegangen wäre.

Joe Campta, der Inhaber und Chef der Agentur, war bereits im Bilde über Böcklers gewaltsamen Tod.

„Was machen wir jetzt?", fragte er in seiner gequetschten Aussprache. „Können wir dieses Buch auch ohne den Mann gestalten?"

Er sprach nicht davon, ein Buch zu schreiben, für ihn hieß es „gestalten".

Während er sprach klappte er eine Mappe von der Größe eines Flachbildschirms auf und gewährte Alfred Einblicke in das Layout- und Gestaltungskonzept für die Revolutions-Chronik. Was er vorlegte, sah ungefähr so aus wie der

Hochglanzprospekt von Daimler Benz. Der Entwurf bestand aus vielen Bildern, historischen Aufnahmen aus der Frühzeit der Brauerei, auch Zeichnungen, Baupläne, Pastellansichten der Brauerei, Postkarten, dies alles garniert mit Grafiken und optischen Elementen, dazwischen ein bisschen Textgarnitur, in Camptas Entwürfen noch mit Blindtext ausgefüllt: „Lorem ipsum dolor sit amet, consectetur adipisici elit …" Dabei erklärte Campta ganz verzückt und begeistert gestikulierend: „Und da wir arbeiten mit fetten Versalien, Eyecatcher, dann kommt auf die ungeraden Seiten eine visuelle Break, ein großes Bild am besten, ein ganzen Seiten groß. Dann wieder ein Info-Block mit die Zahlen. Die müssen in Marginalientexte. Nur nicht zu viel Blei. Bilder, Bilder, Bilder. Ich habe viele historischen Aufnahmen, mit Gelbstich, wunderbar. Patina macht sich immer gut …"
So redete er mit kauzigen Wortverdrehern wie ein Buch über etwas, was unmöglich ein Buch sein konnte, jedenfalls nicht so, wie Alfred sich ein Buch vorstellte. Während Joe Campta die DIN-A3 großen Musterseiten durchblätterte, fragte Alfred sich, ob er wirklich am gleichen Projekt wie Joe Campta arbeitete. Ob er wirklich eine historische Abhandlung schreiben sollte, oder ob der Auftrag nicht vielleicht doch lautete, eine Lifestyle-Broschüre für das Rothaus-Merchandising zu entwerfen.
„Das ist eine Brauerei mit magischen Ausstrahlung", schwärmte Campta. „Es ist das Anblick einer Burg. Und dazu die romantischen Tannen. Wie ist das Bier genannt? Die „Tannenzäpfle"?"
„Das Tannenzäpfle", korrigierte Alfred. „Das sind die kleinen Flaschen."
Joe Campta eilte, als handele es sich um eine Netzattacke beim Tennismatch, zu einem bis an die Decke reichenden

Designerkühlschrank, der den halben Besprechungsraum ausfüllte. Flaschen klirrten, als er ihn öffnete. Dann hielt er eine 0,33-Liter Bierflasche in der Hand. Leider die falsche. „Freiburger" von der Ganter-Brauerei. Sie hieß das Pils.
„Ja, so ähnlich!", bestätigte Alfred. Der Blödmann Campta dachte nicht daran, ihm das Bier anzubieten. Stattdessen stellte er es zurück in den Kühlschrank.
„Er hat viel historischen Forschung betrieben, der Heinz Böckler", sagte Joe Campta unvermittelt. „Forschung" sprach er aus wie „Foursching" und insgesamt radebrecherte er leicht. Andere hätten dies als sympathischen landsmannschaftlichen Dialekt empfunden, Alfred störte sich daran. Der Mann konnte nicht einmal richtig Deutsch, betrieb aber eine Marketing-Agentur und machte für Unternehmen und Organisationen Kommunikation. Hauptsache die Dinge sahen schön bunt aus. Inhalte schienen keine Rolle zu spielen.
„Er hat die ganze Brauerei durchleuchtet", beantwortete Alfred Camptas Frage. „Er hat sich mächtig reingekniet, vor allem in die Zeit der Badischen Revolution. Da hat er jeden Aktendeckel umgedreht und jedes Schriftstück durchleuchtet. Ich glaube nicht, dass ihm viel entgangen ist. Alles, was aus dieser Zeit noch in den Archiven der Rothaus Brauerei lagert, hat er ausfindig gemacht."
„Alles?", fragte Campta mit überraschendem Interesse. „Die ganzen Revolution?" „Revolution" sprach er dabei amerikanisch aus, etwa: „Rivoluschn".
Alfred fand das strahlende Lächeln Camptas schleimig, er fand dessen blitzende blauen Augen unnatürlich, ihn stieß Camptas Gesichtsbräune ab, obwohl sie von noch nicht allzu lange zurückliegenden gesunden Aufenthalten auf alpinen Skipisten kündete, ihn störte das glatt gescheitelte,

schwarzglänzende Haar, der ganze Kerl passte ihm nicht. Deswegen antwortete er ziemlich brüsk: „Heinz Böckler hat alles dokumentiert. Er hat alle Vorgänge rund um die Brauerei und die Revolution minutiös und chronologisch erfasst. Es ist ganz einfach, daraus ein Manuskript zu machen."

„Aber das ist sein Wissen, und der Mann ist tot. Mausetot!", klagte Campta. „Wer kann sein Arbeit fortsetzen?"

Alfred setzte sein mitleidiges Lächeln auf. Hier konnte er Überlegenheit demonstrieren. Die Überlegenheit des Mannes, der sein Handwerk beherrschte, der Inhalte zu bieten hatte und nicht nur bunte Etiketten. „Es ist nicht besonders schwer. Für einen Historiker und Journalisten wie mich gar kein Problem. Heinz Böckler hat alles in Aktenordnern fein säuberlich gesammelt und chronologisch sortiert. Er hat zu jedem Thema einen Aktenordner angelegt. Über Personen, über Ereignisse, über die Brauereigeschäfte, über die Finanzen …"

„Die Finanzen auch?", Camptas Zwischenfrage kam abrupt.

„Selbstverständlich! Auch über die Finanzen. Der Betrieb der Rothausbrauerei lief ja während der Revolutionsereignisse weiter. Die Brauerei hatte damals einen sehr tüchtigen Brauereirechner. Er hieß Max Zäh."

Freudig gab Alfred mit diesem Namen an, auf den er erst am Morgen in Heinz Böcklers Aktenordnern gestoßen war. Ihm schien aber, als wäre Joe Campta bei der Nennung dieses Namens merklich zusammengezuckt.

„Max Zäh. Schon mal gehört, diesen Namen?", fragte er neugierig.

Joe Campta schüttelte den Kopf. Aber für Alfreds Empfinden etwas zu hektisch. Außerdem sprach Camptas Gesichtsausdruck eine andere Sprache. Ganz sicher hatte die-

ser den Namen schon gehört. Das bewies auch schon seine nächste Frage: „Und was hat dieser Max Zäh aufgeschrieben? – Von die Finanzen? Was ist damit gewesen?"
„Soweit bin ich noch nicht. Ich habe noch längst nicht alles gelesen. Heinz Böckler hat 25 Aktenordner hinterlassen."
Joe Campta sprang auf: „Ist das wahr?" Sofort setzte er sich wieder. Aber Alfred entging nicht, wie aufgeregt Campta jetzt war. Um anzugeben, lieferte er noch ein paar Informationen mehr: „Das wissen Sie doch, dass Heinz Böckler fast Tag für Tag in der Brauerei recherchiert hat. Er hatte dort sogar ein kleines Büro. Und in diesem Büro hat er alles gesammelt. Einen ganzen Karton voller Aktenordner. Sein ganzes Wissen. Das ganze Wissen über die Rothausbrauerei während der zwei Jahre von 1847 bis 1849."
Joe Campta blieb stumm. Mit einem billigen Plastikkugelschreiber malte er nervöse Kringel auf ein Notizpapier. Irgendetwas stimmte nicht mit ihm. Alfred spürte es an den Reaktionen des Amerikaners. Irgendeine der Informationen, die Alfred geliefert hatte, hatten den Agenturinhaber elektrisiert. Aber Alfred hatte keine Idee, was es gewesen sein könnte.
„Wie wollen wir weiter vorgehen?", fragte er schließlich, als Campta überhaupt nicht mehr mit dem Kringelmalen aufhören wollte.
„Wie? Was?", schreckte Campta auf. Dabei drückte er so fest auf den Kugelschreiber, dass dieser zerbarst und seine Einzelteile in alle Himmelsrichtungen davon spritzten. Betreten betrachtete er den abgesplitterten Rest, den er noch zwischen den Fingern hielt. Er grinste säuerlich und warf den Stummel in den Papierkorb. „Das ist auch ein Mist", kommentierte er. „Ich hatte einen teuren Kugelschreiber von Mont Blanc. Ganz dünn und mit Silber gefasst. Keine

Ahnung, wo das ist geblieben. Man hat mir geklaut!" Er knurrte grimmig, als sei im Hinblick auf den verschwundenen Kugelschreiber das letzte Wort noch nicht gesprochen. Alfred wiederholte seine Frage: „Wie wollen wir weiter vorgehen?"
Sie einigten sich darauf, dass Alfred Ausdrucke von Camptas Entwürfen mitnahm. Dann konnte er sich schon mal ausrechnen, wie viele Anschläge er benötigte, um den Blindtext auszufüllen, den Campta neben den Illustrationen vorgesehen hatte. Auf diese Weise würde es für Alfred leichter sein, genau die richtigen Textmengen zu fabrizieren.
Nach ein paar Vereinbarungen zum weiteren Vorgehen und dem gegenseitigen Austausch der Visitenkärtchen – Alfred machte Gebrauch von der Variante „Journalist – Redakteur – Autor" – beendeten sie das Treffen. Die Frisur mit Brüsten geleitete Alfred zur Tür. Alfred verließ die Agentur „CleverMind" mit dem unbestimmten Gefühl, auf eine Quelle künftigen Ärgers gestoßen zu sein.
Auf der Heimfahrt im Zug las er sich in einen Aufsatz „Politisierung im Vormärz: Presse, Vereine und Versammlungen" ein, den er sich zuvor noch schnell in der Uni-Bibliothek ausgeliehen hatte. Er wollte herausfinden, was es mit Vereinen wie der „Volkswehr Grafenhausen" auf sich hatte. „Presse und Vereine, die in den 1840er Jahren ihren Wirkungsbereich stark ausdehnten, wurden zum wichtigsten Vermittler der liberalen Ideen, die schließlich zum Ausbruch der Badischen Revolution führten", so las er da. Kurz zusammengefasst ergab sich: Überall wurden in jener Zeit Turnvereine, Gesangsvereine, Bürger- und Volksvereine gegründet, die sich alle als harmlose Freizeitzusammenschlüsse tarnten, in Wahrheit aber Keimzellen revolutionä-

rer Umtriebe waren. Denn bis zum tatsächlichen Ausbruch der Revolution im Jahre 1848 konnten sich diese Vereine nicht offen zu ihren politischen Zielen bekennen, da die badische Regierung nach einem Gesetz befugt war, „jederzeit einen Verein, der die Sicherheit des Staates oder das allgemeine Wohl gefährdet" aufzulösen und zu verbieten. Zahlreiche Vereine tarnten deshalb ihre politischen Absichten hinter einem vermeintlich unpolitischen Vereinszweck wie dem Gesang, der Turnerei oder der „Hebung der allgemeinen Bildung".

Alfred steckte einen Zettel, den er sich vom Schwarzen Brett an der Uni abgerissen hatte, als Lesezeichen in die Schrift. Der Zettel pries an: „Nette Männer-WG sucht Mitbewohner." Alfred hatte das Blatt einem Impuls folgend abgerissen. Wohnungssuche war ja gerade ein Thema für ihn. Dann lehnte er sich im Zugsitz zurück und dachte nach. Er schloss die Augen und versetzte sich ins Jahr 1848. Er stellte sich den Vereinsvorsitzenden Johannes Grüninger vor, wie er seine Mitstreiter Ernst Kempter und Josef Hahn mit aufrührerischen Reden in der Gaststube der Brauereiwirtschaft gegen den Großherzog und seine Regierung aufhetzte. Drei Männer, die in Diensten des Badischen Staates standen und heimlich den Aufstand gegen diesen Staat vorbereiteten. Draußen zog das verregnete Höllental vorbei. Wasserschlieren wanderten horizontal an den Zugscheiben entlang. Öder Nebel kroch über den noch kahlen Baumwipfeln talwärts. Dieser trostlose Anblick und das monotone Rattern der Höllentalbahn schläferten Alfred ein. Er wachte erst wieder am Bahnhof Neustadt auf, beziehungsweise, der Schaffner weckte ihn mit dem Hinweis, dass dieser Zug hier ende und alle Fahrgäste auszusteigen hätten. Vorher verlangte er aber, Alfreds Fahrkarte zu sehen. Pech gehabt, mein Freund, freute sich Alfred und zückte die Jahres-Regiokarte. Damit hatte der Schaffner nicht gerechnet. Er setzte sein freudloses Servicewüstenlächeln auf und trollte sich.

Durch kalten Regen stapfte Alfred nach Hause. Nach Hause? Wie lange noch? An der Wohnungstür klebte ein Zettel von Luise Ziegler: „Morgen ziehen Sie aus!", so stand da in fetten Buchstaben mit blauem Filzstift geschrieben. Und darunter: „Wegen Schlüssel bitte Klingeln!" Klingeln hatte sie groß geschrieben. Das würde er ihr unter die Nase reiben.

Als er klingelte öffnete jedoch ein älterer, dickbäuchiger Mann mit grauem Haarkranz und trübem Blick. Hinter ihm erschienen sogleich drei jüngere Kerle, jeder von ihnen zwei Köpfe größer und eine Schulterbreite massiver als der Türöffner. Von Luise Ziegler keine Spur. Es handelte sich bei den Männern um Herbert Ziegler, den angedrohten Bruder der alten Jungfer, und um dessen drei Söhne. Alfred erbat kleinlaut den Wohnungsschlüssel, den die vier Krieger ihm auch aushändigten, allerdings mit der nachhaltig wirkenden Drohung: „Morgen ziehen Sie ja sowieso aus!" Alfred wagte nicht zu protestieren.

VERHEISSUNGSVOLLES ABENDESSEN

Da es noch früher Nachmittag war, nutzte Alfred die Zeit, um all seine schmutzige Wäsche zusammenzuraffen, und noch einmal im Waschkeller von Luise Ziegler die dort für die Mieter bereitgestellte Waschmaschine zu stopfen. Es war sowieso längst wieder Zeit für eine Wäsche, denn neben und unter Alfreds Bett häuften sich bereits Berge von Socken, Unterhosen, T-Shirts und Sweatshirts, Handtücher, zwei Jeans und anderes Zeugs. Dennoch ging Alfred nur zähneknirschend ans Werk. Er empfand diesen Waschgang als voreiliges Eingeständnis einer Niederlage, als eine Art Kapitulation vor Luise Ziegler. So, als stünde sein Auszug aus der Wohnung bereits unumstößlich fest.

Dabei hatte Alfred noch eine letzte Option. Glaubte er zumindest. Er war zum Abendessen bei Anna eingeladen, seiner Ex-Kollegin und Ex-Volontärin beim Hochschwarzwaldkurier, die jetzt dort seine Nachfolgerin als Lokalredakteurin geworden war. Anna, dieses Herzchen, dieses Unschuldslamm. So naiv und blauäugig, wie sie immer wirkte, war sie beileibe nicht. Sonst hätte sie nicht Alfreds Job bekommen. Aber sie war jung, gutgläubig und hatte Mitleid mit Alfred, da sie ja gewissermaßen nicht ganz unschuldig an seinem Rauswurf gewesen war. Jedenfalls hatte Alfred sie im Verdacht, seinerzeit kräftig daran mitgestrickt zu haben.

Nun also hatte Anna ihn zum Abendessen eingeladen. Welche Überraschung! Die süße Anna! Obwohl Alfred sie seinerzeit monatelang bezirzt hatte, all seinen Lausbubencharme ausgespielt hatte, den hilfreichen Kollegen gegeben und sie bei ihrer Volontärsausbildung nach Kräften unterstützt hatte, hatte er – im Gegensatz zu Linus, der sich dieser Eroberung rühmte – nie bei ihr landen können. Dabei sah sie aus wie eine süße Schwarzwälder Kirschtorte, mit ihrer schneewittchenweißen Haut, ihren roten Bäckchen, dem schwarzen Bubikopf und den großen, unschuldigen Haselnussaugen. Ihre verheißungsvolle Figur verbarg sie zwar gerne unter monströsen Pullovern, aber Alfreds Kennerblick entgingen die wirklich relevanten Details nicht: Po, Busen, Schenkel! Alles saß bei Anna perfekt und war auch perfekt dimensioniert. „Nur schauen, nicht anfassen!", pflegte sie zu sagen, wenn Alfred ihr zu nahe rückte. Nun denn, es hatte bisher nicht sein sollen. Zuletzt hatte Alfred auch andere Sorgen gehabt. Er litt noch unter dem Liebeskummer seiner letzten gescheiterten Beziehung. Er musste seine erzwungene Kündigung beim Hochschwarzwaldkurier verdauen, seine verzweifelte und bisher erfolglose Jobsuche, seinen neuen Anlauf als Student an der Uni, seine Geldsorgen, – und nun kam auch noch das Wohnungsproblem dazu.

Als Anna angerufen hatte, um ihn zum Abendessen bei sich zu Hause einzuladen, hatte sie nur kryptische Andeutungen gemacht. Sie habe eine Idee, einen Vorschlag, wolle ihm helfen, Geld zu verdienen; er solle sich mal ganz unverbindlich anhören, was sie ihm zu unterbreiten habe. Mit weiteren Einzelheiten rückte sie nicht heraus. Alfred nahm die Einladung an, und zwar mit vier Hintergedanken. Erstens: mal richtig satt essen. Zweitens: vielleicht wusste Anna ja einen Job für ihn. Drittens: Anna verführen! Viertens: Anna anpumpen, nämlich um zweitausend Euro, um damit die Mietrückstände zu bezahlen.

Alle vier Hintergedanken erforderten eine Strategie und ein abgestimmtes, chronologisches Vorgehen. Im Vertrauen auf die eigenen Künste verzichtete Alfred aber darauf, sich großartig im Voraus Pläne zu machen. Er würde situativ entscheiden und handeln.

Da noch viel Zeit bis zum Abend blieb, hockte Alfred sich über die Rothaus-Akten. Erst einmal verschaffte er sich einen Überblick. Er hievte einen Ordner nach dem anderen aus dem Umzugskarton und sortierte sie chronologisch, indem er sie nebeneinander auf dem Fußboden um sich herum aufstellte, als handelte es sich um überdimensionale Dominosteine. Die Aufzeichnungen von Heinz Böckler begannen mit dem Jahr 1847 und dort mit dem Brand des Brauereigebäudes. Alfred stieß beim ersten groben Überschlagen der Akten auf die immer gleichen Namen: Johannes Grüninger, Pächter der Brauereigaststätte; Ernst Kempter, Bauaufseher, der einer seit 1842 in Gang befindlichen baulichen Erweiterung der Brauerei vorstand, Josef Hahn, Obermälzer, Max Zäh, Brauereirechner. Diese Namen kannte Alfred schon. Hinzu kam ein gewisser Josef Stegmeier, damals oberster Braumeister in Rothaus, sowie der Domänenassessor Stüber, so etwas wie der eigentliche Chef der Brauerei, der allerdings beim Bezirksamt in Bonndorf saß.

Zu all diesen Personen lagen die Original-Personalakten vor. Über den Oberbraumeister Stegmeier hieß es darin: „Er wurde gut erzogen, hat eine ordentliche Schulbildung, ist ein solider Mann von 35 Jahren und noch ledig."

In der Personalakte des Brauereirechners Max Zäh stand: „Unbedingt staatstreu", während die Einschätzung über den Mälzer Josef Hahn lautete: „Aus Bayern gebürtig, dem badischen Staat gegenüber feindselig eingestellt".

Bald hatte Alfred sich eingelesen, so dass er sich zumindest ein Bild vom Zustand der Rothausbrauerei im Jahre 1847 machen konnte, also am Vorabend der Badischen

Revolution. Seit 1842 war die Brauerei eine Baustelle, aber die Erweiterung unter Leitung von Bauaufseher Kempter kam nicht voran. Der Brand vom Januar 1847 warf die Handwerker weiter zurück. Offensichtlich liefen die Geschäfte damals auch nicht besonders gut. Die Brauerei schrieb seit zwei Jahren Verluste, das Bier galt in der Umgebung nicht viel. In einem internen Report des Bezirksamtes las Alfred: „ ... dass das Rothauser Bier in keinem guten Ruf stehe; es ist als schlecht und ungesund verschrien. Das von Stegmeier nach ‚bayrischer Art' gebraute Bier ist von schwindender Qualität und bei der Bevölkerung nicht beliebt ..." Alfred notierte sich: „Stegmeier und Hahn – beide aus Bayern!"

Über Johannes Grüninger, den Pächter der Brauereigaststätte, las Alfred: „Er ist eine patriotische Persönlichkeit und ein Mann voller göttlichen Frohsinns, hat in sich ein Stück Schwarzwaldromantik. Leider anfällig für die aufrührerischen, freiheitlichen und staatsfeindlichen Gedanken der Liberalen." An anderer Stelle hieß es über Grüninger: „Hält Reden im Volksverein Grafenhausen, fordert die Abschaffung der Zensur und die Einführung von Pressefreiheit!"

Das Handy läutete. Alfred war so gefesselt von den alten Geschichten, dass er es lange überhörte. Aber der penetrante Klingelton holte ihn schließlich doch aus der Vergangenheit in die Gegenwart zurück.

Max Sachs meldete sich am anderen Ende, der Braumeister aus Rothaus. Er bot Alfred eine Brauereibesichtigung an.

„Ja, gleich Morgen", bestätigte er auf Alfreds Nachfrage. „Es würde gerade passen, ich hätte Zeit. Ich kann sonst sowieso nicht viel machen." Es klang wie eine Klage.

Alfred fragte nach: „Wie? Wieso? Wie meinen Sie das, Sie können nicht viel machen ...?"
„Die Brauerei ist lahmgelegt. Mehr oder weniger. Die Polizei!" Über die Entfernung hinweg hörte Alfred heraus, wie genervt der Braumeister war. „Alle Brauvorgänge sind gestoppt. Die Polizei will alle sieben Braukessel ablassen und genau untersuchen. Es ist eine Katastrophe!"
„Aber was will sie denn untersuchen?" Alfred empfand Mitgefühl. Der Braumeister tat ihm leid. „Erwartet sie, noch weitere Leichen zu finden?"
„Ich weiß es nicht", seufzte Max Sachs. „Soviel ist jedenfalls klar: Heinz Böckler wurde ermordet. Die Obduktion hat ergeben, dass er zuerst mit einem stumpfen Gegenstand auf den Kopf bewusstlos geschlagen wurde, dann erst ist er in den Braukessel gefallen und ertrunken."
„Dann hat der Täter den Bewusstlosen absichtlich in den Braukessel gehievt und hineinfallen lassen?", fragte Alfred ungläubig.
„Möglich!", erwiderte Max Sachs. „Aber Polizeirat Jens Beuge vom LKA, der jetzt die Ermittlungen leitet, vermutet, dass Heinz Böckler sich im Braukessel vor seinem späteren Mörder verstecken wollte."
„Und dort hat der Mörder ihn aufgespürt und bewusstlos geschlagen?", sponn Alfred die Theorie weiter.
Max Sachs schwieg dazu. Es fiel ihm offensichtlich schwer, über den gewaltsamen Tod des einstigen Kollegen zu sprechen. Nach einer Weile, als Alfred schon glaubte, der Braumeister habe das Telefonat beendet, sagte Sachs: „Das ganze Sudhaus ist abgeriegelt. Wir können nicht mehr arbeiten. Deshalb hätte ich morgen Nachmittag Zeit, Ihnen die ganze Brauerei mal in Ruhe zu zeigen. Geht das?"

Alfred sagte zu. Er hatte zwar nicht vergessen, dass er am morgigen Tag möglicherweise aus seiner Wohnung ausziehen musste, aber wenn es wirklich geschehen sollte, dann konnte er auch seine wenigen Siebensachen schon am Vormittag zu Linus bringen. Apropos Linus! Den hatte er ja noch gar nicht informiert. Den musste er alarmieren, bevor er sich in dessen Wohnung einquartierte. Schließlich brauchte er dann auch einen Schlüssel. Und außerdem spekulierte er darauf, dass er seine Habseligkeiten im Porsche von Linus transportieren konnte. Drei oder vier Fahrten, dann wäre das geschehen. Nur die Aktenordner bereiteten ihm Kopfzerbrechen.

Schnell erledigte er den Telefonanruf. Linus stand zu seinem Wort: Ja, Alfred konnte bei ihm unterschlüpfen. „Aber nur für ein paar Tage! Bis du etwas anderes gefunden hast. Das ist keine Dauerlösung, verstanden?"

„Verstanden!", versprach Alfred.

Gegen Abend unternahm er einen gemütlichen Spaziergang durch das kalte Neustadt Richtung Dennenberg, wo Anna als Mieterin in einem schicken Mehrfamilienneubau wohnte. Er vermied den Weg durch die Scheuerlenstraße, wo seine Stammkneipe, die „Spritz", ihn möglicherweise hätte auf dumme Gedanken bringen können. Ebenso ging er der Route aus dem Weg, die am „Dennenbergstüble" vorbei führte, denn dort lockte ebenfalls der Stammtisch. Stattdessen bog er in den Kurgarten ab, durchtrödelte diesen Stadtpark, indem er sich eine selbstgedrehte Zigarette gönnte, und nahm dann den steilen Mösleweg, um ins Neubaugebiet am Dennenberg zu kommen. Anna wohnte weit oben in der Feldbergstraße. Als er vor der Haustür des Sechsfamilienblocks stand, fiel ihm siedend heiß ein, dass es vielleicht höflich gewesen wäre, wenn er einen Blumenstrauß oder jedenfalls eine kleine Aufmerksamkeit als Gastgeschenk mitgebracht hätte. Zum Glück entdeckte er im Treppenhaus in einer Fensternische einen schönen Blumentopf mit weißer Orchidee. Das würde Anna sicher gefallen.

Sie öffnete ihm die Tür zu ihrer Dachwohnung mit dem bezaubernden Lächeln eines wiesenfrischen Schwarzwaldmädchens. Eine schwarze Haarsträhne klebte adrett in ihrer Stirn und zeugte zusammen mit der umgebundenen Kochschürze davon, dass Anna gerade in der Küche zugange war. Unbeholfen streckte Alfred ihr den Blumentopf mit der Orchidee entgegen. Sie stellte ihn recht achtlos auf den Garderobentisch in ihrem Wohnungsflur, damit sie die Hände frei bekam, um Alfred kurz zur Begrüßung an sich zu ziehen. Sie hauchte ihm ein zartes Küsschen auf die Wange und entzog sich sofort wieder, ehe er sie kräftiger an sich drücken konnte. Gelegenheit verpasst!

„Es ist lieb, dass du kommst", plapperte sie, während sie ihn in ihr kleines Wohnzimmer führte. „Ich hatte schon Sorge, dass du vielleicht in letzter Minute kneifst."

„Wie? Wieso? Warum sollte ich kneifen?"

Sie blinzelte mit ihren langen, schwarzen Wimpern und meinte unschuldig: „Na ja, schließlich sind wir ja nicht als Freunde auseinandergegangen. Ich dachte eigentlich, du hegst einen Groll gegen mich, weil ich jetzt deinen Job habe."

„Iwo", verneinte Alfred. „Ich habe höchstens einen Groll gegen die hohen Herren in Konstanz, denen ich meinen Rauswurf zu verdanken habe. Dir gönne ich den Job. Wirklich!" Dieses Statement hatte Alfred sich zuvor ausgedacht. Lange hatte er darüber nachgedacht, ob er Anna Vorwürfe machen sollte, aber sich schließlich dagegen entschieden. Jetzt sah er, dass dies die richtige Taktik war. Sie

lächelte entspannt und schenkte ihm einen warmen Blick aus ihren dunklen Rehaugen. Da ging vielleicht noch was. Alfred spürte bereits die Säfte steigen.
Während Anna in ihrer winzigen Kochnische verschwand, um die letzten Handgriffe für eine, wie sie versprach, „supercoole Vorspeise" zu erledigen, nahm Alfred die Wohnung in Augenschein. Unter der Dachschräge stand ein Computerschreibtisch. Auf der Bildschirmkante des Computermonitors tummelten sich zwei Dutzend kleine, blaue Schlumpffiguren aus Plastik. In einem Setzkasten an der Wand: Weitere Schlümpfe. Jeder besetzte ein eigenes kleines, quadratisches Fach im Setzkasten, und all diese Fächer waren um ein viermal so großes Fach in der Mitte des Setzkastens angeordnet, in dem sich nur eine Figur befand, nämlich Schlumpfinchen. Typisch Anna! Das Weibchen im Mittelpunkt, drum herum lauter männliche Zipfelmützen.
Alfred saß an einem kleinen, liebevoll gedeckten Tisch, zu dem nur zwei Stühle gehörten. An der von überladenen Bücherregalen zugestellten Wand gegenüber der Dachschräge befand sich noch ein zerknautschtes Cordsofa. Das war die ganze Wohnzimmereinrichtung. Zwei Türen gingen ab. Alfred kombinierte: Links das Badezimmer, rechts Annas Schlafzimmer.
„Ich gehe mir mal die Hände waschen", rief er in die Küche hinüber, um einen Vorwand zu schaffen, unauffällig das Schlafzimmer zu erkunden. Aber die Tür war abgeschlossen. Raffiniertes Biest! Wahrscheinlich herrschte dort intime Unordnung und Anna wollte nicht, dass er sie zu sehen bekam. Das versetzte Alfreds weitergehenden Ambitionen einen gewissen Dämpfer. Rechnete sie denn nicht damit, dass das Schlafzimmer vielleicht noch gebraucht werden würde?

Als Alfred vom Händewaschen zurückkehrte, stand die versprochene „coole Vorspeise" auf dem Tisch. Misstrauisch beäugte Alfred die trübe, grüne Flüssigkeit im Whiskyglas, die vor ihm stand.

„Ein Cocktail?" Vorsichtig rührte er mit dem Löffel in dem Sud. Kleine, bräunlich-schwarze Schwebeteilchen drängten nach oben.

„Nein, kein Cocktail. Probier einfach mal." Anna strahlte. Ihr hübsches Gesicht glühte vor Köchinnenstolz.

Mit der Zungenspitze nippte Alfred an der mikroskopisch kleinen Probe, die er auf den Löffel bugsiert hatte. Widerlich! Kalt! Schleimig!

„Was ist das?"

„Du errätst es nicht", freute sich Anna, die Alfreds Gesichtsgrimasse noch nicht als das erkannt hatte, was es war, nämlich Abscheu. „Es ist eine kalte Portulak-Gurken-Suppe mit Wok-Garnelen."

Das erklärte die grüne Farbe. Alfred verharrte in Sekunden währender Schockstarre. Dann entfuhr ihm: „Das ist nicht dein Ernst!"

Anna überhörte die Empörung und löffelte selbst mit größtem Genuss ihre Kaltsuppe. Dabei erklärte sie voller Hausfrauenstolz, was sie dieser Gurkenbrühe alles beigemischt hatte: Minze, Buttermilch, Curry, Schmand, pürierte Garnelen und ein Unkraut namens Portulak, dem die Wissenschaft angeblich Heilwirkung bei Hämorrhoiden, Darmverstopfung und Würmerbefall zuschrieb.

Da Alfred unter all diesen Belästigungen nicht litt, sah er keinen Grund, sich diese kalte Gurkensuppe anzutun. Allerdings erkannte er sehr wohl, dass der Abend unter einem ungünstigen Stern starten würde, wenn er sich komplett verweigerte. Also würgte er brav einen Löffel nach dem anderen hinunter. Zum Glück stand ein Körbchen mit aufgeschnittenem Baguettebrot auf dem Tisch. Als Alfreds sein Suppenglas endlich bis auf einen verbliebenen zentimeterdicken Bodensatz geleert hatte, war auch das Baguette aufgegessen.

Anna fragte Alfred aus. Wie es ihm gehe, was er nun mache, womit er sein Geld verdiene, wie er sein Ausscheiden beim Hochschwarzwaldkurier verdaut habe.

Alfred war so sehr von seinem Kampf mit der Gurkensuppe beansprucht, dass er darüber vergaß, seine eigene Situation schönzureden. Er räumte also ein, dass er noch keinen neuen Job gefunden habe, dass er aus Verzweiflung sein Studium wieder aufgenommen habe, dass ihm der Rauswurf aus der Wohnung drohe.

„Hast du dich denn nicht bei der Badischen Zeitung beworben?", wollte sie wissen.

„Doch, selbstverständlich! Aber ich habe eine Absage bekommen. Man habe keine Vakanzen, derzeit. Meine Bewerbung sei hochinteressant und ich käme auf die Warteliste. Sobald etwas frei werde, würde ich wieder etwas hören. Bis dahin, so hat man hat mir empfohlen, solle ich es mal als freier Mitarbeiter für die BZ-Lokalredaktion in Neustadt versuchen."

„Und ...?"

„Nun ja, die kennen mich ja. Ich glaube, es war ein Fehler, dass ich früher so oft über die Kollegen dort gelästert habe. Das lassen sie mich jetzt natürlich spüren. Hin und wieder bekomme ich einen Auftrag, aber das ist ziemlich demütigend. Sie schicken mich zur Kleintierzüchterausstellung und zum Kindergartenfest. Lauter solche Sachen. 15 Euro pro Bild und 40 Cent pro Zeile. Das ist das Honorar. Ich kriege genau so viel, wie jede Hausfrau und jeder Rentner, der als freier Mitarbeiter für die BZ schreibt. Dabei bin ich ausgebildeter Redakteur ..."

Anna hörte geduldig zu, stellte einfühlsame Fragen und vermittelte Alfred mit ihrem treuen Mutterblick den angenehmen Eindruck, dass sie sein Martyrium verstand und mit ihm litt.

„Hast du schon einmal an freie Mitarbeit für den Hochschwarzwaldkurier gedacht?", fragte sie vorsichtig, während ihre langen, zarten Finger nervös das leere Gurkensuppenglas drehten.

Jetzt kommt's, dachte Alfred. Sie will was von mir. Er schüttelte den Kopf: „Was würde Leuchter dazu sagen?"

Leuchter, das war der Leiter der Hochschwarzwaldkurier-Redaktion in Neustadt, Alfreds früherer Vorgesetzter, jetzt Annas Chef.

„Leuchter wäre einverstanden. Er sagt, du kannst gut schreiben und du hast eine Nase für interessante Geschichten. Die hohen Herren vom Verlag in Konstanz müssen ja nicht wissen, dass du für uns arbeitest. Wir verstecken dich hinter einem Namenskürzel, dann merkt niemand etwas."

Es war Alfred klar, dass er eigentlich laut und klar hätte ablehnen müssen. Aus Prinzip! Mit dem Hochschwarzwaldkurier hatte er gebrochen. Aber andererseits, er war in Not, er brauchte Geld, er brauchte regelmäßige Einkünfte. Und dann war da ja noch Anna. Sie sah so bezaubernd aus. Ihre schwarzen, tiefgründigen Augen funkelten verführerisch, so als verberge sich in deren Tiefen ein glitzernder Schatz, ihr Näschen rümpfte sich mit allersüßesten Grübchen und wenn sie lächelte, blitzten makellose Zähne in ihrem roten Kussmund. Seit über vier Monaten hatte Alfred keiner Frau mehr in die Augen geschaut, hatte Abstand zu allem Weiblichen gehalten, hatte seinen Liebeskummer gepflegt, weil er die bittere Abfuhr immer noch nicht verdaut hatte, mit der seine letzte Beziehung zu Ende gegangen war.

Und nun? Nun saß er hier einem magischen Wesen gegenüber, der keuschen, sauberen, unberührbaren Anna und bestaunte das Pulsieren der feinen Adern an ihrem Schwanenhals, oder malte sich aus, wie es wäre, mit der Zunge die flaumigen Härchen an ihrem Unterarm zu erspüren. Ahnte Anna davon etwas? Spürte sie Alfreds lüsterne Unruhe?

Falls ja, so zeigte sie es nicht. „Wir könnten doch mal einen Versuch starten", sagte sie, meinte aber etwas vollkommen anderes, als das, wovon Alfred träumte. „Morgen Abend findet die Jahresversammlung des Einzelhandelsverbandes Südbaden statt. Das ist ein großer Festakt mit einigen Ehrungen und Preisverleihungen, bei dem gleichzeitig auch viele Zahlen und Informationen aus dem Geschäftsjahr des Einzelhandels in Südbaden bekannt gegeben werden. Wir brauchen davon unbedingt für die aktuelle Ausgabe noch einen großen Artikel. Könntest du diesen Termin nicht für uns wahrnehmen?"

Alfred zögerte. „Kann ich darüber noch nachdenken?"

„Aber sicher. Überlege es dir." Anna erhob sich und deutete auf ihre Kochnische: „Ich hole inzwischen das Essen. Die Nudeln kochen!"

Alfred sah ihr nach. Auch Annas Figur – einfach tadellos! Sie trug enge Jeans, die ihren runden Po prächtig zur Geltung brachten, darüber einen Schlabberpulli, der aber nicht verbergen konnte, welche fabelhaften Früchte sich darunter versteckten. Die Gewissheit stieg bei Alfred, dass er sie haben wollte, diese Früchte und alles, was dazugehörte. Und wenn eine erfolgreiche Eroberung davon abhängen sollte, dass er sich bereiterklärte, den Termin beim Einzel-

handelsverband Südbaden zu übernehmen, dann übernahm er eben diesen Termin.
„Wo ist sie überhaupt, diese Einzelhandels-Tagung?", fragte er in die Kochnische hinüber.
„Oben in Rothaus", rief Anna zurück. „Der Einzelhandelsverband tagt in der Brauereigaststätte, direkt bei der Rothausbrauerei."
Na so ein Zufall. Und Alfred musste sowieso dort hin, schließlich hatte er sich zur Brauereibesichtigung mit Braumeister Sachs verabredet.
„Ich gehe hin! Ich mach's!", rief er Anna zu. „Aber nur weil du es bist. Nur für dich, weil du so nett gefragt hast."
Als sie mit zwei dampfenden Schüsseln an den Tisch zurückkehrte fügte er hinzu: „Und weil du mich so liebevoll bekochst, heute Abend."
Sie errötete im Blitztempo, wie es bei ihr üblich war.
Er warf einen Blick in die Schüssel, die sie ihm hinstellte.
„Was ist das?"
„Zitronen-Pasta mit Blattspinat!"
In Alfreds Schüssel befand sich ein dampfender Berg Korkenziehernudeln, garniert mit gehackten Tomaten, Tofukäse, Streifen von Zitronenschale, Peperonicokrümeln und matschgrünen Salatblättern. Er stierte sekundenlang auf das Gericht. „Zitronen-Pasta mit Spinat", wiederholte er dann.
Anna schenkte ihm ein zustimmendes Lächeln.
„Und Fleisch", fragte Alfred schließlich mutlos. „Gibt es auch noch Fleisch dazu?"
Seine Gastgeberin rümpfte das Näschen. „Aber Alfred! Du müsstest doch langsam wissen, dass ich Vegetarierin bin. Ich esse doch kein Fleisch!"
Alfred verkniff sich die Antwort „Aber ich!", die ihm auf der Zunge lag. Das hätte sowieso nichts geholfen. Stattdessen

angelte er vorsichtig eine Nudel aus seiner Schüssel und schnupperte daran.

„Es ist auch noch Knoblauch dran." Annas Bemerkung klang nicht wie eine Entschuldigung, sondern wie eine weitere Anpreisung.

Alfred besann sich darauf, was er sich alles noch von diesem Abend erhoffte, und schob sich beherzt eine volle Gabel in den Mund.

„Es würde vielleicht Weißwein dazu passen", schlug er vor. Anna hatte nur Mineralwasser bereitgestellt. Sie schüttelte energisch den Kopf: „Kein Alkohol, Alfred. Bei mir nicht. Du musst mal von dem Saufen wieder runterkommen!"

Hatte sie „Saufen" gesagt? Alfred blieb vor Verblüffung der Mund offen. Er ließ die Gabel zurück in die Schüssel sinken. „Hast du ‚Saufen' gesagt?"

„Klar habe ich das gesagt. Ich meine es auch so. Du sollst nicht soviel saufen. Damit haben doch all deine Probleme erst angefangen."

Kein Streit! Kein Streit! Bloß kein Streit, so befahl Alfreds innere Stimme. Er beherrschte sich. Anna lächelte, als wäre nichts geschehen. Sie aß mit Appetit und Genuss. Auch das Mineralwasser schien ihr zu schmecken. Alfred quälte sich durch seinen Nudelberg. Es gab keine Stelle in seiner Schüssel, wo er hätte die Spinatblätter verstecken können. Bei jedem Bissen, den er sich in den Mund schob, brauchte er seine ganze Überwindung. Sah man ihm das an? Wie konnte er seinen Widerwillen verbergen? Immer wenn Anna aufsah, setzte er ein freudiges Grinsen auf und kaute beherzt. Das schien sie zufrieden zu stellen. Immerhin half das Mineralwasser, jeden Bissen zu verdünnen. Anna wunderte sich über Alfreds Durst. „Siehst du, Mineralwasser schmeckt doch gar nicht so übel."

Alle Versuche Alfreds, das Gespräch von dienstlichen Angelegenheiten und allgemeinen Themen langsam umzubiegen auf eine eher persönliche Schiene, auf der er endlich seinen Angriff hätte starten können, bog Anna mit untrüglichem Gespür ab. Und als Alfred schließlich mit einem schmalzigen „Anna, ich muss dir mal etwas sagen", ihre beiden Hände fasste, um endlich zur Sache zu kommen, entzog sie ihm mit freundlichem Nachdruck ihre Hände wieder und erhob sich. „Ich räume mal das Geschirr ab", verkündete sie dabei. „Und danach gibt's noch eine Belohnung. Weil du so schön brav warst, den ganzen Abend!"

Was Anna sich unter einer Belohnung vorstellte. Sie kam mit zwei kleinen Schnapsgläschen aus ihrer Miniküche zurück. In der anderen Hand trug sie eine Flasche mit Himbeerlikör. Klebriges, süßes Zeugs. Frauenzeugs eben. Allerdings nutzte Alfred den Aperitif zu einer kühnen Volte: „Was meinst du, wie süß ein Kuss schmeckt, wenn man gerade so ein Glas Himbeerlikör getrunken hat?" Ohne Annas Antwort abzuwarten, fasste er sie mit beiden Händen links und rechts am Kopf und zog sie sanft zu sich heran, um sie zu küssen.

Fast hätte er es geschafft. Aber sie drehte in letzter Sekunde den Kopf zur Seite und verweigerte ihren Mund. „Alfred, du bist doch unverbesserlich", schimpfte sie. Immerhin klang sie nicht böse, eher vorwurfsvoll. Sie warf ihm einen Handkuss zu. „Das muss für heute genügen. Du weißt doch: Nur gucken, nicht anfassen!"

Irgendetwas in Alfreds enttäuschtem, treuen Dackelblick musste wohl Instinkte in ihr geweckt haben, denn sie fügte gurrend hinzu: „Wieso wollt ihr Kerle eigentlich immer nur das eine?"

Das Gurren hörte sich für Alfred so an wie „heute nicht – aber vielleicht demnächst einmal", weshalb er auf ihren Tonfall einging: „Wieso hast du dein Schlafzimmer abgeschlossen?"

Die Frage gefiel ihr. Sie streichelte Alfred kurz die Wange: „Vielleicht, weil ich dich so gut kenne. Führe mich nicht in Versuchung …!"

Anna schenkte Alfred zum Abschied einen kleinen blauen Plastikschlumpf, der vor einer Plastikschreibmaschine saß und mit verrutschter Zipfelmütze und blauen Stummelfingern in die Tasten haute. „Ein Glücksbringer", versprach sie. Dann gingen sie mit der gegenseitigen Versicherung auseinander, sich künftig häufiger treffen zu wollen, Anna mit dem ehrlich gemeinten Abschiedswort, sie freue sich, dass Alfred bereit sei, hin und wieder für den Hochschwarzwaldkurier zu schreiben, Alfred mit der Lüge, dass es ihm super geschmeckt habe.

Erst als er draußen vor der Tür stand und sich eine Zigarette drehte, ging Alfred auf, dass er von all seinen Zielen für diesen Abend kein einziges erreicht hatte. Nicht einmal einen Abschiedskuss hatte sie ihm gewährt. Und Anna anzupumpen, das hatte er gleich ganz versäumt.

Trotzdem schlenderte er in beschwingter Stimmung heimwärts. Irgendetwas an diesem Abend war besser gewesen, als es die nüchterne Bilanz verriet. Ihm war so gehoben zumute, dass er gar nicht auf den Gedanken kam, unterwegs in der „Spritz" oder im „Dennenbergstüble" einzukehren, obwohl es erst kurz nach 23 Uhr war.

Vor der Haustür kehrte dann wieder Ernüchterung ein. Alfred kam nicht hinein. Er besaß für das neue Schloss keinen Schlüssel. 23.15 Uhr! Ihm grauste davor, um diese Uhrzeit bei Luise Ziegler zu klingeln. Aber was sollte er machen?

Bei Zieglers schien man aber geradezu darauf gewartet zu haben, dass Alfred noch spät in der Nacht klingeln würde. Kaum hatte er nämlich den Klingelknopf gedrückt, stand auch schon einer der hünenhaften Neffen Luise Zieglers in der Haustür und hielt Alfred knurrend den Schlüssel vor die Nase: „Ich schließe auf!"

„Danke!", sagte Alfred erleichtert, froh, keine nächtlichen Diskussionen führen zu müssen.

„Und morgen früh verschwindest du. Hast du verstanden? Auf Nimmerwiedersehen. Meine Tante hat die Schnauze voll von so einem Mietnomaden. Die Anzeige haben wir schon erstattet. Entweder du zahlst deine Schulden, oder es kommt demnächst mal der Gerichtsvollzieher bei dir vorbei."

UMZUG

Um sechs Uhr in der Früh wurde Alfred aus dem Bett geworfen. Der Ziegler-Clan konnte es gar nicht erwarten, ihn loszuwerden. Die drei Kolosse von Ziegler-Neffen standen in Alfreds Schlafzimmer, knipsten das Licht an, rissen das Fenster auf und rüttelten an Alfreds Bett. So funktionierte das, wenn man die Schlüsselgewalt hat.
Es blieb Alfred wenig Zeit zu protestieren. Benommen krabbelte er aus dem Bett. Dass er diese Situation als peinlich und demütigend empfand, kümmerte die drei Ziegler-Herkulesse wenig. Sie sahen nicht nur aus wie Kleiderschränke, sondern besaßen auch das Mitgefühl eines Kleiderschrankes, nämlich null! Widerstand war zwecklos.
„Darf ich aufs Klo?", fragte Alfred genervt, als er endlich im Schlafanzug vor den drei Kerlen stand und realisierte, was gerade geschah.
Sie nickten.
„Kann ich mich noch duschen?"
Sie nickten.
„Ihr könntet ja solange einen Kaffee kochen. Ich würde nämlich auch noch gerne frühstücken."
„Wir haben Kaffee mitgebracht", sagte der mittlere Kleiderschrank und deutete auf eine Thermoskanne, die auf der kleinen Küchentheke in Alfreds Wohnung stand.
„Und wir haben Umzugskisten mitgebracht", ergänzte der rechte Kleiderschrank. „Wir haben nämlich gesehen, dass du noch keine hast."
Alfred resignierte. Er verdrückte sich ins Badezimmer und dehnte Klo und Dusche so lange wie möglich aus. Bis er aus seiner Wohnung beängstigende Geräusche vernahm.

Die drei Ziegler-Neffen waren gerade dabei, den Kleiderschrank auszuräumen. Sie stopften wahllos Alfreds sämtliche Klamotten in ihre mitgebrachten Umzugskartons.
„Hey, seid ihr verrückt? Was soll denn das? Ich packe meine Sachen selber ein. Nehmt eure dreckigen Hände da weg!"
Ungerührt machten die drei weiter.
Alfred brauchte Hilfe. Es wurde Zeit, Linus anzurufen. Viertel vor Sieben. Alfred ging zum Telefonieren vor die Tür.
Draußen hatte ein ekeliger, kalter Aprilregen eingesetzt. Das alles war aber kein Aprilscherz. Linus fluchte wie ein Rohrspatz, weil er so früh aus den Federn geholt wurde. Aber schließlich versprach er doch, sich auf die Socken zu machen.
Als Alfreds bester Kumpel endlich erschien, stapelten sich bereits vier prall gefüllte Umzugskartons vor Alfreds Wohnungstür. Linus, verschlafen und schlecht gelaunt, hatte Lust auf eine Prügelei und ging den ersten der drei Ziegler-Neffen gleich frontal an. „Sag mal, Bürschchen, das hier geht eindeutig zu weit. Das ist Hausfriedensbruch und Sachbeschädigung. Soll ich dir die Fresse polieren?"
Nun gehörte es zu Linus' zum Teil befremdlichen Eigenschaften, dass er schnell mit den Fäusten war. Er fürchtete sich vor niemandem. In Kneipen und Diskotheken ging er keiner Schlägerei aus dem Wege. Sein Ruf als Raufbold reichte bis Freiburg und Donaueschingen. Oft genug hatte Alfred erlebt, wie Linus es mit zwei oder drei Gegnern aufnahm. Und weil Linus meist schneller und skrupelloser draufschlug als die meisten anderen, behielt er auch fast immer die Oberhand. Linus stählte seinen wohlmodellierten Körper täglich im Fitnessschuppen drunten in der Gutachstraße. Er hatte Kraft! Er war heimtückisch. Er beherrschte ein Arsenal von unsportlichen Schlägen und er schreckte auch vor Schweinereien unter der Gürtellinie nicht zurück.

Jetzt näherte er sich drohend seinem Gegenüber. Ziegler-Neffe Nummer eins, der einen Kopf größer als Linus war, holte gar nicht groß zum Schlag aus, sondern verabreichte Linus ansatzlos einen linken Haken gegen die Kinnlade. Linus lag flach. Die anderen beiden Ziegler-Neffen nahmen von dem Vorfall nur kurz Notiz. Ungerührt setzten sie ihre Arbeit fort.

„Das ist mein Fahrer, du Idiot", beschimpfte Alfred den Haudrauf-Ziegler, während er sich über den flachgelegten Linus beugte, der heftig nach Luft pumpte.

„Geht's?"

Linus setzte sich auf und rieb sich das Kinn, das bereits bedrohlich anschwoll. „Mannomann!", kommentierte er.

Unterdessen widmeten sich die Ziegler-Neffen dem Kühlschrank. „Willst du irgend etwas davon mitnehmen?", rief einer zu Alfred herüber, während der andere bereits angeekelt eine mitgebrachte Mülltüte mit verschimmeltem Fertigpudding, bröselig getrockneten Salamischeiben und mumifizierten Zitronen füllte. Aus dem ewigen Eis des Kühlfaches befreiten sie eine Packung Fischstäbchen.

„Kann alles weg!", genehmigte Alfred die Entsorgungsaktion. Aber die Zieglers hätten ihn auch nicht um Erlaubnis gefragt. Jetzt räumten sie die Tütensuppen aus dem Schränkchen über der Spüle. Alfreds eiserne Ration.

„Mindesthaltbarkeit um zwei Jahre überschritten", informierte einer der Rausschmeißer, der sich die Mühe machte, die Tüten nach dem Verfallsdatum abzusuchen.

Linus war inzwischen wieder auf den Beinen. Seine Rauflust war wie weggeblasen. „Ich trage die Kartons zum Auto. Es passt aber immer nur einer auf den Beifahrersitz. Ich muss ein paar Mal fahren."

„Danke, du bist ein echter Kumpel. Übernimm du den Transport, ich komme hier schon alleine klar", sagte Alfred. Es nahm ihn nicht Wunder, dass Linus keinen Wert darauf legte, länger als nötig in der Nähe der Ziegler-Fäuste zu verbringen. Während Linus den ersten mit Wäsche gefüllten Umzugskarton die Treppen hinauf zum Parkplatz schleppte, wo sein Porsche stand, fiel Alfred siedend heiß ein, dass im Waschraum ja noch seine frisch gewaschenen Sachen in der Waschmaschine liegen mussten. Er hatte am Vortag vergessen, die Waschmaschine auszuräumen und seine Wäsche zum Trocknen aufzuhängen.

„Ich habe noch ein paar Sachen in der Waschküche", informierte er die Ziegler-Knaben, die inzwischen das Regal mit Alfreds CD-Sammlung ausräumten. Sie sollten nicht glauben, dass er sich aus dem Staub machen wollte.

Alfred opferte seinen Reisekoffer aus Hartplastik. Dort würde die nasse Wäsche hinein passen. In der Waschküche im Keller traf er dann überraschend auf Luise Ziegler. Mit der alten Hexe hatte er überhaupt nicht gerechnet. Eigentlich hatte er geglaubt, sie habe sich für zwei oder drei Tage verdrückt, um seinen Auszug nicht miterleben zu müssen. Jetzt war sie genauso erschrocken wie er selbst, als sie beide sich plötzlich gegenüberstanden.

Luise Ziegler ging sofort zum Angriff über: „Sie haben gestern hier unten geraucht! Es stinkt immer noch. Wie oft habe ich Ihnen verboten …"

„Halt endlich die Klappe, alte Ziege!", fuhr Alfred sie barsch an. Er hatte keine Lust auf höfliche Verstellung. Jetzt, da er hinausgeflogen war, konnte er ja unbeschwert zeigen, was er von dieser alten Spinatwachtel hielt.

Luise Ziegler sperrte für einen Moment sprachlos den Mund auf. „Aber, aber …, das ist ja …." Dann fand sie die

Worte wieder: „Was haben Sie da gesagt? Das ist ja ungeheuerlich. Das sagen Sie nicht ungestraft zu mir!"
„Alte Ziege!", wiederholte Alfred genussvoll. „Alte, dämliche, hinterfotzige, verlogene Ziege." Er betonte und dehnte jede Silbe, damit sie auch begriff, wie ernst er es meinte. „Sie sind eine falsche Schlange, eine widerliche alte Vettel." Er begann, seine noch feuchte Wäsche aus der Waschmaschine zu räumen und kümmerte sich nicht um Luise Zieglers Reaktionen in seinem Rücken. Er hörte sie nur empört schnauben. Also setzte er noch einen drauf: „Hoffentlich ersticken Sie eines Tages an Ihrer Bosheit. Oder noch besser, jemand stopft Sie in Ihr stinkiges Aquarium und taucht sie so lange unter, bis Sie keine Luft mehr kriegen!"
Alfred hätte sich noch weitere Todesmartern ausgedacht, wenn nicht die empörte Stimme von Luise Zieglers Bruder dazwischengefahren wäre: „Was fällt Ihnen eigentlich ein, Sie unverschämtes Arschloch!"
Alfred fuhr auf. Mit dem Kerl hatte er nicht gerechnet. Luise Ziegler stand an der Waschküchentür und schluchzte theatralisch wie ihre Lieblingsschauspielerin aus ihrer Lieblingsvorabendserie im Fernsehen. Sie hatte es ganz gut drauf. Neben ihr stand ihr unvollständig angekleideter Bruder. Er trug ein Feinrippunterhemd, unter dem sein Speck spannte, und eine Fünf-Euro-Jogginghose mit Hosenträgern, die aber seitlich herunterbaumelten. Er brüllte Alfred an: „Sie haben meine Schwester bedroht. Ich habe es genau gehört. Ich zeige Sie an! Das war eine Morddrohung, ich kann es bezeugen."
„Halt's Maul. Das war gar nix! Ich hab' der alten Schachtel nur gesagt, was ich von ihr halte." Inzwischen hatte Alfred seinen Koffer mit der feuchten Wäsche vollgestopft und drängte sich an dem Bruder Luise Zieglers vorbei.

„Herbert, Herbert! Mach doch was", kreischte die alte Ziegerlin. Aber Herbert ließ Alfred ziehen. Er zischte giftig hinter ihm her: „Das bereuen Sie noch. Ich zeige Sie an!"
„Wichser!", giftete Alfred zurück.
Die drei Söhne des alten Herbert Ziegler hatten unterdessen mit systematischer Gründlichkeit Alfreds Wohnung ausgeräumt. Vor der Tür, einem inzwischen stärker gewordenen Schneeregen ausgesetzt, standen bereits fünf prall gefüllte Umzugskartons. Im Wesentlich bargen sie Alfreds Klamotten, seine Bücher, seine Büroutensilien inklusive Laptop, sowie die wenigen Dekorations- und Nippesstücke, die zu Alfreds Hausstand gehörten. Die Möbel in der Wohnung gehörten allesamt Luise Ziegler, ebenso der Fernsehapparat, die Bilder, die Lampen. Einer der Möbelpacker hielt einen monströsen Kerzenständer aus Messing in die Höhe, einst einmal eine Nachbildung der Freiheitsstatue, wegen des vielen Wachses aber als solche schon lange nicht mehr erkennbar. „Unsers oder deins?", fragte er. Alfred winkte ab: „Euers!" Er vermisste die CD-Sammlung. „Wo sind meine CD? Wo ist der Player?"
„Konfisziert!", erklärte grinsend einer der Ziegler-Neffen, jener, der mit einem einzigen Hammerschlag Linus umgehauen hatte.
„Was soll das heißen, konfisziert?"
„Das ist unser Pfand, du Dämlack! Sobald du deine Mietschulden bezahlst, bekommst du die Sachen zurück. Kapisko?"
„Aber das ..., das geht nicht. Das sind über 500 CD. Jede mindestens 15 Euro wert. Und der CD Player auch, der hat 400 Euro gekostet."
„Umso besser", grinste Hammerfaust-Ziegler. „Dann hast du schon einen Anreiz, deine Schulden zu bezahlen."

Alfred kochte. Er stand kurz vor der Explosion. Das würden sie noch büßen. Das konnten sie mit ihm nicht machen. Aber im Moment musste er sich fügen. Gegen die drei Kleiderschränke der Superschwergewichtsklasse vermochte er nichts auszurichten.

Linus trudelte wieder ein und verlud den nächsten Karton. Er sah zu, dass er den Ziegler-Brüdern nicht unter die Augen kam. Alfred hingegen musste da durch. Er kehrte in die Wohnung zurück, und irgendwie hatte er das Gefühl, da stimmte etwas nicht. Irgendetwas fehlte. Die drei Ziegler-Türme grinsten. Sie entfernten soeben ein paar abgestorbene Zimmerpflanzen, einer stopfte Alfreds Bettzeugs in einen Umzugskarton. Er wickelte Bierkrüge und Alfreds Bratpfanne darin ein, die wenigen Küchenutensilien, die Alfred gehörten.

Jetzt ging Alfred auf, was er vermisste: „Wo sind die Aktenordner?", brüllte er voller Panik.

„Hey sachte", sagte der erste Ziegler.

„Das olle Zeugs. Das war doch nur Altpapier. Aus dem vorletzten Jahrhundert", erklärte der zweite Ziegler und fügte hinzu: „Der Guido hat alles in den Container geschmissen."

„Der Guido" war der dritte Ziegler, und er grinste wie ein Zoogorilla, dem man soeben den meistverhassten Wärter des Affenhauses durch die Gitterstäbe ins Gehege geschoben hat.

„Seid ihr vollkommen bescheuert?" Wut und Empörung ließen Alfred unvorsichtig in der Wortwahl werden. „Das sind historische Akten der Rothausbrauerei. Die brauche ich für eine wissenschaftliche Arbeit. Das ist Staatseigentum. Wenn auch nur ein Blatt beschädigt ist, dann, dann, dann …" Er wusste zwar nicht, was dann geschehen würde, aber unzweifelhaft würde etwas geschehen.

Der Gorilla namens Guido bleckte die Zähne und scheuchte Alfred nach draußen: „Dann hol den Schrott halt wieder raus! Liegt alles oben im Papiercontainer. Falls der Müllwagen das Zeug noch nicht abgeholt hat."
Alfred flitzte auf den großen Parkplatz vor Luise Zieglers Haus. Unter dem Laternenpfahl, ungefähr da, wo er früher immer seinen roten Flitzer geparkt hatte, stand neuerdings ein städtischer Altpapiercontainer. Es handelte sich um einen rostigen Koloss, an dem die jüngeren Schülern des benachbarten Schulzentrums gerne ihr frühreifes Graffiti hinterließen. Der Container war vollgestopft wie immer, so dass Zeitungen, Kartonagen und Luise Zieglers Frauenillustrierten auf allen Seiten bereits hervorquollen. Oben drauf lagen die Aktenordner aus der Rothausbrauerei und wurden seit ungefähr einer Viertelstunde von einem schaurigen Aprilregen gründlich eingeweicht. Fluchend brachte Alfred einen Ordner nach dem anderen in Sicherheit unter das kleine Vordach vor Luise Zieglers Hauseingang. Die Aktendeckel waren feucht wie Bierdeckel. Aber die darin abgehefteten Papiere schienen nicht viel abgekriegt zu haben. Alfred wagte sich nicht in die Wohnung zurück, solange Linus nicht wieder aufgetaucht war. Die Aktenordner würde er jedenfalls keine Sekunde mehr aus den Augen lassen. Als Linus endlich eintraf, stapelten sie die Ordner einzeln auf den Beifahrersitz, im Fußraum, auf der Ablage, überall, wo der Porsche Stauraum besaß. Eingekeilt von Rothaus-Akten trat Linus schließlich die Fahrt an.
„Sei vorsichtig beim Ausladen", rief Alfred ihm noch nach. „Sie sind wertvoll!" Aber wenn man bei einem Porsche erst einmal den Zündschlüssel umgedreht und das Gaspedal leicht angetippt hat, hörte man nicht mehr, was außerhalb des Fahrzeuges gesprochen wurde. Linus brauste davon.

Luise Ziegler ließ sich nicht mehr blicken. Ihr Bruder Herbert stand im Feinrippunterhemd unter der Tür und bewachte die Vorgänge. Zufrieden mit ihrer Leistung leerten unten in der ausgeräumten Wohnung die drei Rausschmeißer fröhlich ein Sixpack und lauerten darauf, dass Alfred den Fehler machte, nochmals hereinzukommen. Diesen Gefallen tat Alfred ihnen aber nicht. Er bewachte die aufgestapelten restlichen Umzugskartons, die seine wenigen Habseligkeiten bargen, sowie den Hartschalenkoffer, von dem nicht ganz klar war, ob er wegen des Aprilregens oder wegen seines Inhaltes so tropfte.
Linus holte brav einen Karton nach dem anderen ab. Nur den Hartschalenkoffer wollte er nicht transportieren.
„Alfred, der versaut mir die Sitze. Schau doch mal, wie das Ding tropft. Was hast du da drin? Etwa Luise Zieglers Aquarium?"
Nein, es war Alfreds frisch gewaschene Wäsche. Leider nass wie ein Wurf Wasserratten. Linus deutete ein Kopfnicken Richtung Hauswand an, wo noch der Sackkarren der Rothausbrauerei stand: „Da! Nimm das Ding da und lade deinen Koffer drauf. Das schaffst du locker bis zu mir. So bleibt mein Auto sauber."
Und so endete Alfreds Dasein als Untermieter bei Luise Ziegler mit einem traurigen Auszug und einem finalen Höhepunkt. Nass und frierend schob er den Sackkarren mit seinem Koffer durch Neustadts Straßen, diesmal die Ringstraße hoch, am Eisweiher vorbei, auf dem Fußgängerweg ins Wohngebiet „Hinterer Dennenberg" und dort die Josef-Sorg Straße entlang bis zu Linus' Wohnung. Die Bezeichnung „Wohnung" wurde Linus' Appartement nicht ganz gerecht. Linus bewohnte unter dem üppigen Dach eines viergeschossigen Neubaus die beiden obersten Geschosse.

Die Etage unter Linus' Wohnung beherbergte einen zahlenmäßig schwer zu bestimmenden Clan von Russlanddeutschen, deren wild am Straßenrand parkende Mercedes, BMW und Audi zusammen noch einmal dem Wert des ganzen Hauses entsprachen. Und in der untersten Etage lebte ein Professorenehepaar, das den Hochschwarzwald zum Altersruhesitz auserkoren hatte und jetzt die ganze Wohnung mit Antiquitäten voll stopfte. Jedenfalls konnte sich das Wohnen in diesem Haus nur leisten, wer ein ausgesprochen dickes Bankkonto besaß. So wie Linus. Seine beiden Wohnetagen bildeten einen einzigen, durchgehenden großen Raum, in dem ein cleverer Innenarchitekt all seine Fantasien hatte verwirklichen dürfen. Vom großen Wohnzimmerbereich führte eine gewundene Holztreppe zu einer breiten Galerie hinauf, die sich rings um den gesamten Raum rankte und so etwas wie eine Schlafzimmerlandschaft beherbergte. Vielleicht hätte man besser sagen müssen „Schlafzimmerbereiche", denn irgendwie ging immer eine Schlafzimmernische in die andere über, nur an zwei Stellen unterbrochen, einmal auf jeder Seite der Galerie. Auf der einen Seite bestand die Unterbrechung aus einem riesigen Badezimmer, auf der anderen Seite – direkt gegenüber – in einem scheunentorgroßen Fenster, das auf eine von exotischen Pflanzen wild überwucherte Dachterrasse hinausführte.

Alfred bekam freie Auswahl: „Such dir eine Ecke aus, wo du schlafen willst, nur nicht zu nahe bei mir, das mag nämlich Cindy nicht!"

Cindy stand neben Linus und war blond.

Alfred kannte sie noch nicht. Das musste also eine ganz taufrische Eroberung sein.

„Hallo Cindy! Ich bin Alfred. Ich wohne jetzt eine Weile hier."

„Ein paar Tage", verbesserte Linus. „Er wohnt nur ein paar Tage hier."

„Hi, ich bin die Cindy", piepste Cindy, und Alfred fragte sich, ob sie vielleicht etwas verschluckt hatte. Cindy blinkte mit den Wimpern, schürzte ihr Schmollmündchen und reckte Alfred ihren durchaus bemerkenswerten Oberkörper entgegen. So wie sie aussah, hatte Linus Cindy nicht wegen ihrer Stimme in seine Wohnung gelassen.

„Ich wohne auch hier", erklärte sie, und es hörte sich an, als ob sie einen Mickymaus-Film synchronisierte. „Trallalalla", äffte Alfred den Tonfall nach und kommentierte: „Das kann ja heiter werden."

Es war 11.22 Uhr vormittags. So schnell und schmerzlos konnte ein Umzug vonstatten gehen. Alfred sah auf die Umzugskartons, die in der Mitte von Linus' Wohnzimmer einen kleinen Turm bildeten, um den herum zwei Dutzend feuchte Aktenordner drapiert waren. Der Sackkarren mit dem nassen Koffer stand noch draußen im Hausgang.

„Ich räum' die Sachen später ein. Ich muss gleich wieder los."

„Du musst was?"

„Sorry Linus! Aber ich muss nach Rothaus. Da bekomme ich am Nachmittag eine Brauereiführung und am Abend nehme ich einen Termin wahr, weil dort der Einzelhandelsverband tagt. Geld verdienen! Das siehst du doch ein. Kannst du mich zum Bahnhof fahren?"

STAND DER ERMITTLUNGEN

Polizeirat Jens Beuge lief die fünftausend Meter unter 17.30 Minuten, eine Leistung, auf die er mit seinen 36 Jahren besonders stolz war. Eigentlich war er aber mehr ein Kämpfer als ein Läufer. Er war baden-württembergischer Polizeimeister in Karate, er beherrschte Judo, Kickboxen, Thaiboxen, und er war sogar ein guter Fechter. Wenn er an einem Tatort erschien, dann nahm er die Körperhaltung eines GI beim Sturm auf Bagdad ein, und wenn er sich erst einmal in einen Fall verbissen hatte, dann war dass ungefähr so, wie wenn ein Kampfhund eine Katze im Genick erwischt hat.

Jens Beuges paramilitärische Erscheinung und seine strammen Bizeps täuschten fast jeden, der es mit ihm zu tun bekam, darüber hinweg, dass dieser Polizist auch Grips besaß. Ohne Grips wird niemand mit 36 Jahren Polizeirat beim Landeskriminalamt. Das wusste zumindest auch der Brauereivorstand. Entsprechend respektvoll behandelte er den Kriminalbeamten Beuge, der jetzt in Rothaus die Ermittlungen leitete. Die Bereitschaft des Rothaus-Vorstandes zur bedingungslosen Kooperation wurde aber auf harte Proben gestellt.

„Sie sind ganz sicher, dass sie alle sieben Braukessel komplett leeren wollen? Die ganze Maische einfach ablassen?"
„Ich bin ganz sicher", bestätigte Polizeirat Beuge entschlossen. Sein Vierkantgesicht verhärtete sich: „Wir ermitteln in einem Mordfall, wenn ich Sie daran erinnern darf."
„Das ist nicht nötig. Ich habe den Ernst dieser Angelegenheit sehr wohl begriffen." Der Brauereivorstand gab dennoch nicht klein bei: „Ich erinnere lediglich daran, dass wir die Produktion eines ganzen Monats vernichten. Wir kön-

nen den halbfertigen Sud nicht mehr verwenden, wenn wir ihn ablassen. Er fließt ins Abwasser."

„Das tut mir leid. Aber ich will diesen Kesseln auf den Grund gehen. Und zwar, bevor sich eventuelle Beweismittel zersetzen oder in Bier verwandeln."

„Darf ich fragen, an welche Art von Beweismitteln Sie dabei denken? Sie haben den toten Heinz Böckler in Braukessel Nummer drei gefunden, und sonst keinerlei Spuren. Wieso sollte in den anderen Braukesseln irgendetwas zu finden sein?"

„Wieso sollte in Braukessel Nummer drei ein toter Pensionär schwimmen? Das war sicher nicht vorherzusehen. Und genauso wenig ist vorherzusehen, ob nicht in den anderen Braukesseln sich auch noch etwas findet."

Als sie die Anweisungen der Polizei befolgten und die Braukessel leer laufen ließen, standen die Mälzer und Bierbrauer der Rothausbrauerei mit Leidensmienen daneben. Sie gaben ein Bild ab, als hätten sie soeben mit Bayern München das Champions-League-Finale vergeigt. Ein penetranter Geruch nach halbfertigem Bier schwebte in den Hallen. Polizeirat Jens Beuge ließ das abfließende Gebräu sorgfältig aussieben. Dann schickte er seine Männer von der Spurensicherung in die leeren Kessel. In Braukessel Nummer sieben wurden sie fündig. Die Nummer sieben, das war der Braukessel, der am nächsten bei der Tür stand. Auf seinem Grund ruhte eine große, schwarze Stablampe. Und das Besondere: Sie war eingeschaltet, sie brannte noch.

„Das bedeutet, dass das Ding noch nicht lange im Kessel liegen kann", kombinierte der Freiburger Oberkommissar Siegfried Junkel, der Jens Beuge als Assistent zur Seite gestellt war. Junkel ging bereits aufs Vorruhestandsalter zu, schaffte schon lange keine Fünftausend-Meter-Läufe mehr und betrieb auch keine Kampfsportarten, sondern spielte lieber Skat. Dass er einem zwanzig Jahre jüngeren und ranghöheren Beamten in diesem Fall unterstellt war, bereitete ihm heftige Selbstwertprobleme, die er aber hinter einer mürrisch-gelangweilten Miene verbarg.

„Wir werden herausfinden, wie lange die Batterien in solch einem Lampenfabrikat maximal laufen", sagte Jens Beuge, während er sich über die durchsichtige Plastiktüte beugte, in die seine Spurenspezialisten das Fundstück verpackt hatten.

„Warum wirft man eine Taschenlampe weg? Auch noch in einen Braukessel?", grübelte Kommissar Junkel laut. Polizeirat Beuge bedachte ihn mit einem vernichtenden Blick. „Spekulieren Sie bitte erst wenn die Ergebnisse der Spurensicherung vorliegen!"

„Ich spekuliere sooft und soviel ich will", murrte Junkel, und der Brauereichef, der direkt daneben stand, warf seinem Oberbraumeister Max Sachs einen vielsagenden Blick zu. Diese beiden Polizeiermittler schienen ja prächtig zu harmonieren.

Als nächstes ließ sich Polizeirat Beuge die Personallisten und die Dienst- und Schichtpläne der Belegschaft geben. „Warum befand sich niemand im Sudhaus, als der Mord geschah?"

„Die Produktion ist automatisiert", erklärte Braumeister Sachs. „Es muss nicht ständig jemand bei den Kesseln sein."

„Nachtwächter, Sicherheitsdienst, Wachdienst?", forschte der Chefermittler weiter.

„Hausmeister", schlug Max Sachs vor.

Jens Beuge wandte sich an seinen Stellvertreter: „Junkel, Ihre Männer nehmen sich die Belegschaft vor. Jeden Ein-

zelnen. Wo er zur Tatzeit war, was er genau gemacht hat, was er gesehen hat und so weiter. Ich will von jedem Beschäftigten der Brauerei ein Protokoll."
„Auch vom Vorstand?"
„Auch vom Vorstand!"
Jens Beuge verteilte weitere Aufträge: „Alle Fahrzeuge auf dem Kundenparkplatz registrieren! Wer hatte Zugang zur Brauerei? Wer hatte Schlüssel? Hausdurchsuchung in der privaten Wohnung des Toten. Ist das schon angeleiert?"
Braumeister Max Sachs mischte sich ein: „Wenn ich dazu etwas sagen darf. Die Witwe von Heinz Böckler steht unter Schock. Sie wird psychologisch betreut, von einer Ihrer Beamtinnen. Wenn jetzt Polizisten zu einer Hausdurchsuchung anrücken, ich weiß nicht, wie sie das …"
Jens Beuge winkte ab. „Wir werden das so machen, dass sie davon nichts mitbekommt. Die bedauernswerte Frau ist dem Zusammenbruch nahe. Unsere Ärztin hat sie ins Psychiatriezentrum in Emmendingen überwiesen. Dort wird sie rund um die Uhr versorgt und hervorragend betreut."
Schnörkellos und systematisch arbeitete Jens Beuge sein Programm ab: die Tatortbesichtigung, die Zeugenbefragung, die Sicherung kleiner und unscheinbarster Details. Im Zuge dieser Ermittlungen stieß er auf Hausmeister Karl Vogt. Ein Volltreffer! Ein karger älterer Mann mit Schnurrbart, den ein blauer Arbeitskittel umflatterte, wie ein zu groß ausgefallenes Nachthemd. Dieser Hausmeister berichtete, er habe in der fraglichen Nacht bei seinem üblichen Rundgang Licht im Verwaltungsgebäude der Brauerei gesehen. Der Lichtschein sei aus jenem Büro im zweiten Obergeschoss gekommen, welches man dem Pensionär Heinz Böckler zur Verfügung gestellt hatte. Er sei aber nicht dazu gekommen, nachzusehen, ob Böckler selbst anwesend

war oder das Licht habe brennen lassen, denn das fürchterliche Geheule und Gebelle eines Hundes, das vom Spielplatzgelände unterhalb der Brauereigaststätte durch die Nacht hallte, habe ihn davon abgehalten. So habe er sich auf die Suche nach diesem Hund gemacht.

„Und? Gefunden, das Tier?", fragte Jens Beuge, der dem Hausmeister in einem Büro gegenüber saß, das der Brauereivorstand extra für die Polizei hatte leer räumen lassen. Hausmeister Vogt nickte emsig. Sein schwarzer Schnauzbart wippte mit. „Das war so ein Mischlingshund, den hatte jemand dort festgebunden. Und zwar oben drauf, auf der Spitze des Kinderklettergerüstes."

Das Kinderklettergerüst auf dem Spielplatz der Rothausbrauerei bestand aus einem pyramidenförmig gespannten Netzwerk aus Hartkunststoffseilen, ungefähr vier Meter hoch, und es gab keinen Anlass zu der Annahme, dass irgend ein Hund dieser Welt es schaffen könnte, alleine dort hinauf zu klettern und sich dann auch noch vorschriftsmäßig anzuleinen. Die Polizei nahm die Örtlichkeit in Augenschein und ließ sich vom Hausmeister die genauen Umstände erklären, unter denen er den Hund angetroffen hatte. Karl Vogt deutete auf die Spitze der Pyramide: „Na er hing da oben, sagte ich doch schon, und da heulte er so jämmerlich, dass ich raufgeklettert bin und ihn losgemacht habe."

„Und wo ist der Hund jetzt?"

„Bei mir zu Hause. Ich päpple ihn wieder auf. Das arme Tier ist völlig verstört."

„Junkel, Sie kümmern sich um den Hund. Kriegen Sie heraus, wem er gehört, wo er vielleicht entlaufen ist oder gestohlen wurde. Nehmen Sie sich alle Kleinanzeigen vor, fahnden Sie überall in der Umgebung nach Hundebesit-

zern. Wäre doch gelacht …" Der Polizeirat grübelte kurz. Dann fuhr er fort: „Wenn das kein Ablenkungsmanöver war, um den Hausmeister wegzulocken." Oberkommissar Junkel unterbrach spitzfindig: „War das jetzt eine Spekulation, oder eine gesicherte Erkenntnis?"
Jens Beuge schenkte dem älteren Kollegen einen finstern Blick. Dann setzte er die Befragung des Hausmeisters fort: „Sie sind dann zurück zur Brauerei?"
„Nein!" Unsicher blickte der Befragte sich um. „Ich musste doch erst den Hund versorgen. Erst habe ich den Hund in mein Auto geladen und zu mir nach Hause gebracht. Ich wohne ja gleich drüben in Grafenhausen. Und dann war die Nachtschicht ja sowieso rum."
„So dass Sie nicht mehr zur Brauerei zurückgekehrt sind?" Karl Vogt nickte betreten.
„Wie gut kannten Sie Heinz Böckler?"
„Na ja, gggrmmmm …." Der bisher so gesprächige Hausmeister Karl Vogt wurde plötzlich auffallend wortkarg. Auf Polizeirat Beuges Stirn bildeten sich vielsagende Falten. Der Chefermittler entließ Hausmeister Vogt mit der Aufforderung, sich jederzeit für weitere Befragungen bereit zu halten.
Dann zog Beuge beim Rothaus-Personal Erkundigungen über das Verhältnis des Hausmeisters Karl Vogt zum ermordeten Heinz Böckler ein. Schon wieder ein Volltreffer!
„Sie haben viel gestritten. Der Heinz und der Karl, die mochten sich nicht", so lautete die Kernaussage. Ein Buchhalter berichtete: „Heinz hat den Karl mal bei einigen krummen Sachen erwischt. Nichts Schlimmes. Ein paar gemogelte Überstunden, Werkzeug der Brauerei, das Karl mit nach Hause genommen hat, solche Dinge. Es gab damals eine Abmahnung, und dann war wieder gut. Aber der Karl

hat das immer mit sich herumgetragen und dem Heinz übel genommen."
„Und das war alles?"
„Nein, ja, nein! Da war auch noch die ganz alte Geschichte."
„Welche ganz alte Geschichte?"
„Das ist schon so lange her ..."
„Erzählen Sie, raus damit!"
Der Buchhalter zögerte: „Aber sagen Sie niemandem, dass Sie es von mir gehört haben."
Jens Beuge wartete geduldig. Der Buchhalter erzählte: „Beide kommen ja aus Grafenhausen, der Karl und der Heinz. Und beide haben als junge Kerle hier bei der Brauerei angefangen. Das war noch vor meiner Zeit. Und damals ging der Karl mit Elli, und sie wollten heiraten. Sie waren ein Herz und eine Seele. Elli war Lehrling in unserer Buchhaltung. Aber aus der Hochzeit wurde nichts, weil Elli und Heinz, nun ja, der Heinz hat sie dem Karl ausgespannt. Und später hat Heinz die Elli geheiratet. Das hat der Karl bis heute nie so recht verwunden."
Andere langjährige Brauereiangestellte, die Jens Beuge im Anschluss befragte, bestätigten diese Geschichte.

In den Labors der Kriminalpolizei fanden die Experten schnell heraus, dass die große, metallene Stablampe exakt zu der Kopfverletzung passte, die man bei Heinz Böcklers Obduktion festgestellt hatte. Sogar Blutspuren ließen sich noch nachweisen, obwohl die Lampe ja geraume Zeit in Bier eingelegt gewesen war, oder zumindest in etwas, was sich auf dem Wege zur Bierwerdung befand. Ferner fanden die Laborspezialisten heraus, dass die 25 Zentimeter lange wasserdichte Stablampe der Marke „Mil-Tec", mit Kryptobirne in spritzwassergeschütztem Gehäuse, nicht zum Inventar der Rothausbrauerei gehörte. Da sie keine Fingerabdrücke aufwies, auch nicht diejenigen von Heinz Böckler, bestand Grund zur Annahme, dass der Mörder sie mitgebracht haben musste.

„Alle Baumärkte, Heimwerkermärkte, Elektrofachgeschäfte absuchen", kommandierte Jens Beuge. „Ich will wissen, wo solche Dinger verkauft werden."

Er scheuchte und beschäftigte seine Leute ganz ordentlich, dieser Polizeirat mit dem hellblonden Kurzhaarschnitt. Aber je länger Braumeister Max Sachs und der Rothausvorstand diesen Jens Beuge bei dessen Ermittlungen beobachteten, desto mehr legte sich ihre anfängliche Skepsis und wich einer wachsenden Überzeugung, dass der Mann sein Handwerk verstand.

Schon zwei Tage nach dem Mord hatte Beuge die Herkunft des Hundes herausgefunden: „Das Tier stammt aus Löffingen. Vom dortigen Tierheim. Es war ein Findling. Er ist dort ein Tag bevor der Mord geschah von einer Frau abgeholt worden. Leider weiß niemand, wie diese Frau hieß und woher sie stammte. Auch die Beschreibungen sind sehr ungenau. Sie trug einen Regenmantel, immerhin soviel wissen wir", so setzte Jens Beuge am Morgen bei der ersten Lagebesprechung in der Brauerei den Brauereivorstand ins Bild. „Und angeblich hatte sie rote Haare."

Oberkommissar Siegfried Junkel erschien in der Tür. Sein Gesicht drückte eine Mischung aus Schadenfreude und aufgeregter Wichtigkeit aus.

„Was gibt's, Junkel?"

„In das Büro von Heinz Böckler ist heute Nacht eingebrochen worden. Das Schloss ist zerstört und drinnen ist alles durchwühlt. Schreibtisch, Regale, Schrank, alles!"

BRAUEREIFÜHRUNG

Mit dem öffentlichen Nahverkehr erreichte Alfred die Brauerei am frühen Nachmittag. An das Zug- und Busfahren gewöhnte er sich langsam. Immerhin konnte man lesen und telefonieren. Alfred rief während der Zugfahrt Anna an. Vordergründig, um nochmals Instruktionen für die Einzelhandelsveranstaltung am Abend abzuholen, aber insgeheim auch, um ihre Stimme zu hören und auszuloten, wie seine Chancen standen. Zuerst kassierte er einen Anschiss: „Alfred, du hast aus unserem Treppenhaus eine Orchidee gestohlen!" Alfred gab es kleinlaut zu. Bei Anna halfen Lügen und Ausflüchte nichts. Sie gehörte zu den braven Mädchen, die in einem katholischen Elternhaus zu Ehrlichkeit – und leider auch zu Prüderie – erzogen worden waren und davon abweichende Lebensentwürfe mit Verachtung straften. Auch Annas nächstes Thema missfiel Alfred: „Sag mal", so fragte sie, „kann es sein, dass du noch die Regio-Jahreskarte vom Hochschwarzwaldkurier hast? Wir suchen sie seit Wochen, aber wir finden sie nicht."

Alfred besah sich die in Plastik eingeschweißte Regio-Jahreskarte, mit der er seit seinem Führerscheinentzug kostenlos den öffentlichen Nahverkehr benutzte. Noch gültig bis Juli. Er würde den Teufel tun, und sie wieder abliefern. „Nein!", log er fröhlich. „Ich habe damals meinen Schreibtisch ausgeräumt, die Redaktionsschlüssel abgegeben, und das war's."

Insgesamt bot das Gespräch wenig Anlass zu weitergehenden Hoffnungen. Wenn man einmal davon absah, dass bei Anna ein gewisses Grundwohlwollen Alfred gegenüber durchschimmerte. Immerhin! Und ausbaufähig! Alfred tastete nach dem kleinen blauen Schlumpf, den sie ihm geschenkt hatte, und den er seither als Glücksbringer bei sich trug. So etwas verschenkte man ja nicht einfach nur so.

Vom aktuellen Ermittlungsstand im Mordfall Böckler berichtete Braumeister Max Sachs Alfred in allen Einzelheiten, als dieser schließlich zu seinem Besuch in der Rothausbrauerei eintraf. Nicht dass Braumeister Sachs so geschwätzig gewesen wäre. Es war Alfred, der den Oberbraumeister nach Journalistenart bis auf die Unterhosen ausfragte. Während der gemeinsamen Brauereibesichtigung gelang es Alfred nach und nach, dem Oberbraumeister außer der Rezeptur für das Rothaus-Tannenzäpfle nahezu alle Geheimnisse rund um Rothaus zu entlocken.

Das Brauereigelände glich an diesem Nachmittag einem Truppenübungsplatz. Überall parkten Polizeifahrzeuge, uniformierte und nicht uniformierte Spezialisten eilten geschäftig hin und her und ließen keinen Grashalm unberührt, rot-weißes Plastik-Absperrband querte nach einem nicht durchschaubaren System im Zickzack den Vorplatz vor der Brauerei, der hintere Bereich, wo eine Flotte von abfahrbereiten Bierlastern vor Anker lag, war gleich ganz abgesperrt, ebenso der Spielplatz. Nur zum Eingang der benachbarten und vollkommen überlaufenen Brauereigaststätte führte ein schmales Spalier. Dort, in der überfüllten Brauereigaststätte, sammelten sich alle Brauereimitarbeiter, die wegen der Polizeipräsenz nicht an ihre Arbeitsplätze kamen, aber auch Besucher, Journalisten, Lieferanten und Amtspersonen. Draußen zerrte der Aprilwind an den Absperrbändern und entlockte ihnen rasselndes Zischen. Sie tanzten auf und ab, als wollten sie sich losreißen und Richtung Schluchsee davon segeln. Dazu gab der Baukran hinter der Brauereigaststätte quietschende und knarrende Kommentare ab. Er wankte bedenklich

im Wind, aber wie es schien, ruhte die Baustelle an diesem Tag.
Das Sudhaus dünstete seinen Biergestank aus, die verbliebenen Brauereiangestellten verkrochen sich in ihren Büros. Ein paar Schaulustige, Einheimische und Touristen, standen im Weg herum. Alfred grüßte grinsend den Redakteur von der BZ-Lokalredaktion, der frierend am Absperrband auf Ereignisse wartete, während Alfred von Max Sachs unter dem Absperrband hindurch aufs Brauereigelände und dort direkt in den Produktionsbereich geführt wurde.
„Alles durchwühlt, alles herausgerissen, ein Durcheinander wie nach einem Erdbeben. Der Einbrecher muss etwas ganz Bestimmtes in Heinz Böcklers Büro gesucht haben."
Max Sachs sprach im Gehen. Alfred musste sich anstrengen, um den großen Schritten des Braumeisters hinterher zu kommen. Der Wind verwehte die Sätze. „Was hat der Einbrecher gesucht?", fragte Alfred deshalb hinter Max Sachs her.
Der Braumeister blieb stehen: „Etwas Bestimmtes. Er hat nach etwas gesucht. So sah es in dem Büro aus."
„Sie haben es gesehen?"
„Ich war mit dem Polizeikommissar Junkel oben. Das ist der Ältere. Er wollte von mir wissen, ob ich feststellen kann, ob etwas fehlt."
„Und?" Alfred zog den Kragen seiner viel zu luftigen Windjacke hoch. Mussten sie eigentlich hier im Freien stehen bleiben? Max Sachs steuerte auf ein großes Rolltor zu: „Wir beginnen den Rundgang bei der LKW-Verladung", erklärte er. „Dann rollen wir den Brauereibetrieb sozusagen von hinten her auf. Vorne ins Sudhaus kommen wir derzeit sowieso nicht hinein."

„Fehlte etwas?", wiederholte Alfred seine Frage.
„Da muss ich passen. Auf den ersten Blick ist mir nichts aufgefallen. Das einzige, was sich nicht mehr im Büro befand, waren die vielen Aktenordner, die Heinz Böckler zusammengestellt hat. Aber die haben Sie ja mitgenommen. Schon vor drei Tagen. Der Einbruch war vergangene Nacht."
Sie standen jetzt vor einem riesigen Rothaus-Lastwagen, der nach nagelneuen Reifen roch. Max Sachs klopfte gegen die Ladeplane und forderte Alfred heraus: „Schätzen Sie mal, wie viele solche LKW für uns unterwegs sind?"
Alfred wollte nicht schätzen, er wollte mehr über den Einbruch im Böckler-Büro erfahren: „Das Büro war abgeschlossen, oder?"
„Na klar! Es war sogar versiegelt. Die Polizei hatte da schon ihren Bepper drauf!" Während sie tiefer in die Halle hinein gingen, beschrieb Max Sachs den Zustand des Schlosses und der gewaltsam geöffneten Tür. „Wenn man mich fragt, da war jemand mit dem Stemmeisen am Werk, so wie der Türrahmen gesplittert ist."
In der Abfüllanlage stockte die Unterhaltung, weil das Rattern der Förderbänder und das Klirren der Flaschen alles übertönte. „Das einzige, was derzeit noch läuft, bei uns. Alles andere ist lahmgelegt", brüllte Max Sachs über den Lärm hinweg. Die diversen Flaschenförderbänder schlängelten sich kreuz und quer durch die Halle und Alfred fühlte sich an eine riesige Modelleisenbahn erinnert. Nur dass keine Märklin-Loks fuhren, sondern Endlos-Züge, bestehend aus Tannenzäpfle-Flaschen. „60.000 Stück die Stunde", prahlte der Braumeister, so stolz auf die Anlage wie ein frischgebackener Vater auf seinen Nachwuchs. „Wollen Sie auch die Fassabfüllung sehen?" Er wartete Alf-

reds Antwort gar nicht erst ab, sondern führte ihn in eine weitere große, weiß gekachelte Halle, in der dampfende Feuchtigkeit herrschte. Auf verschiedenen Förderbändern ratterten große, mittlere und kleine Edelstahlfässer durch die Halle. Sie hüpften über die Rollen wie kleine Achterbahnfahrzeuge kurz vor dem Absturz in die Tiefe. „Sie werden mit heißem Dampf gereinigt", erklärte Max Sachs die Feuchtigkeit. „Alles vollautomatisch!"

Und so ging es weiter. Max Sachs führte Alfred durch das ganze Innenleben der Brauerei. Sie kamen durch lichte Hallen, die von einem futuristisch anmutenden Netz von glänzenden Rohren durchzogen waren. „Was ist dies? – Was ist das?" Alfred stellte dämlich Fragen, um Interesse zu heucheln. Jede Frage löste ein Kurzreferat aus. Unter der Decke, an den Seitenwänden, vertikal, horizontal, um große Edelstahlbottiche herum, an jedem Knick mit Tachometern, Druckanzeigen, Reglern und Hebeln versehen, überall waren diese Rohre, und Alfred fragte sich, wie je ein Mensch dieses labyrinthische Chaos durchschauen konnte. In den Gärkellern standen riesige Lagertanks, aufrecht wie startbereite Raketen in Cape Canaveral, ein jeder mit einem Volumen von 1800 Hektolitern. „Zum Glück alle fast voll", erläuterte der Braumeister, während er an einigen Reglern schraubte und eine Blickscheibe mit dem Ellbogen sauber rubbelte. „Bis auf Weiteres kommen wir noch nicht in Lieferschwierigkeiten, je nachdem, wie lange die Polizei unseren Betrieb lahm legt."

„Das können sie doch nicht ewig machen", empörte sich Alfred.

„Vielleicht geht alles ja auch ganz schnell", seufzte Max Sachs. „So wie ich es mitbekommen habe, richtet sich der Verdacht gegen den Hausmeister Karl Vogt. Der arme Kerl tut mir schrecklich leid. Er ist eigentlich ein netter Kollege.

Ich kann mir das gar nicht vorstellen. Aber alles spricht gegen ihn …"

„Dann war er es nicht!", widersprach Alfred. „Da habe ich so meine Intuition. Warum sollte er zum Beispiel in das Büro einbrechen?"

Max Sachs blieb die Antwort schuldig, denn sie verließen jetzt das Gebäude auf seiner rückwärtigen Seite. Der Wind pfiff immer noch um die Mauern.

„Ich zeige Ihnen jetzt mal unser kleines Brauereimuseum."

Alfred blieb stehen und trotzte dem Wind: „Ist das hier der Brauereihof, über den wir gerade gehen?"

„Ja, warum?"

„Ich stelle ihn mir mal gepflastert vor, wie vor 150 Jahren. Damals, als in Baden die Revolution ausbrach. Die Brauereiangestellten mussten hier zu Exerzierübungen antreten." Alfred gab bereits mit dem wenigen Wissen an, das er sich aus den Böckler-Akten angelesen hatte.

Das interessierte Max Sachs. „Hier auf diesem Platz?", fragte er ungläubig.

„Man muss das im Gesamtzusammenhang sehen." Alfred bastelte sich eine Zigarette, während er erzählte: „Es hatte im Februar und März 1848 große Zusammenrottungen und Massenbewegungen im ganzen badischen Großherzogtum gegeben, in Freiburg, in Offenburg, in Konstanz, überall. Die beiden Anführer der radikalen Liberalen, der Parlamentsabgeordnete Friedrich Hecker und der Publizist Gustav Struve schürten landauf, landab die Stimmung gegen den badischen Staat. Sie wollten die demokratische Republik erzwingen, und zwar mit einer außerparlamentarischen Volksbewegung."

„Das weiß ich alles. Nur, was hat das mit der Brauerei zu tun?"

Alfred stellte sich neben den Oberbraumeister unter ein kleines Vordach, vor allem, um seine Zigarette vor den Regenschauern zu schützen. „Die Brauerei war schon damals Staatsbesitz. Die Obrigkeit befürchtete damals, dass die Brauerei zum Ziel von Freischärlern werden könnte. Damals war Rothaus alles andere als beliebt. Das Bier galt als schlecht, die Preise als zu hoch und das Führungspersonal stammte aus Bayern, mit Ausnahme des Brauereirechners Max Zäh."
Ein fetter Regentropfen vom Dach vernichtete Alfreds Zigarette. Genervt warf er die durchweichte Kippe von sich. „Unter dem Befehl des Domänenassessors Stüber mussten die Brauereiangestellten auf diesem Platz Exerzierübungen abhalten. Sie wurden zur Staatstreue und zum militärischen Dienst zwangsverpflichtet. Der Domänenassessor war damals der oberste Beamte des Bezirks und in dieser Funktion auch verantwortlich für die Rothausbrauerei. Er hat Telegramme nach Karlsruhe geschickt, in denen er vor den Umtrieben der Aufständischen aus der Region warnte. Ich habe diese Telegramme gelesen. Er warnte darin auch vor ‚unzuverlässigen Subjekten' in den Reihen des Brauereipersonals. Gemeint waren damit der Mälzer Hahn und der Bauaufseher Kempter."
Max Sachs verdaute die Informationen. Der Regen wurde stärker und prasselte auf den asphaltierten Innenhof, so dass es sich anhörte wie exerzierende Knobelbecher. „Anfang März 1848 wollte Stüber die beiden Hauptsrädelsführer verhaften lassen. Aber Hahn und Kempter machten sich aus dem Staube. Heute würde man sagen, sie gingen in den Untergrund."
„Wie muss man sich das vorstellen?"
Gott sei Dank hatte Alfred sich gründlich in die Thematik eingelesen: „Sie schlossen sich den Freischärlergruppen

an, die überall wie Pilze aus dem Boden schossen. Hahn und Kempter übernahmen die Führung einer Freischärlergruppe, die von Tiengen her durch den Südschwarzwald zog. Sie machten die umliegenden Dörfer unsicher und lebten auf Kosten der Bauern."

„Es wird nicht besser", urteilte Max Sachs. Obwohl es ein Kommentar zu den gegenwärtigen politischen Zuständen hätte sein können, meinte er lediglich den Regen. „Wir müssen nur schnell quer über den Platz. Da drüben ist unser kleines Museum."

Sie hasteten das kurze Stück durchs Freie. Alfred zog sich dabei die Windjacke über den Kopf. In einem niedrigen Wirtschaftsgebäude, früher vielleicht einmal Stall oder Remise, befand sich das kleine Hausmuseum der Brauerei. „Es ist eigentlich gar nicht für Besucher gedacht", erklärte Max Sachs, während er sich die Nässe von der breiten Brust klopfte. „Man hat dort nur ein paar alte Gerätschaften gesammelt, historische Fässer und Brauzubehör, altes Werkzeug, Flaschen und Etiketten aus dem letzten Jahrhundert, Bierhumpen und solches Zeug."

Ein echtes Bier wäre jetzt langsam auch nicht schlecht, dachte sich Alfred. Der Oberbraumeister öffnete die Tür zum Museum. „Gar nicht abgeschlossen", wunderte er sich. „Normalerweise ist die Tür verriegelt. Was ist da los?"

Die Erklärung dafür stand in Person von Joe Campta mitten im Raum. Der Leiter der Marketingagentur „CleverMind". Er hantierte mit einer teuren digitalen Spiegelreflexkamera und mit zwei Stehlampen, die er als Beleuchtung einsetzte. Seine beneidenswerte Gesichtsbräune wich für einen Moment der Blässe eines ertappten Diebes, als Alfred im Schlepptau des Braumeisters den Museumsraum betrat. Er wirkte, als hätte er nach etwas gesucht und ärgere sich nun, bei dieser Suche gestört worden zu sein. Aber bevor Alfred sich darauf einen Reim machen konnte, hatte Campta schon in seiner eigenwilligen Kaugummisprache eine Erklärung geliefert: „Ah, die Herren. Kein fröhliker Tag, nicht wahr. Aber das Arbeit darf nicht ruhen. Ich mache ein paar good atmospheric Fotos. Für unsere Broschür, nicht wahr!"

„Wie sind Sie hereingekommen? Die Polizei lässt doch niemanden auf das Gelände?"

Joe Campta zeigte sein Gebiss. Das Grinsen wirkte lässig, aber Alfred fand es unsympathisch. Er fand den ganzen Kerl unsympathisch.

„Frau Lang hat mich hereingelassen. Und die Museum aufgeschlossen. Damit ich fotografieren kann. Sie hat die Polizei erklärt, was ich arbeite für die Brauerei."

„Die Ausstellungsstücke hier stammen aber nicht alle aus der Zeit der badischen Revolution", warnte Max Sachs. „Das meiste ist jüngeren Datums."

„Es ist schade, dass so wenig zum Fotografieren da ist", beklagte Campta, während er seinen Scheinwerfer auf ein zwei Meter hohes Holzfass richtete. Mit einem lauernden Unterton schlug er vor: „Ich könnten vielleicht die alten Akten von Heinz Böckler fotografieren, um alles zu zeigen, wie das ausgesehen hat."

„Das wird hier nicht gehen, denn die Akten sind alle bei mir zu Hause", freute sich Alfred über Camptas Probleme. „Und da bleiben sie auch für die nächsten Wochen. Bis ich die Chronik geschrieben habe."

Er bemerkte zwar die wie elektrisiert zuckenden Augenbrauen bei Campta, auch das kurze, aufgeregte Flackern in seinen Augen, aber er konnte es nicht einsortieren. Max Sachs lenkte ihn ab, indem er vorschlug: „Ich könnte ja mal auf dem Brauereigelände fahnden, ob ich irgendwo noch ein paar geeignete Fotomotive finde. Sobald die Polizei wieder verschwunden ist."

Als hätte sie auf das Stichwort gewartet, betrat in diesem Moment die Polizei den Raum. Es handelte sich um Polizeirat Jens Beuge, dessen Stellvertreter, Oberkommissar Siegfried Junkel, sowie noch eine ganze Reihe von Unter- und Nebenkommissaren, welche die beiden um sich geschart hatten. Schnell klärte Braumeister Sachs die Ermittler über Alfred und Joe Campta auf.

„Ich kann den Herren ein Verhör nicht ersparen. Wenn sie mit Heinz Böckler zusammengearbeitet haben, dann brauchen wir ihre Aussagen," kündigte Jens Beuge an. „Das machen wir gerade hier, an Ort und Stelle."

„Ich habe ihn doch gar nicht gekannt", protestierte Alfred. „Nur einmal mit ihm telefoniert."

„Und Sie?", richtete Junkel das Wort an Joe Campta. „Haben Sie ihn gekannt?"

Der Marketing-Mann nickte. „Er hat mich und meine Agentur schließlik engagiert."

DIE POLIZEI KOMBINIERT

Sympathisch an Siegfried Junkel war schon einmal, dass er Raucher war und seine Zigaretten selber drehte. Er stand zusammen mit Alfred vor der Museumstür und rollte mit gelben Fingern seinen Tabak zu einem spartanischen Klimmstängel zusammen, nicht viel dicker als ein Trinkhalm.

„Dieses Wetter macht einen ganz kirre. Ich kann mir nicht helfen, aber Regenwetter ist auch Mordwetter. Die Menschen neigen bei solchem Sauwetter zur Gewalt!"

Dieser Theorie des Oberkommissars konnte Alfred etwas abgewinnen. Während drinnen in der Museumsstube Junkels Chef Beuge das Gespräch mit Joe Campta protokollierte, blies draußen Alfred Rauch und eigene Weisheiten in die Luft: „Ich glaube, dass der Mord an Heinz Böckler von langer Hand geplant war."

„Ach, was Sie nicht sagen?" Siegfried Junkel zog seinen Mantelkragen hoch. Er sah Alfred mit seinen rotgeäderten, triefigen Augen prüfend an: „Was bringt Sie zu der Annahme?"

„Na die ganzen Umstände. Es geschah mitten in der Nacht. Es muss doch jemand gewesen sein, der wusste, das Heinz Böckler manchmal nachts in der Brauerei arbeitete."

Der Kommissar widersprach: „Heinz Böckler könnte auch einem Einbrecher über den Weg gelaufen sein. Dann wäre er ein tragisches Zufallsopfer."

„Aber es wurde doch nichts gestohlen. Das spricht gegen die Einbrechertheorie, das müssen Sie zugeben."

„Wir wissen nicht, ob etwas gestohlen wurde. Die Brauerei ist nachts nicht abgeschlossen. Jeder kann rein, der sich ein wenig auskennt."

Alfred schnäuzte geräuschvoll, so als gehöre dies zum Denkprozess: „Ein Einbrecher schleicht sich in die Brauerei", sponn er den Gedanken des Polizisten weiter: „Heinz Böckler hört Geräusche, sieht nach und läuft diesem Einbrecher über dem Weg. Zum Beispiel im Treppenhaus. Oder auf dem Gang, wo die Büros liegen. Was passiert dann? Der Einbrecher bedroht Heinz Böckler. Vielleicht mit einer Waffe. Böckler flieht ins Sudhaus. Dort holt ihn der Einbrecher ein und schlägt ihn mit seiner metallenen Stablampe bewusstlos. Anschließend wirft er den Bewusstlosen in einen Braukessel, schließt den Deckel und lässt Böckler ertrinken." Erwartungsvoll sah Alfred Oberkommissar Junkel an. „Halten Sie das etwa für plausibel?"
Junkel spuckte feuchte Tabakkrümel aus: „Sie haben etwas vergessen: Der Täter wirft auch noch seine Taschenlampe weg. Erst dann macht er sich aus dem Staub."
„Ohne Beute?"
„Ohne Beute!"
„Und deshalb kommt er zwei Tage später nochmals zurück und bricht in Heinz Böcklers Büro ein?"
Jetzt reagierte Oberkommissar Junkel gereizt: „Was weiß denn ich! Der Einbrecher von vergangener Nacht muss doch nicht identisch mit dem Mörder sein."
„Aber er hat speziell bei Heinz Böckler etwas gesucht. Ganz gezielt in Böcklers Büro."
Alfred erhielt keine Antwort. Siegfried Junkel schien nachzudenken. Sein faltiges Koboldgesicht wirkte noch eine Spur zerknautschter als sonst. Er kaute auf seinen welken Lippen herum. Schließlich quälte er sich zu einer Antwort: „Sie könnten Recht haben. Nehmen wir mal an, Heinz Böckler besaß etwas, worauf es der Täter abgesehen hat. Dann muss es etwas sein, was sogar einen Mord rechtfer-

tigt. Der Täter glaubt, dass Böckler dieses „Etwas" in der Brauerei aufbewahrt. In seinem Büro. Und der Täter weiß, dass er Böckler nachts alleine in diesem Büro antreffen wird. Nur der Hausmeister könnte stören. Also inszeniert der Täter ein Ablenkungsmanöver, damit der Hausmeister verschwindet. Der jaulende Hund unten am Spielplatz!"

Junkel hatte zwar mehr zu sich als zu Alfred gesprochen, aber jetzt tippte er Alfred mit dem Zeigefinger auf die Brust: „Und weil irgendetwas schief gelaufen ist, musste der Täter noch einmal kommen, und in Böcklers Büro einbrechen. Und jetzt hat er vermutlich, was er wollte ...."

Und wenn nicht, so dachte Alfred im Stillen, dann wird er weitersuchen.

„Schöne Theorie", so kommentierte Siegfried Junkel abschließend.

„Steht aber im Widerspruch zu den Ermittlungen", verlautete eine schnarrende Stimme. Alfred und Oberkommissar Junkel fuhren herum. Hinter ihnen stand Polizeirat Jens Beuge. Wer weiß, wie lange er schon zugehört hatte.

„Ich darf Sie bitten", richtet Beuge sich an Alfred. „Sie sind dran!"

Alfred warf Junkel einen verschwörerisch gemeinten aber mitleidig geratenen Blick zu, ehe er der kantigen Gestalt des Polizeirates ins Innere des Brauereimuseums folgte. In Begleitung eines Polizeibeamten kam gleichzeitig Joe Campta heraus. Sein Verhör war beendet. Er grinste gequält. Die Sache schien ihm keinen Spaß zu bereiten.

„Wieso steht die Theorie im Widerspruch zu den Ermittlungen?", fragte Alfred, während er Jens Beuge zu dem kleinen Tischchen folgte, an dem die Vernehmung stattfinden sollte. Der Polizeirat antwortete zunächst nicht, sondern nahm erst auf seinem Stuhl Platz. Selbst bei dieser banalen Bewegung strotzte er vor Kraft. Müsste der Stuhl nicht unter Jens Beuges Hintern explodieren, bei soviel Energie?

Kaum hatte auch Alfred sich hingesetzt, gab Beuge überraschend doch eine Antwort: „Wir haben einen Tatverdächtigen. Wir haben ein Motiv. Wir haben die Tatwaffe. Wir haben die Leiche. Das meine ich mit den Ermittlungen!"

Unter dem Begriff „jemandem über den Mund fahren" hatte Alfred sich bisher nicht allzu viel vorstellen können. Jetzt wusste er, was damit gemeint war.

Beuge nahm Alfreds Personalien auf und hämmerte sie in seinen Laptop.

„Aha, Führerscheinentzug!", kommentierte er trocken, als sein Computer den Abgleich mit allen offiziellen und wohl auch inoffiziellen Datenspeichersystemen der Staatsgewalt ausspuckte. „Ganz unbekannt scheinen Sie der Polizei ja nicht zu sein."

„Unschuldig!", plädierte Alfred schelmisch. „Zu Unrecht verurteilt!"

Jens Beuge grinste zäh. Diese Art von Humor schien ihm nicht zu schmecken. „Kommen wir zur Sache. Was ist genau Ihre Aufgabe? Was machen Sie hier in der Brauerei? Was hatten Sie mit Heinz Böckler zu schaffen?"

Alfred erzählte wahrheitsgemäß von seinem Auftrag. Dass er Heinz Böckler nie persönlich kennen gelernt habe, sondern nur am Telefon von ihm zum Termin eingeladen worden sei. Dass er mit dem Brauereivorstand gesprochen habe und trotz des Todes von Heinz Böckler den Auftrag erhalten habe, dessen Chronik zu schreiben. Dass er zu diesem Zwecke Böcklers Recherchen und Akten erhalten und mit nach Hause genommen habe, und dass er nunmehr dabei sei, sich in diese Akten einzulesen und die Texte für die Chronik zu schreiben. Das Projekt selber, Ge-

staltung, Druck, Auflage und alles Übrige gehe ihn nichts an, das liege in der Verantwortung von Joe Campta von der Marketingagentur CleverMind."
Jens Beuge winkte ab: „Wissen wir alles. Das hat Herr Campta bereits erzählt." Der Polizist kaute an einem Bleistift und stierte auf seinen Computerbildschirm. Irgendetwas ging ihm durch den Kopf. Alfred sah es ihm an. Eine Ader pochte auf Jens Beuges Stirn und schwoll an wie ein kleiner Regenwurm. Der Chefermittler kniff die Augen zusammen und knirschte mit den Zähnen. Alfred wartete gespannt.
„Ist was, Chef?", fragte Oberkommissar Junkel, als Jens Beuge schier gar nicht mehr aus seiner Trance erwachen wollte.
Beuge schüttelte den Kopf. Offensichtlich wollte er seine Überlegungen nicht preisgeben. Er verkündete lediglich, indem er seine Bleistiftspitze auf Alfred richtete, als wollte er ihn erdolchen: „Die Aktenordner! Die werden beschlagnahmt. Die müssen Sie wieder herausrücken. Tut mir leid!"
Es tat ihm natürlich überhaupt nicht leid, das war nur so dahin gesagt, das spürte Alfred. Er wagte einen zaghaften Protest: „Aber mein Auftrag. Die Arbeit ... Ich kann doch nicht ..."
„Das kann ja wohl warten. Wenn ich Sie richtig verstanden habe, dann hat das die letzten 150 Jahre auch niemanden interessiert. Also kann es jetzt auch noch ein paar Wochen oder Monate liegen bleiben."
„Wochen oder Monate?" Blankes Entsetzen lag in Alfreds Stimme. Er brauchte den Auftrag jetzt, auf das Honorar war er dringend angewiesen. Eine Überlebensfrage. „Das ist nicht Ihr Ernst!"
Der Polizeirat erhob sich. Ein Wunder, dass seine Hosennähte hielten. Er strotzte vor Kraft: „Ich schicke gleich eine

Streife, die Sachen abzuholen. Sie wohnen in Neustadt, nicht wahr?" Er las von seinem Bildschirm die Adresse ab. Es war die Adresse im Haus von Luise Ziegler.

Alfred nickte mechanisch. Vielleicht gewann er ja etwas Zeit, wenn er die Polizisten zu seiner alten Adresse schickte. In seinem Schädel ratterten die Rädchen. Wie konnte er das Unheil noch abwenden?

Wie paralysiert wankte Alfred ins Freie. Der Nachmittag ging zu Ende. Kurz vor halb fünf Uhr. Alfred hatte keine Chance. Mit Zug und Bus brauchte er mindestens eine Stunde bis nach Neustadt. Und er konnte ja gar nicht weg aus Rothaus, weil doch um 18 Uhr die Versammlung des Einzelhandelsverbandes begann. Wie aber sollte er unter diesen Umständen verhindern, dass die Polizei die ganzen Akten und Unterlagen beschlagnahmte?

Linus! Linus musste ihm helfen.

Am Telefon meldete sich nicht Linus, sondern eine Mickymausstimme: „Ich bin es, Cindy. Linus ist nicht zu Hause."

Auch das noch.

„Er kommt auch heute nicht mehr zurück. Er ist auf einem Seminar für Versicherungsmakler."

Alfred stöhnte. Verzweiflung keimte auf. „Cindy", flehte er fast, „stehen meine Umzugskartons noch im Wohnzimmer?"

„So, wie du sie zurückgelassen hast. Ich habe nichts angerührt."

„Also gut! Kannst du mir einen Gefallen tun, Cindy? Es ist wichtig. Es hängt wahnsinnig viel davon ab."

Mickymaus versprach, ihr Bestes zu tun.

„Also pass auf Cindy! Hör gut zu und tue genau, was ich dir sage! Im größten und schwersten dieser Umzugskartons sind lauter Aktenordner. Findest du sie?"

Cindy piepste: „Ich muss erst aufmachen. Sind das so schwarze, feuchte Dinger?"

„Ja, du bist richtig. Jetzt nimm mal einen dieser Ordner heraus."

Cindy tat, wie Alfred ihr befahl und meldete flötend Vollzug: „Ich hab jetzt einen Aktenordner herausgeholt."

„Und jetzt schau mal hinein. Da findest du ganz viele alte Urkunden, Briefe, Listen, Protokolle und solche Sachen, lauter handschriftlich vollgekritzeltes Papier. Hast du's?"

„Ist das mit so einer komischen Schrift. Sieht irgendwie japanisch aus."

„Das nennt man Sütterlin-Schrift. Aber genau das ist es. Also gut, und jetzt pass auf: In jedem Ordner stecken zwischen diesen handschriftlich beschriebenen Blättern auch noch etliche Seiten, die mit Schreibmaschine geschrieben sind. Findest du sie?"

Es raschelte im Telefon. Alfred spitze die Ohren. Offensichtlich wühlte Cindy in den Akten.

„Hörst du mich noch, Cindy?"

„Ja. Du musst nicht so schreien. Ich kann doch nicht Akten umblättern und gleichzeitig das Handy halten."

„Und die Schreibmaschinenblätter?"

„Ja, die sind ja leicht zu erkennen. Was ist mit denen?"

„Du musst jetzt diese Schreibmaschinenblätter aus allen Ordnern herausholen. Hast du mich verstanden? Alle Schreibmaschinenblätter suchst du aus den Ordnern heraus und versteckst sie irgendwo. Wo sie die Polizei nicht findet!"

„Die Polizei? Aber wieso die Polizei?" Cindy klang wie eine THW-Sirene.

Notgedrungen musste Alfred sie ein Stück weit ins Bild setzen: „Entweder heute Abend noch oder spätestens morgen früh wird die Polizei bei dir klingeln. Es ist nichts Schlimmes, keine Angst. Aber sie werden den Karton mit den Aktenordnern abholen. Da kann man nichts machen, du musst ihn herausrücken. Bis dahin musst du aber alle Schreibmaschinenseiten herausgeholt und versteckt haben. Schaffst du das? Hast du das verstanden?"

„Ich dachte, du wohnst jetzt hier bei Linus. Kommst du nicht heute Abend?" Es war zwar eine gepiepste Frage, aber sie klang irgendwie so, als hätte Cindy geplant, Alfred in Abwesenheit von Linus etwas näher kennen zu lernen.

„Nein! Ich bin in der Rothausbrauerei und bleibe länger hier auf einer Veranstaltung, über die ich für die Zeitung schreiben muss. Ich übernachte im Brauereigasthof, das zahlt der Veranstalter!"

Es war Alfred, als vernähme er ein enttäuschtes Seufzen aus dem Handy.

„Kann ich die Seiten auch herausreißen? Sonst muss ich jedes Mal diesen Bügel auf und zu machen?"

„Cindy, du bist ein Schatz! Du kannst die Seiten meinetwegen auch herausreißen. Aber pass auf, dass du nichts übersiehst. Die Polizei darf nichts merken."

„Ohh, du willst die Polizei hereinlegen." Cindy schien begeistert. „Hast du was ausgefressen?"

„Nein! Ich erzähl dir alles, wenn ich zurück bin. Jetzt mach zu. Du hast nicht viel Zeit. Und denk daran: Verstecke die Blätter gut!"

FESTABEND MIT PROMILLE

Alfred hatte sich keine Gedanken darüber gemacht, um was für eine Sorte von Verein es sich beim Einzelhandelsverband Südbaden handelte. Als aber nach und nach Damen in festlichen Abendkleidern und Herren in schicken Anzügen eintrudelten und die rustikale Gaststube der Rothausbrauereigaststätte fluteten, dämmerte ihm, dass er in seinen Jeans und dem ausgewaschenen Sweatshirt mal wieder diametral gegen den Dress-Code verstieß. Er drückte sich gegen die ovale Theke und versuchte fürs Erste, so auszusehen, als gehöre er zum Personal. Der Einzelhandelsverband Südbaden hielt eine Art Jahrestagung mit Festakt und anschließendem geselligem Beisammensein ab. Der Tagesordnung, die Anna ihm überreicht hatte, entnahm Alfred, dass zum einen die Wirtschaftsdaten des abgelaufenen Jahres vorgestellt wurden, im Mittelpunkt des Abends aber Ehrungen und Verabschiedungen besonders verdienter Mitglieder und Verbandsfunktionäre stehen würden. Dass das Ganze dann in einem festlichen Dinner und anschließendem feuchtfröhlichen Abend ausklingen sollte, entnahm Alfred den liebevoll eingedeckten Tischen und den erwartungsvollen Gesichtern der Gäste. Sogar eine kleine Drei-Mann-Kapelle stand bereit und klimperte im Hintergrund bereits die gedämpfte Empfangsmusik.
„Gehören Sie auch zum Einzelhandelsverband. Sonst muss ich Sie leider bitten, den Saal zu verlassen. Das ist eine geschlossene Gesellschaft." Ein großer, schlanker Mann stand vor Alfred, Typ Geschäftsführer. Er lächelte freundlich und zupfte an seiner roten Krawatte, als sei es ihm unangenehm, auf die geschlossene Gesellschaft hinzuweisen.

„Ich bin von der Presse!" Alfred zückte seinen Presseausweis, der zwar seit zwei Jahren abgelaufen war, aber trotzdem seinen Zweck erfüllte. „Ich bin angemeldet."
Der Gegenüber stellte sich als Oliver Rumpf, Geschäftsführer der Brauereigaststätte vor und führte Alfred persönlich durch das Gedrängel zu einem für Pressevertreter reservierten Platz. Noch hatten die eintreffenden Gäste ihre Plätze nicht eingenommen. Sie standen in Grüppchen beisammen, einige nahmen im Foyer der Brauereigaststätte einen Aperitif, andere hielten die Bar besetzt, einige scharten sich um den Brauereivorstand und fragten ihn über den Mordfall aus, der sich mittlerweile herumgesprochen hatte.
„Sie übernachten bei uns, habe ich in den Anmeldungen gesehen", versuchte sich der Hotelleiter in einem Gespräch. Alfred nickte. „Ja, ich bin ohne Auto. Und so spät fährt dann kein Bus mehr."
„Haben Sie Ihr Zimmer schon bezogen? Möchten Sie sich noch umziehen?"
Das war ein Wink mit dem Zaunpfahl. Alfred lag eine patzige Antwort auf der Zunge, aber er sah, dass der Geschäftsführer es gut mit ihm meinte. Oliver Rumpf verfügte über diese lässige, unaufdringliche „haben Sie noch einen Wunsch"-Servicementalität, die noch dem letzten Landstreicher das Gefühl gab, ein bedeutsamer Fürst zu sein. Alfred entschied deshalb, den Hotelgeschäftsführer zu mögen und mit offenen Karten zu spielen: „Ich bin leider etwas spontan zu diesem Termin gekommen und habe nichts anderes zum Anziehen dabei. Zu allem Unglück bin ich auch noch in den Regen geraten."
„Warten Sie einen Moment. Ich besorge Ihnen ein Jackett. Ich habe eine kleine Sammlung davon, extra für solche Fälle!"

Das war enorm. Der Saal war proppevoll mit hochkarätigen Gästen aus dem südbadischen Einzelhandel, ein Who is Who der Kaufhausdynastien, Möbelbarone, Schmuckkrösusse und Matratzenhändler, und dieser Geschäftsführer nahm sich die Zeit, dem popeligen kleinen Zeitungsmitarbeiter Alfred ein Jackett zu besorgen. Vielleicht war der Geschäftsführer einfach nur zu der durchaus cleveren Erkenntnis gekommen, dass es für das Renommee des Hauses und insbesondere für dessen positive Verbreitung lohnender sei, Journalisten zu umgarnen, als Einzelhändler.

Jedenfalls erhielt Alfred ein Leih-Jackett, grau-blau meliert, sehr seriös, passende Größe. Inzwischen trudelten weitere Journalisten-Kollegen ein, die Alfred alle nicht kannte, weil sie aus Freiburg angereist kamen. Der Tisch füllte sich. Die Freiburger Journalisten waren mit sich selbst und mit fast allen Größen des südbadischen Einzelhandels per Du! Alfred fühlte sich verloren, klein und unbedeutend. Er ließ sich von dem Kollegen, der sich neben ihn gesetzt hatte, die Namen und Funktionen einzelner Persönlichkeiten erklären.

„Wer ist der kleine Kobold, der da neben dem Rothaus-Chef steht und ständig auf ihn einredet?"

Alfreds Nachbar, ein strubbelig frisierter, munterer Brillenträger, der aussah wie der Quizmaster für eine Kindersendung im Fernsehen, gab Auskunft: „Das ist Herman Frese, der Ehrenpräsident des Verbandes. Sein Sohn Philipp ist heute der Präsident. Das ist der, der dort drüben am Rednerpult steht. Ich nehme an, er wird gleich mal den Abend eröffnen."

Alfreds Tischnachbar stellte sich selber vor: „Stefan P. Ich schreibe für verschiedene Wirtschaftsmagazine. Manchmal mache ich auch Talk-Sendungen für TV Südbaden."

Na also, so falsch lag Alfred gar nicht mit seinem Quizmaster. Er stellte sich selbst ebenfalls vor, als „freier Journalist". Da die Vorstellungsrunde schon mal eröffnet war, lernte Alfred auch die übrigen Journalistenkollegen am Tisch kennen. Heinz S., ein distinguierter Herr mit Lesebrille und der spartanischen Frisur eines Fremdenlegionärs, Korrespondent für die Stuttgarter Zeitung, Karlheinz Z., eine eher lieblos rasierte aber trotz fortgeschrittenen Alters noch drahtige Erscheinung mit Otto-Waalkes-Frisur, Korrespondent für Südkurier und andere Tageszeitungen, Uli H., ein grauhaariger Lebemann vom SWR, der sich auf seinem Stuhl fläzte, als handelte es sich um das heimische Sofa, Ralf D., ein bauchiges Fässchen in Diensten des Schwarzwälder Boten, sowie Florian K. von der Badischen Zeitung, ein langer Lulatsch und der Jüngste in der Gruppe, aber immer noch Älter als Alfred.

Es beruhigte Alfred insgesamt, dass diese Gesellschaft es mit der Kleiderordnung ähnlich großzügig hielte, wie er selbst. Mit seinem geliehenen Jackett fühlte er sich jedenfalls in diesem Kreise gut aufgehoben. Karlheinz Z. zum Beispiel trug ein uraltes, verwaschenes T-Shirt, auf dem Archäologen noch eine Inschrift vom letzten Auftritt des Freiburger FC im Möslestadion hätten entziffern können. Uli H. benahm sich nicht nur wie zu Hause auf dem Sofa, er trug auch den Schlabberpulli von dort. Stefan P. hatte sich immerhin eine Krawatte umgehängt, die aber aussah wie einmal durch die Zentrifuge gejagt, vielleicht waren es ja auch zwei zusammengeknotete Socken.

Ein einzelner Stuhl neben Alfred war noch frei und Karlheinz Z. winkte einen älteren Anzugträger, doch hier Platz zu nehmen: „Kommen Sie zu uns, Herr Noppel, hier ist noch was frei!"

Der Angesprochene folgte der Aufforderung und ließ sich mit einem altersgemäßen Stöhnen neben Alfred nieder. Alfred musterte den hageren Herrn von der Seite. Es handelte sich irgendwie um einen Doppelgänger von Clint Eastwood, mit kantigem Kinn, schmalen Lippen und einigen vom Leben imprägnierten Falten. Nur dass dieser Clint Eastwood eine Brille trug.

„Wer ist das?", fragte Alfred flüsternd seinen anderen Tischnachbarn Stefan P. Der setzte ihn ins Bild: „Das ist Manfred Noppel. Der war ungefähr ein Jahrhundert lang hauptamtlicher Geschäftsführer des Einzelhandelsverbandes, ist kürzlich in den Ruhestand gegangen. Heute soll er geehrt werden."

Irgendwo rauschte ein Lautsprecher und die Stimme des Verbandspräsidenten brachte das allgemeine Gemurmel zum Verstummen. Alle Gäste hatten inzwischen ihre Plätze eingenommen, erwartungsvolle Stille machte sich breit, nur durchbrochen vom gelegentlichen Gläserklirren. Alfred hatte endlich sein erstes Pils vor sich stehen und nahm einen tiefen Schluck, während der Verbandspräsident die Versammlung begrüßte und etliche Minuten Redezeit investierte, um ungefähr die Hälfte der Anwesenden namentlich zu erwähnen.

Dann trat in seiner Rolle als Hausherr der Brauereivorstand ans Rednerpult und knüpfte in seinem launigen Grußwort naheliegende Verbindungen zwischen dem Einzelhandel und den Rothaus-Bieren, und er mahnte vor allem die anwesenden Vertreter der Lebensmittel- und Getränkediscounter, immer schön die Hochpreispolitik für Rothaus-Biere zu befolgen. Ansonsten bat er unter Hinweis auf seinen längeren Nachhauseweg und auf den zurückliegenden, anstrengenden Tag, ihm nachzusehen, dass er nicht den ganzen Abend bei der Veranstaltung bleiben könne. Er werde sich deshalb nach den Ehrungen verabschieden und nicht mehr zum Essen bleiben.

Die Freiburger Journaille am Tisch von Alfred war sich einig, dass man den Brauereivorstand nicht ohne Statement zu den Mordermittlungen würde ziehen lassen. „Deswegen bin ich doch nur gekommen", maulte Uli H. und baute demonstrativ ein digitales Aufnahmegerät vor sich auf. Während er das Mikrofonkabel einstöpselte und die Batterien prüfte, forderte er Karlheinz Z. auf, den Brauereichef mit den Journalistenwünschen zu konfrontieren und auf ein kurzes Pressegespräch im Nebenzimmer der Gaststätte zu verpflichten. Das Vorhaben gelang. Karlheinz Z. kehrte vom Tisch des Brauereivorstandes zurück und verkündete: „Er ist einverstanden. Aber jetzt gleich. Wir sollen gleich mit ihm ins Nebenzimmer hinüber."

Während am Rednerpult der Verbandspräsident seinen Rechenschaftsbericht eröffnete, verzogen sich die Journalisten zum Exklusiv-Talk mit dem Brauereivorstand. Notgedrungen schloss Alfred sich an, obwohl er von keiner Zeitung einen Auftrag hatte, über den Böckler-Mord zu schreiben, und dies mit Rücksicht auf seinen Chronik-Auftrag auch nicht hätte tun wollen.

„Würden Sie mir noch ein Pils bestellen, wenn die Bedienung vorbeikommt?", beauftragte Alfred den alleine am Tisch zurückbleibenden Clint Eastwood. Manfred Noppel nickte und versprach mit seiner eigentümlich rauchigen Stimme, für volle Gläser zu sorgen.

Das „Hansjakob-Stüble", in dem die Presseleute sich mit dem Vorstand der Rothausbrauerei trafen, trug seinen Namen als Referenz an den Pfarrer und Heimatschriftsteller Heinrich Hansjakob, der vor mehr als 120 Jahren, noch zu

Zeiten des alten Brauereiwirtes Johannes Grüninger, einmal Übernachtungsgast in der Brauereigaststätte gewesen war. Neben dem rustikalen Holzboden, dem Kachelofen und der gebeizten Wand- und Deckentäfelung entfaltete dieser Raum seinen eigentlichen Charme dadurch, dass man hier Rauchen durfte. Der Brauereichef zündete sich bereits eine Zigarette an. Alfred war sofort auch dabei. Uli H. stellte penetrante Fragen und ließ sein Aufnahmegerät mitlaufen. Der Brauereivorstand antwortete ruhig und überlegt, und nahezu jede seiner Antworten enthielt die Kernbotschaft, dass alle Ermittlungen bei Polizei und Staatsanwaltschaft lägen, er vollstes Vertrauen in deren Fähigkeiten habe, und nein, er nicht um den guten Ruf der Rothausbrauerei fürchte, denn er glaube nicht, dass der Mord mit der Brauerei etwas zu tun habe. Alfred hörte nur zu und lernte, wie man gemeine Fragen stellt: „Schmeckt das Tannenzäpfle in Zukunft noch?", wollte Karlheinz Z. wissen. „Wenn mal eine Leiche im Sudkessel lag?"

„Der betreffende Braukessel wird ausgetauscht", versprach der Brauereichef ungerührt. „Alle anderen Kessel wurden geleert, sterilisiert, mit Hochdruck gereinigt und werden derzeit neu befüllt. Wir nehmen die Produktion bereits wieder auf – in der gewohnten Qualität!"

„War das Opfer betrunken?", interessierte sich Stefan P.

„Wird das Bier teurer?", wollte Ralf D. wissen.

„Wird Rot-Grün die Gelegenheit nutzen und Sie als Brauereivorstand vorzeitig in den Ruhestand schicken?", stichelte Uli H.

„Kommt der Mörder aus den Reihen der Belegschaft?"

Der Brauereivorstand meisterte all diese Fragen mit der souveränen Geduld eines Profis, der durch seine jahrzehntelange Erfahrung in Führungspositionen in Politik und Wirtschaft auch die dämlichsten Journalistenfragen elegant zu kontern wusste. Am Ende hatte er viel gesprochen und doch nichts Substantielles gesagt. Die Journalisten waren trotzdem zufrieden.

Kurz kam auch Heinz Böcklers Projekt einer Revolutionschronik zur Sprache. Alfred selbst hätte nicht damit geprahlt, aber der Brauereivorstand erwähnte es. Bei dieser Gelegenheit erzählte er den Journalisten, dass Alfred damit betraut sei, die Chronik auszuformulieren.

Dafür interessierte sich Heinz S., der Korrespondent der Stuttgarter Zeitung, als sie wieder am Tisch saßen. Der Rechenschaftsbericht des Präsidenten war immer noch im Gange, und deshalb konnten sie sich nur flüsternd unterhalten. „Ich habe selbst ein Buch zur Badischen Revolution geschrieben", erklärte Heinz S. sein Interesse. „Es heißt ‚Heckers Schattenmann' und ist im Freiburger Sternwaldverlag erscheinen. Ich habe noch ein paar Exemplare zu Hause."

Sie tauschten Meinungen zur Badischen Revolution und zur Qualität der Literatur aus, die es zu diesem Ereignis gab. Dazwischen blieben bei Alfred Brocken aus der Ansprache hängen, die der Einzelhandelspräsident noch immer hielt: „ ... und 75 Prozent aller Bekleidungsgeschäfte erwarten einen besseren Geschäftsverlauf, während in der Schuhbranche ..."

Manfred Noppel schien die Badische Revolution auch spannender zu finden, als die Schuhbranche. Er hörte nämlich mehr dem Gespräch zwischen Alfred und Heinz S. zu, als der Rede seines Verbandspräsidenten. Jetzt nahm er die Brille ab, die ihn von Clint Eastwood unterschied, und gab sich als historischer Laie zu erkennen: „Dann können Sie mir sicher in ein paar Sätzen zusammenfassen, um was es bei der Badischen Revolution ging und warum sie gescheitert ist."

Alfred hätte das nicht gekonnt, deshalb ermunterte er mit aufforderndem Blick Heinz S., sich angesprochen zu fühlen. „Mit wenigen Sätzen? Au weia!" Heinz S. fuhr sich mit den Fingern durch die Fremdenlegionärsfrisur. „Ich würde es mal so sagen: Unter dem Eindruck der Februarrevolution in Frankreich rührten sich in Baden die schon lange schwelenden liberalen Kräfte, die ebenfalls den Sturz der Monarchie forderten. Es ging um Pressefreiheit, Abschaffung der Zensur, demokratische Rechte, ein Nationalparlament, eine neue, freiheitliche Verfassung. Weil das Großherzogtum nur zu bescheidenen Reformen bereit war, geriet der Prozess außer Kontrolle und radikale Kräfte unter den Revolutionären Hecker und Struwe suchten den gewaltsamen Aufstand. Der ist aber grandios gescheitert, weil das Großherzogtum die preußische Armee zu Hilfe rief, und die hat kurzen Prozess gemacht. Die Revolutionäre wurden entweder bei diesen Kämpfen getötet oder später hingerichtet, einige kamen für viele Jahre ins Zuchthaus, viele setzten sich in die Schweiz ab und emigrierten von dort nach Amerika. Das war's? Habe ich was vergessen?" Die letzte Frage war an Alfred gerichtet. Der fügte hinzu: „Die Rothausbrauerei blieb weiterhin im Staatsbesitz!"

„ ... beim Elektrofachhandel waren vor allem die digitalen Kommunikationsgeräte gefragt, hier lag das Umsatzplus bei über 12 Prozent, wohingegen die weiße Ware wie Kühlschränke, Waschmaschinen und Küchengeräte ..."

„Es ist gleich vorbei", versprach Manfred Noppel. „Nach den Elektroartikeln kommt nur noch die Möbelbranche. Es

ist jedes Jahr die gleiche Reihenfolge. Ich habe diese Berichte mehr als zwanzig Jahre lang selbst verfasst."
„Vielleicht erfindet Ihr Nachfolger ja mal was Neues dazu."
„Das wäre eine echte Revolution!", räumte Manfred Noppel ein. „Aber wie wir gerade gehört haben, scheitern die meisten Revolutionen."
In die nun tatsächlich eintretende Sitzungspause hinein bestellte Alfred sein drittes Pils, mehr aus Hunger als wegen des Durstes. Manfred Noppel hielt mit, ebenso der lange Florian K. von der BZ. Heinz S. trank Wein, was Alfred im Herzen der Staatsbrauerei für ein unverzeihliches Vergehen hielt, während alle anderen am Journalistentisch sich unter Hinweis auf die Autofahrt zurück nach Freiburg mit Mineralwasser begnügten.
„Ich übernachte hier!", freute sich Manfred Noppel, „Da geht noch einiges rein. Schließlich feiere ich so etwas wie meinen Ausstand!"
Das Essen musste genau deshalb noch warten. Denn zuerst stand noch der Tagesordnungspunkt „Ehrungen" auf dem Programm. Und hier spielte Manfred Noppel die Hauptrolle. Wieder war es der Verbandspräsident, der zum Mikrofon schritt. An dem Packen Redenmanuskript, den er sich zurechtlegte, war zu erkennen, dass er eine mindestens zweistündige Laudatio vorbereitet hatte. Am Ende schaffte er es in vierzig Minuten, aber immerhin wusste Alfred jetzt, dass Manfred Noppel bereits 1981 als Funktionär beim Einzelhandelsverband Südbaden eingestiegen war und seit 1989 als Hauptgeschäftsführer seinen Kopf hingehalten hatte, was ihm neben den markanten Falten auch so viele seiner Haare gekostet hatte, so dass ihm jetzt nur noch eine durchschimmernde Restfrisur geblieben war.

Unter dem donnernden und langanhaltenden Applaus der Festversammlung trat Manfred Noppel nach vorne, bedankte sich in einer erfrischend kurzen Ansprache und nahm neben Urkunde und Handschlag auch einen koffergroßen Geschenkkorb in Empfang, der mit kulinarischen Spezialitäten Südbadens dermaßen überladen war, dass er als Erntedankdekoration für das Freiburger Münster durchgegangen wäre.

Spontan hätte Alfred dem Geehrten die Empfehlung ausgesprochen, sich doch einen Sackkarren der Brauerei auszuleihen, als er sah, wie schwer Manfred Noppel an dem monströsen Geschenkkorb zu tragen hatte. Selbst auf dem kurzen Weg vom Rednerpult bis zum Tisch musste er dreimal absetzen.

Gemeinsam besichtigten sie den Gabenkorb, nachdem Manfred Noppel an den Journalistentisch zurückgekehrt war: Badischer Wein, weiß, rot, rosé; Bauernbrot, eingeschweißter Speck aus Blumberg, Hausmacher-Wurst in Dosen, Schokolade aus Lörrach, Sekt aus Breisach, Schnaps aus dem Elztal, Bratwürste aus dem Glottertal, Honig aus dem Wiesental, ein Fünf-Liter-Bierfässchen aus Rothaus, Bergkäse aus dem Kinzigtal, Joghurt von der Breisgaumilch, Marmelade, Nudeln, Likör, Öle – nichts fehlte.

Höchste Zeit, dass nun das Essen kam. Alfreds Magen hing auf dem Grund. Seit dem frühen Morgen hatte er nichts gegessen, und dieser Tag war lang und anstrengend gewesen: Erst der Rauswurf aus der Wohnung, der improvisierte Umzug in Linus' Appartement, die Brauereibesichtigung, das Polizeiverhör, nun dieser Festabend.

Hoteldirektor Oliver Rumpf trat mit einer großen, bauchigen Flasche an den Tisch und stellte der Runde den „Black Forest Rothaus Whisky" vor.

„Das ist eine Spezialität, die Braumeister Sachs erfunden hat. Ein absoluter Geheimtipp."

„Probieren?", schlug Manfred Noppel vor.

„Probieren!", pflichtete Alfred bei.

Florian K. ging mit. Auch Stefan Pawellek nickte. Ralf D. rieb sich in erwartungsvoller Vorfreude den Bauch.

„Mir nur ein kleines Schlückchen", wehrte Heinz S. ab.

Uli H. und Karlheinz Z. bereiteten bereits ihren Aufbruch vor. Sie wollten nichts von dem Whisky.

„Sie bleiben nicht zum Essen?", bedauerte der Hoteldirektor. „Sie verpassen etwas." Dann zählte er die komplette Menüfolge an badischen Spezialitäten auf, die nun gleich serviert werden würden. Alfred verging vor Hunger. Mit dem Whisky überbrückte er die Wartezeit, bis endlich aufgetragen wurde.

Mit dem Alkohol verhielt es sich bei Alfred so, dass er zweierlei mit Gewissheit von sich sagen konnte. Erstens: Ich habe kein Alkoholproblem! Zweitens: Ich hab's im Griff.

Suchtexperten haben für diesen Bewusstseinszustand bereits exakte wissenschaftliche Bezeichnungen, um die Alfred sich aber keinen Deut scherte. Er weigerte sich, nur wegen dieser einen, blöd gelaufenen Führerscheingeschichte, jetzt zum kategorischen Antialkoholiker zu werden. Die ganz dramatischen Abstürze hatte er seither sowieso vermieden, und auch den ganz alltäglichen Konsum an Bieren in der Spritz oder im Dennenbergstüble hatte er merklich zurückgefahren. Das lag aber weniger am Durst, als mehr an Alfreds Kassenlage. Da er die Kreditlinie sowohl in seinen Stammkneipen als auch bei seiner Privatbank Linus längst bei weitem überschritten hatte, war in vielerlei Hinsicht Schmalhans angesagt. Eben auch beim

Trinken. Umso freudiger griff er zu, wenn es irgendwo etwas umsonst gab, so wie an diesem Abend beim Einzelhandel.

Nach dem Essen verabschiedeten sich sogleich auch Heinz S., Ralf D. und Stefan P. Nur Florian K. bleib noch bei Alfred und Manfred Noppel sitzen und begründete sein Sitzfleisch damit, dass im nahe gelegenen Ewattingen sein Elternhaus stehe. Die gesamte Gegend zwischen Rothaus und Ewattingen sei um diese nächtliche Uhrzeit sowieso polizeifreie Zone, das Risiko einer Alkoholfahrt halte sich demnach in Grenzen.

Mit dem befreiten Auftrinken von Alfred und Manfred Noppel, die ihre Schlafzimmer direkt über sich im Obergeschoss der Brauereigaststätte wussten, konnte und wollte Florian K. allerdings nicht mithalten. Er hielt sich an Rothaus-Radler, während Alfred und Clint Eastwood fleißig zwischen Pils und Black-Forest Whisky hin und her wechselten. Zwischendurch kamen immer wieder andere Gäste an ihren Tisch, um Manfred Noppel die Hand zu drücken, sich bei ihm für langjährige, gute Zusammenarbeit zu bedanken, oder mit ihm Anekdoten aus den vergangenen drei Jahrzehnten auszugraben. Der so Geehrte und Hofierte zeigte sich ziemlich gerührt und wurde zunehmend sentimentaler. Ehe ihm aber vor Rührung die Tränen kamen, spülte er die Sentimentalitäten wahlweise mit Bier oder mit Whisky hinunter, je nachdem, welches Glas der immer noch konzentriert bemühte Hoteldirektor Oliver Rumpf gerade nachgeschenkt hatte. In den Pausen zwischen den wechselnden Tischgästen zogen sich alle drei, Alfred, Manfred und Florian – sie duzten sich mittlerweile – in das Hansjakob-Stüble zum Qualmen zurück. Dort sammelten sich zunehmend die Hartgesottenen, während sich der große Saal nach und nach leerte. Auch die Küche machte nach einer letzten mitternächtlichen Eisbomben-Anstrengung dicht. Übrig blieben Oliver Rumpf und zwei tapfere Kellner, die den Rest der Festgesellschaft bei Laune hielten.

Die inzwischen rein männliche, feuchtfröhliche Runde, die jetzt noch die Stellung hielt, sprang munter zwischen Bier, Whisky und verschiedenen weiteren Spirituosen hin und her. Die meisten Gespräche hielten sich mit Hilfe von Zoten und Blondinenwitzen am Leben.

Wie bei solchen Anlässen und um diese Uhrzeit üblich, bekamen die ersten schon wieder Hunger. Es ging bereits auf ein Uhr zu, als sich Manfred bereit erklärte, einige Glottertäler Landjäger aus seinem Geschenkkorb zu opfern. Um halb zwei musste auch das Bauernbrot dran glauben.

In Alfreds halb ausgetrunkenem Bierglas schwammen unversehens mehrere Atolle von Brotkrümeln, wie auch immer sie da hinein geraten waren. Florian K. zitierte aus der über 200 Jahre alten Bierordnung der St. Blasier Mönche, die in überdimensionaler Schrift ringsum im Saal dekorativ an die Wände geschrieben stand: „Die Bierwirthe haben es sich aufs äußerste angelegen seyn zu lassen, das Bier rein und lauter zu erhalten, und deswegen allmögliche Vorsicht zu gebrauchen."

Alfred hob schwankend sein Bierglas und hielt es gegen das Licht: „Unmögliche Vorsicht", brabbelte er.

„Allmögliche Vorsicht!", korrigierte Florian K.

„V... V... Vorsicht", lallte Manfred Noppel, aber zu spät, das Glas in Alfred Hand schwankte bereits Richtung Florian K. und sein trüber Inhalt ergoss sich auf dessen Hemd und Hose.

„Mist!", fluchte Florian K.

"Ich hab's gekommen sehen", stoppelte Manfred Noppel mit schwerer Zunge einen Kommentar zusammen.

„Noch mal ein Pils bitte", trug Alfred dem Kellner auf und reichte ihm das leere Glas mit wankenden Schlenkerbewegungen, als herrschte im Raum Windstärke zehn.

Mit nasser Hose hatte Florian K. keinen Spaß mehr. So blieben Alfred und Manfred Noppel alleine zurück und mühten sich nach Kräften, sich gegenseitig unter den Tisch zu trinken. Um halb drei Uhr, als nur noch diese beiden Matadore alleine übrig geblieben waren, verkündete der letzte verbliebene Kellner den Zapfenstreich. Manfred Noppel fiel ein, dass er seinen Geschenkkorb erst noch im Auto deponieren wollte, ehe er sich auf sein Zimmer begab.

„Soll ich ... hups ... dir helfen? Gib mal her!" Gemeinsam zerrten sie an dem Korb, der gut und gerne seine dreißig Kilo wog. Ein paar Bodensee-Äpfel rollten davon und verschwanden unter den Nachbartischen. Manfred Noppel krabbelte ihnen hinterher. Er sah jetzt aus wie ein Clint Eastwood, der dreimal hintereinander vom Pferd gefallen ist. Alfred wuchtete den Geschenkkorb unterdessen bis zur Tür. Der letzte Kellner löschte die letzten Lichter. Manfred Noppel krabbelte im Dunkeln bis zu Alfred, der ihm mit seinem Feuerzeug leuchtete.

„Den Rest schaff ich a... a... alleine!", behauptete der tapfere Mann und zog sich an Alfreds Leihjackett empor, dem er bei dieser Gelegenheit das Innenfutter zerriss.

„Macht nix", behauptete Alfred. „Gehört mir nicht."

Dann ließ Alfred seinen frischgewonnenen Freund alleine ins Dunkel hinaus wanken. Den kurzen Weg bis zum Kundenparkplatz würde Manfred Noppel ja wohl mit seinem Geschenkkorb ohne Hilfe schaffen. Alfred selbst schleppte sich durchs Treppenhaus ins Obergeschoss, setzte den Flur unter Festbeleuchtung und probierte der Reihe nach seinen Hotelschlüssel an jeder Zimmertür aus, bis endlich eine aufklappte und Alfred krachend ins Zimmer hineinfiel. Alfred lag flach. Im schwindenden Bewusstsein war ihm, als hörte er von draußen eine flehende Stimme „Hilfe, Hilfe" rufen. Vielleicht war es auch nur ein Windhauch. Alfred versank in eine komaähnliche Abwesenheit. Wie er ins Bett gefunden hatte, wusste er am nächsten Tag nicht mehr.

NOCH EIN MORD

Jens Beuge vermochte mit einem einzigen Handkantenschlag sieben übereinandergelegte Bretter zu zerschmettern. Auch mit Dachziegeln und Rasengittersteinen nahm er es auf. So stellte die Tür zu Alfreds Hotelzimmer im Brauereigasthof Rothaus kein wirkliches Hindernis dar. Aber da diese Tür sperrangelweit offen stand und Alfreds Schnarchen durch den Gang und das Treppenhaus bereits von Weitem den Weg wies, waren Jens Beuges Karatekünste an diesem Morgen gar nicht gefragt. Der Polizeirat spazierte in das Hotelzimmer hinein, riss unter dem Eindruck der von Alfred ausgehenden Fäulnisgase energisch das Fenster auf und versetzte dann dem schnarchenden Bündel auf dem Bett einen unvorschriftsmäßigen Fußtritt. Durch das offene Fenster strömte ein baltisches Tiefdruckgebiet ins Zimmer, das alleine gereicht hätte, einen Mann aufzuwecken.

Jens Beuge brauchte dennoch mehrere Versuche, die zuletzt fast den Charakter der Menschenrechtsverletzung annahmen, ehe Alfred sich überhaupt bequemte zu brummen und durch einsetzendes Rumoren signalisierte, dass er ins Bewusstsein zurückkehrte. Jens Beuge wartete geduldig. Inzwischen erschien auch Oberkommissar Siegfried Junkel an Alfreds Bett. Die beiden Chefermittler benötigten ihren ganzen Langmut, bis Alfred sich endlich aufgesetzt hatte. Trotz der nächtlichen Strapazen fand er schnell die Orientierung. Alfred besaß noch die Jugend und schon das Training, um eine durchzechte Nacht bemerkenswert ungeschoren wegzustecken. Andere Menschen hätten zwei Tage auf der Intensivstation der Helios-Klinik benötigt, bis sie es gewagt hätten, als vollwertige

Mitglieder in die Zivilisation zurückzukehren. Bei Alfred war es eine Sache von wenigen Minuten, einmal Pinkeln, kurz unter die Dusche, Zähneputzen. Wobei das Zähneputzen ohne Zahnpasta und ohne Zahnbürste Improvisationskunst erforderte. Alfred entschied sich für Seife und Zeigefinger. Seine Whiskyfahne wurde er damit allerdings nicht los. Und die beiden Polizisten erst recht nicht. Sie standen immer noch bedrohlich neben seinem Bett, als er aus dem Badezimmer kam.

„Ist was? Was verschafft mir die Ehre?"

„Sie haben uns angelogen", ging Jens Beuge Alfred frontal an.

„Nicht dass ich wüsste …"

„Sie haben uns eine falsche Adresse angegeben." Jens Beuge hielt mit spitzen Fingern Alfreds Visitenkarte in die Höhe, die Version „Historiker und Autor". „Sie wohnen gar nicht mehr im Haus von Luise Ziegler."

„Erst seit gestern. Daran habe ich nicht mehr gedacht. Tut mir leid." Sein Verstand setzte ein: Dann hatte die Polizei also den Karton mit den Aktenordnern noch nicht ausfindig gemacht.

„Sie hätten es uns sagen müssen. Jetzt haben wir wertvolle Zeit verloren."

Alfred zuckte mit den Schultern.

Jens Beuge musterte ihn mit kaltem Blick. Irgendwie beschlich Alfred das Gefühl, dass der Polizeirat einen heftigen Groll mit sich herum schleppte. Und das konnte nicht nur an den Aktenordnern liegen. Was war so wichtig, dass man ihn zu so früher Stunde mehr oder weniger gewaltsam aus dem Bett warf?

„Also, heraus mit der Sprache! Wo haben Sie die Aktenordner von der Rothausbrauerei hin gebracht?"

„Seid ihr deswegen gekommen. Um mich aus dem Bett zu werfen und diese Frage zu stellen? Ihr wart doch bei Luise Ziegler. Wieso habt ihr die nicht gefragt? Die weiß doch genau, zu wem ich umgezogen bin."
„Wir hätten sie ja gerne gefragt." Jetzt nahm Jens Beuges Stimme einen beunruhigend pastoralen Ton an. „Es war nur nicht mehr möglich."
„Wie? Was soll das heißen, es war nicht mehr möglich?"
Jens Beuge und Siegfried Junkel sahen sich an, als müssten sie erst Einvernehmen über die Antwort herstellen. Junkel nickte kurz. Jens Beuge biss sich auf die Lippen, dann sagte er trocken: „Luise Ziegler kann keine Fragen mehr beantworten. Luise Ziegler ist tot. Sie wurde ermordet."
„Nein!" Vor Schreck plumpste Alfred auf sein Bett zurück. Die beiden Polizeiermittler beobachteten Alfred genau. Er bemerkte es nicht, denn er schloss die Augen, um diese Nachricht zu verdauen. Einige Sekunden vergingen.
„Das ist ja ein Ding", sagte Alfred schließlich halblaut. „Wie …? Kann man …? Was ist geschehen?"
Oberkommissar Junkel schlug vor: „Sie erfahren alles. Wir gehen hinunter in die Gaststube und frühstücken gemeinsam. Dann erzählen Sie uns Ihrerseits, was Sie über Luise Ziegler wissen, und über die Wohnung, die Sie bis gestern noch bewohnt haben. Dort ist nämlich der Mord geschehen."
Alfred griff sich das Leihjackett, aus dem das Innenfutter herausquoll wie ein Leistenbruch, und ging zum Fenster, um es zu schließen. Der eisige Ostwind zerrte und rüttelte am Baukran hinter dem Haus. In den Streben des Krans ächzte es qualvoll. Alfred warf einen Blick auf die Baustelle. Offensichtlich entstand hier in Richtung Landstraße L170 eine Terrasse oder ein Anbau an die Brauereigaststätte. Der Kran stand am Rande der kellertiefen Baugrube.

Und da er einen Betonmischer am Haken hatte, schloss Alfred, dass die Bauarbeiten derzeit ruhten. So wirkte auch die gelbe Baggerraupe, die auf dem Grund der Grube knietief im Wasser stand.

Ein rotes Baustellenfähnchen flatterte einsam an einer Absperrung. Ein einzelner, einsamer Bauarbeiter in Gummistiefeln und orangefarbenem Schutzhelm umkreiste gegen den Wind gestemmt die Grube und nahm irgendwelche Ortungen vor. Es war ja auch beileibe kein Bauwetter. Alfred schloss fröstelnd das Fenster.

Beim Frühstück unten im Gastraum erfuhr er mehr über die näheren Umstände von Luise Zieglers Tod. Zwei Polizeibeamte hatten Luise Ziegler in Alfreds ehemaliger Wohnung gefunden, als sie dort den Karton mit den Aktenordnern abholen wollten. Luise Zieglers Verwandtschaft, ihr Bruder Herbert und dessen drei Söhne, waren schon abgereist, so dass Luise Ziegler zum Zeitpunkt der Tat alleine im Haus gewesen sein musste.

Siegfried Junkel breitete polizeiliche Erkenntnisse aus: „Wir vermuten, dass das Opfer unten in der Einliegerwohnung Geräusche gehört hat und hinunter gegangen ist, um nachzusehen. Dort war die Tür aufgebrochen. Luise Ziegler muss den Einbrecher auf frischer Tat überrascht haben. Der Mörder hat sie dann mit einem schweren Gegenstand erschlagen, vermutlich mit einem Messingkerzenständer, den wir neben der Toten gefunden haben."

Alfred erinnerte sich an das Stück. Er hörte den beiden Polizisten zu, während er sich konzentriert Kaffee einflösste, um wieder einen klaren Kopf zu bekommen. Wer war so blöd und brach in die ausgeräumte Einliegerwohnung ein? Dort gab es doch nichts zu holen? Ein Idiot? Ein Zufallseinbrecher?

Hauptkommissar Junkel lüftete für einen Moment seine zerknitterte Miene. Sein mürrischer Gesichtsausdruck wich einer lauernden Wachsamkeit: „Jetzt denken Sie mal genau nach! Was gab es Wertvolles in dieser Wohnung, wofür sich ein Einbrecher interessieren könnte?"

Alfred zuckte mit den Achseln und brachte sein aufgeklopftes Frühstücksei zum Überquellen, indem er eine Brotkante hinein tunkte. Luise Zieglers Schicksal berührte ihn zu seiner eigenen Überraschung nicht wirklich. Vermutlich sahen ihm die beiden Kommissare diese Gleichgültigkeit an.

„Jetzt hören Sie mal zu", donnerte Polizeirat Beuge. „Eine alte Frau wird ermordet, der Sie selbst noch 24 Stunden vor ihrem Tod genau dieses Ende gewünscht haben. Im Aquarium soll sie ersaufen, genau diese Worte haben Sie gewählt. Das wissen wir vom Bruder der Ermordeten. Und jetzt sitzen Sie hier und tun so, als ginge Sie das Ganze nichts an. So leicht kommen Sie nicht davon."

„Ich habe ein Alibi", konterte Alfred frech. „Ich habe den ganzen gestrigen Tag und die Nacht hier verbracht. Dafür gibt es Zeugen. Fragen Sie Herrn Rumpf, den Hoteldirektor, da kommt er gerade."

In der Tat näherte sich in tadellos sitzendem Anzug, diesmal mit grüner Krawatte, der jugendfrische Hoteldirektor dem Tisch. Er legte zwei Äpfel und ein Mobiltelefon auf die Tischplatte.

„Guten Morgen die Herren!" Und an Alfred gewandt: „Gehört das Ihnen? Das haben meine Mädchen heute Morgen unter dem Tisch gefunden, an dem Sie gestern Abend gesessen haben."

Alfred betrachtete die beiden Äpfel. Ihm dämmerte etwas. Aus weiter Ferne stieg eine Erinnerung auf. Er deutete auf das Handy: „Manfred Noppel! Das ist seines."

„Er schläft wohl noch?", kombinierte der Hoteldirektor. Alfred blickte sich im Frühstückssaal um. „Er wird so schnell auch nicht auftauchen. Er hatte ganz schön einen geladen, vergangene Nacht. Er schläft sicher seinen Rausch aus, falls man ihn lässt." Mit den letzten Worten schickte Alfred einen vielsagenden Blick zu den beiden Polizisten, die ihm gegenüber saßen. Oliver Rumpf sammelte Handy und Äpfel wieder ein: „Dann deponiere ich die Sachen hinter der Theke, bis Herr Noppel zum Frühstück kommt."
„Ich kann's ihm auch geben", bot Alfred an.
„Nichts da! Sie kommen mit uns", verfügte Polizeirat Jens Beuge. „Der Kollege Junkel bringt Sie aufs Polizeirevier nach Neustadt, wo sie offiziell verhört werden. So leicht kommen Sie aus der Sache mit Luise Ziegler nicht heraus."
„Darf ich zu Ende Frühstücken?"
Jens Beuge seufzte ergeben. „Zuerst sagen Sie mir, wo wir den Karton mit den Akten der Rothausbrauerei finden? Das ist nämlich mein Fall und diese Akten sind Beweismaterial. Sie geben uns Aufschluss, an was Heinz Böckler zuletzt gearbeitet hat"
„An der Brauereigeschichte während der Badischen Revolution, das habe ich Ihnen doch schon erklärt", nörgelte Alfred. In einem letzten Versuch, die Beschlagnahme vielleicht doch noch zu verhindern, fügte er hinzu: „Und außerdem sind das alles Akten und Schriftstücke in der alten Sütterlinschrift. Das können Sie sowieso nicht lesen."
„Das lassen Sie mal meine Sorge sein. Unsere Experten können zur Not auch sumerische Keilschrift lesen. Also, heraus mit der Sprache! Wo haben Sie die Akten hingebracht?"
Alfred rückte notgedrungen die Adresse von Linus heraus. Jens Beuge setzte sich sofort in Bewegung: „Ich hole die

Sachen selber ab." Er verließ den Tisch wie ein Hundertmetersprinter den Startblock. Alfred blieb mit Kommissar Junkel alleine zurück.

„Nehmen Sie auch einen Kaffee?"

Junkel nickte. Alfred schenkte ihm eine Tasse ein.

„Ihr Chef ist ja irgendwie ein rasender Hektiker."

Hauptkommissar Junkel war klug genug, nicht zu zeigen, ob er diese Wertung teilte. Über den Tassenrand hinweg blickte er Alfred mit seinen tränenden Augen an: „Versetzen Sie sich in seine Lage. Ein Mord in der Rothausbrauerei. Die ganze Landesregierung sitzt ihm im Nacken, das Innenministerium, der Landwirtschaftsminister, der Wirtschaftsminister. Schließlich reden wir von der Staatsbrauerei. Alle wollen sofortige Fahndungserfolge. Am liebsten einen Täter, den sie der Presse servieren können."

„Und den haben Sie nicht?"

„Sie täuschen sich in Polizeirat Beuge. Er könnte zur Beruhigung der Politik und der Öffentlichkeit den Hausmeister opfern. Das wäre ein plausibler Täter. Hausmeister Vogt hat Heinz Böckler vielleicht aus Rache, aus alter, nie verheilter Eifersucht getötet. Die Sache mit dem Hund hat er vielleicht erfunden. Ist ja auch zu bizarr." Junkel stellte seine Tasse ab: „Wussten Sie, dass Elli Böckler, die Witwe des Ermordeten, rote Haare hat?"

„Wie sollte ich das wissen? Ich weiß nur, dass man sie nach Emmendingen in die Klapse gebracht hat."

„Rote Haare! Denken Sie nach! Ich habe Ihnen doch von der Frau erzählt, die den Hund im Tierheim in Löffingen geholt hat. Die hatte auch rote Haare."

Alfred dachte nach. Nebenbei drehte er sich eine Zigarette. Schließlich fiel der Groschen: „Sie meinen, die Frau, die den Hund besorgt hat, könnte Elli Böckler gewesen sein."

Siegfried Junkels Blicke ruhten fasziniert auf Alfreds Tabakbeutel. Alfred bemerkte es. Er hob seine fertig gedrehte Zigarette in die Höhe: „Möchten Sie auch eine? Ich drehe Ihnen eine."

Junkel nickte: „Das wäre super. Vielen Dank! Ich habe meinen Tabak im Wagen gelassen." Während Alfred eine neue Dosis Tabak aus dem Beutel zupfte und die Krümel unter die Eierschalen mischte, die bereits dekorativ um seinen Teller herum verteilt lagen, kombinierte er weiter: „Dann hätten Elli Böckler und der Hausmeister Karl Vogt gemeinsame Sache gemacht, um Ellis Ehemann Heinz Böckler aus dem Weg zu räumen." Nach kurzer Pause, in der er das Zigarettenpapierchen mit Spucke befeuchtete, fuhr er fort: „Und das würde bedeuten, dass die alte Liebe zwischen den beiden irgendwie fortbestanden hat, obwohl das Mädchen Elli damals vor über vierzig Jahren Heinz Böckler geheiratet hat."

„So ungefähr", brummte Oberkommissar Junkel. „Das wäre eine Geschichte, die die Presse auf jeden Fall fressen würde."

„Aber?"

Oberkommissar Junkel erhob sich: „Aber?", wiederholte er im Aufstehen. „Aber Polizeirat Beuge glaubt nicht daran. Er glaubt, dass es ganz anders war."

„Und wie?"

Jetzt lächelte Oberkommissar Junkel sogar. Seine gelben Zähne wurden sichtbar. „Selbst wenn ich es wüsste, ich würde es Ihnen nicht verraten. Nur weiß ich es nicht. Und ich fürchte, der Polizeirat weiß es selbst nicht."

Auf dem Weg zu Kommissar Junkels Polizeiwagen rauchten sie ihre Zigaretten. Der Wind hatte zwar nachgelassen, aber jetzt tanzten kleine Graupelflocken durch die Luft.

„Verdammt noch mal, es ist Anfang April!", beschwerte sich Oberkommissar Junkel an die Adresse des Himmels.

Alfred machte ihm wenig Hoffnung: „Hier kann es im Juni noch schneien." Dann fiel ihm im Hinblick auf das Wetter noch etwas ein, was er gerade erst gelesen hatte: „Stellen Sie sich vor, bei der Badischen Revolution ist Friedrich Hecker mit seinem Zug Mitte April durch den Hochschwarzwald marschiert. Als er und seine Freischärler von Lenzkirch an den Schluchsee und weiter nach Menzenschwand wollten, gerieten sie in einen Wintereinbruch mit Regen, Schnee und Hagelsturm. Die Revolutionäre mussten durch vierzig Zentimeter Neuschnee marschieren. Seien Sie also froh, dass es nur kalt ist."

Sie stiegen in einen Streifenwagen ein. Am Steuer wartete ein Beamter, der sie nach Neustadt aufs Polizeirevier brachte. Während der Fahrt ließ Oberkommissar Junkel Alfred in Ruhe. Das gab Alfred Gelegenheit, auf dem Rücksitz zu dösen. Dabei trieben Gedanken durch seinen Kopf, als seien sie umherirrende Schneeflocken, sprangen von diesem Gegenstand zu jenem, von der Brauerei zu Luise Ziegler, von Linus Wohnung zu Annas Abendessen, von Manfred Noppels Geschenkkorb zu Hausmeister Vogts Hund und blieben am Ende an einer Ungereimtheit hängen. An einer Frage, die alles in einen Zusammenhang brachte. Die Frage lautete: Was besaß Heinz Böckler, das so wertvoll war, dass es einen Mord rechtfertigte? Seine Frau Elli? Pah! Wenn der Hausmeister sie schon seit Jahren vögelte, obwohl sie verheiratet war, dann gab es doch keinen Grund, den gehörnten Ehemann jetzt aus der Welt zu schaffen. Das war definitiv eine Sackgasse. Aber hatte nicht Polizeirat Jens Beuge ganz genau die gleiche Frage gestellt, nur in einem anderen Fall: Was besaß Luise Ziegler, was so wertvoll war, dass es einen Mord rechtfertigte? Jetzt war Alfred elektrisiert. Er spürte, dass er das Ende eines Fadens in der Hand hielt, von dem aus er durch das ganze Labyrinth hindurchfinden konnte. Beide Fragen waren viel zu unpräzise formuliert. Es musste vielmehr heißen: Was glaubte der Mörder von Heinz Böckler, dass Heinz Böckler es besaß? Und genauso: Was glaubte der Mörder von Luise Ziegler, dass Luise Ziegler es besaß?

Und wenn es nun in beiden Fällen um ein und dasselbe ging? Diese Erkenntnis traf Alfred wie ein Blitz. Die Aktenordner! Was, wenn sich alles um die Aktenordner drehte? Die Aktenordner waren das Verbindungsglied zwischen den beiden Mordfällen. Aber klar! Alfred rutschte vor Aufregung unruhig auf dem Rücksitz des Streifenwagens herum, so dass es sogar Oberkommissar Junkel auffiel: „Was ist, müssen Sie aufs Klo?"

Alfred musste nicht aufs Klo. Er musste nur seine aufgeregten Gedanken sortieren: Angenommen, der Mörder war in beiden Fällen ein und derselbe. Das war's! Erst hatte er die Aktenordner bei Heinz Böckler gesucht. Heinz Böckler rückte sie nicht heraus, deshalb musste er sterben. Aber der Mörder hatte Pech. Denn als er zwei Tage später in Heinz Böcklers Büro einbrach, um die Aktenordner nachträglich zu holen, waren sie sogar nicht einmal mehr in der Brauerei. Also versuchte der Mörder sein Glück im Hause von Luise Ziegler, weil er glaubte, Alfred würde dort noch wohnen. Aber wieder kam er zu spät und auch Luise Ziegler musste sterben. Und nun? Würde der Mörder herausfinden, wo die Aktenordner sich jetzt befanden? Bei der Polizei, wenn Jens Beuge sie schon abgeholt hatte. Das wäre das Ende aller Hoffnungen für den Mörder, denn in die Asservatenkammern der Kriminalpolizei würde er niemals hineinkommen. Es sei denn, es handelte sich bei dem Mörder selbst um einen Polizisten. Alfred parkte diesen Gedanken, so abwegig er war. Viel wichtiger war: Was verbargen diese Akten? Irgendwo zwischen den Pappdeckeln der feuchten Leitzordner steckte das Mordmotiv? Siedend heiß fiel Alfred Cindy ein. Hoffentlich hatte Cindy alle seine Anweisungen befolgt und die Schreibmaschinenseiten rechtzeitig in Sicherheit gebracht.

TIERISCHER SEX

Im Verhör auf dem Polizeirevier Neustadt gab Alfred ungeschminkt zu Protokoll, welches boshafte Biest Luise Ziegler in seinen Augen gewesen war und unter welchen unerfreulichen Umständen sein Rauswurf aus der Wohnung erfolgt war. Bei dieser Gelegenheit erstattete er Anzeige wegen Diebstahls gegen die drei Ziegler-Söhne und gab den Wert seiner von diesen drei Haudraufs gestohlenen CD-Sammlung mit „ungefähr zehntausend Euro" an. Vom Polizeirevier musste er anschließend zu Fuß durch die wegen der Aprilkälte trostlos leergefegte Scheuerlenstraße zu Linus' Wohnung marschieren. Er bot dabei vermutlich ein wenig vertrauenserweckendes Bild. Denn die Spuren der durchzechten Nacht standen ihm nicht nur im Gesicht und in der Frisur, sondern sie zeigten sich auch in seiner Garderobe, denn aus seinem Leihjackett quollen die Innereien wie die Eingeweiden aus einem Schlachtopfer. Zum Glück waren kaum Passanten unterwegs. Zwei Schulkinder, die ihm auf Höhe von „Harrys Bike-Shop" begegneten, wechselten schnell und verängstigt die Straßenseite. Es gab also noch vernünftige Eltern, die ihre kleinen Kinder vor fremden Männern auf der Straße warnten und ihnen Verhaltensregeln einimpften, für den Fall, dass sie zwielichtigen Kerlen wie Alfred begegneten.

Angesichts der vor ihm flüchtenden Kinder wurde Alfred erschreckend bewusst, was für eine traurige Figur er abgab. Normalerweise neigte er nicht zur Melancholie, aber dieser trübe Spaziergang durch das regenverhangene Neustadt löste eine Welle spontanen Selbstmitleids in ihm aus. Was war nicht alles schief gelaufen, im letzten halben Jahr? Den Job verloren, die Beziehung in die Brüche gegangen, aus der Wohnung rausgeschmissen, den Führerschein entzogen, Ärger mit der Polizei, im Studium noch keinen Fuß auf den Boden gebracht, ein heillos überzogenes Girokonto, Schulden bei den wenigen Freunden, die ihm noch verblieben waren, keinen Stich bei Anna gemacht – es fiel ihm alles ein, was sich an Ungemach aufgetürmt hatte. Er hätte sich gerne in sein Bett verkrochen, die Decke über den Kopf gezogen, nichts mehr von der Welt hören und sehen wollen. Aber nicht einmal ein eigenes Bett besaß er.

Zwei Drittel des Fußweges gönnte er sich die ungeschminkte innere Aufzählung seines Versagens, suhlte sich in seinem Elend und unterdrückte dabei sogar tapfer die aufkommenden Tränen. Das letzte Drittel des Weges gewann aber schon wieder der Optimist in Alfred die Oberhand. Er zimmerte sich in Gedanken eiserne Vorsätze, die er von nun an unerbittlich zu verfolgen gedachte: Keine neuen Schulden mehr! Arbeiten und Geld verdienen! Die Chronik für die Rothausbrauerei fertig schreiben. Das Studium vorantreiben! Eine Wohnung suchen! Anna flachlegen!

Nun ging es ihm schon wieder besser. Inzwischen hatte er die Josef-Sorg Straße im Neubaugebiet am Dennenberg erreicht, wo Linus wohnte.

Im Treppenhaus begegnete ihm Vasily, einer der Russlanddeutschen aus der mittleren Etage, ein breitschultriger Kerl, der im gerippten Unterhemd herumlief, als wäre es Hochsommer. Vasily machte höflich Platz. Alfred hatte diese deutschstämmigen Russlandaussiedler noch nie anders erlebt als höflich, still, menschenscheu und zurückhaltend. Manchmal hatte man den Eindruck, sie wollten sich unsichtbar machen. So auch jetzt Vasily, der sich an die Wand des Treppenhauses presste, als fürchte er eine Razzia des KGB.

„Hey Vasily, gemütlich warm heute, nicht?", spottete Alfred im Vorbeigehen. Der Russe brummte nur verklemmt.

Als Alfred an Linus' Wohnungstür klingelte, fügte er der Liste seiner guten Vorsätze in Gedanken noch hinzu: „Schlüssel für Linus' Wohnung besorgen." Es konnte ja nicht angehen, dass er hier wohnte und keinen eigenen Schlüssel besaß.

Linus nahm ihn mit strahlendem Solariumslächeln in Empfang und verkündete triumphierend, noch ehe Alfred richtig die feuchten Schuhe abgestreift hatte: „Ich habe einen geilen Job für dich."

„War die Polizei schon da?", fragte Alfred.

„Wegen des Altpapiers? Ja. Sie haben den ganzen Karton mitgenommen. Vergiss es! Ich habe was Besseres."

Wo war Cindy? Alfreds Blick streifte suchend durch Linus' Wohnlandschaft. Cindy räkelte sich mit übergestülpten Kopfhörern auf der weißen Ledercouch und widmete sich einer Hochglanz-Frauenzeitschrift. Aber sie blinzelte Alfred zu, als er ihren Blick erhaschte und hielt einen Finger an die Lippen. Verschwörerische Verschwiegenheit. Es sah ganz so aus, als habe sie Alfreds Auftrag ausgeführt und die wichtigen Schreibmaschinenprotokolle für Alfred gerettet.

„Hier schau mal!" Linus lockte Alfred zu einer Ecke seiner Wohnung, die als Schreibtisch- oder Arbeitsbereich gestaltet war. Die Wände waren mit dunklem Edelholz getäfelt, aber Alfred wusste, dass es sich um die Verkleidung eines riesigen Schiebeschrankes handelte, hinter dem sich in Hunderten von Aktenordnern Linus' Kundendaten befanden. Linus lebte davon, möglichst vielen Leuten möglichst viele Versicherungen aufzuschwatzen und dann zu hoffen, dass sie möglichst lange brav ihre Policen bezahlten und

sich von Zeit zu Zeit eine neue, noch teurere Versicherung aufdrehen ließen. Aus jeder verkauften Police tröpfelte ein nie verebbender, zuverlässiger Strom an monatlichen Provisionen auf Linus' Konto und sorgte dafür, dass er sich diese exorbitante Wohnung, die teuren Möbel, einen Porsche, ein halbes Dutzend Mountainbikes, pro Quartal einen Überseeurlaub und eine Cindy leisten konnte. Jetzt blätterte Linus ein paar Papiere auf und hielt sie Alfred hin: „Das ist der Job! Versicherungsdetektiv! Genau das Richtige für dich."
„Ähhh ..." Alfred hielt Abstand, als hätte er es mit den Küchenabfällen einer Fast-Food-Kette zu tun. Aber Linus ließ nicht locker: „Schau es dir an. Es ist bombig. Pauschal monatlich 800 Euro auf freiberuflicher Basis. Du kannst dir deine Zeit einteilen wie du willst. Mehr als eine Stunde täglich musst du nicht investieren."
Alfred ließ sich herab und nahm die Unterlagen in die Hand. Schnell las er sich fest. „Versicherungsdetektiv" war eine ziemlich hochtrabende Bezeichnung für das, worum es hier ging. Es wurde jemand gesucht, der gut schreiben konnte und sich in Sozialen Netzwerken im Internet auskannte. Die Aufgabe bestand darin, Foren, Blogs und Tweets ausfindig zu machen, in denen Kunden ihre Negativerlebnisse mit der Versicherung ausbreiteten. In solche Diskussionen hatte der „Versicherungsdetektiv" sich einzumischen, mitzudiskutieren und die positive Sicht einzubringen, mit anderen Worten, die angegriffene Versicherung zu verteidigen und in höchsten Tönen zu loben.
„Und das ist alles?", fragte Alfred ungläubig.
„Das ist alles!", bestätigte Linus. „Es geht den Bossen bei dieser Versicherung nur darum, dass sich jemand als ganz normaler Internetbenutzer tarnt und dann gegen Negativ-

stimmungen anschreibt. Es darf nur kein festangestellter Mitarbeiter dieser Versicherung sein, damit niemand den Zusammenhängen auf die Spur kommt."
„Aber deine Versicherungsbosse können doch niemals so blauäugig sein, zu glauben, man könne Internetdiskussion in Sozialen Netzwerken auf diese Weise steuern oder verhindern."
„Nein, nein, das erwarten sie auch nicht. Sie wollen nur, dass es überhaupt Gegenmeinungen gibt. Damit sie nach außen argumentieren können, es gebe eben kritische und auch zustimmende Meinungen. Das sieht einfach viel besser aus."
800 Euro im Monat! Alfred schwankte bereits. Er surfte sowieso ständig im Internet herum. Warum nicht? Das traute er sich locker zu.
„Ich habe versprochen, dass ich einen erstklassigen Journalisten kenne, der bereit ist, die Sache zu übernehmen", lockte Linus weiter. „Die Herren erwarten bis morgen eine Antwort, sonst suchen sie jemanden anderen."
„Ich glaube, ich mache es", versprach Alfred. „Lass mich einmal drüber schlafen. Morgen früh unterschreibe ich!"
Um „einmal darüber zu schlafen", musste Alfred überhaupt erst einmal einen Schlafplatz haben. Die Nische auf der Galerie, die Linus ihm zugewiesen hatte, war vollgestellt mit den noch ungeöffneten Umzugskartons. Alfred baute sich daraus auf der offenen Seite der Nische eine Art Schutzmauer, die gleichzeitig die Funktion eines Kleiderschrankes erfüllte. Denn er stapelte die Kartons so übereinander, dass ihre Deckel nach innen in die Nische schauten und von dort wie Schranktüren geöffnet werden konnten.
„Wo ist eigentlich mein Koffer?", brüllte er von der Galerie in die Wohnlandschaft hinunter. Linus, der am Schreibtisch

irgendwelche Tarifrechnungen veranstaltete, brüllte zurück: „Frag Cindy!" Das war die Gelegenheit, endlich den Verbleib der Schreibmaschinenseiten mit Linus' Schmuckblondchen zu besprechen. Alfred stieg von der Galerie ins Wohnzimmer hinunter und pflanzte sich neben Cindy auf das weiße Ledersofa. Sie hatte die Beine angezogen und lag mehr, als dass sie saß. Das blonde Barbie-Haar hatte sie hinter die Kopfhörer gestopft, was einerseits lässig, andererseits dann aber doch ganz verführerisch aussah. Das Exemplar Hochglanz-Lifestyle-Magazin, in dem sie blätterte, kostete ungefähr soviel wie ein Abendessen in der Spritz. Sie ließ das Heft sinken und blinkte Alfred aus schönen Stiefmütterchenaugen an. Alles an ihr war hübsch. Der Mund, das Näschen, die Augen, die blonde Mähne, die Figur sowieso. Sie hätte direkt ihrem Magazin entschlüpft sein können. Ein perfektes Püppchen. Nur an der Stimme haperte es. Als sie die Kopfhörer abnahm und „Ist was?" piepste, verflüchtigte sich der kurze Anflug von Appetit, der Alfred angesichts der lasziv hingegossenen Cindy zu befallen drohte.

„Wo hast du meinen Koffer hingetan?"

„Deinen Koffer?" Es klang wie das Geschnatter aus Entenhausen. Sie wäre gut als Synchronstimme geeignet, um Walt Disney-Filme zu vertonen, ging es Alfred durch den Kopf.

„Der Hartschalenkoffer. Er stand noch vor der Tür, als ich gestern ging."

„Iiih, ach der!", erinnerte sie sich. Dieses „Iiih" tat weh wie ein Zahnarztbohrer.

„Ehrlich Alfred, das ganze nasse Zeug da drin, das hat so gestunken. Ich habe ihn in den Keller gestellt."

„Und die feuchten Sachen da drin? Hast du die herausgeholt und aufgehängt?"

„Wie komme ich dazu? Bin ich deine Waschfrau?" Cindy verlagerte ihr Gewicht von der rechten auf die linke Pobacke, was ihr ausgesprochen anmutig gelang, und machte eine empörte Schnute: „Ihr Kerle versorgt gefälligst eure Wäsche selber!"
„Komm! Zeig mir den Koffer. Vielleicht ist noch etwas zu retten?" Alfred wollte Cindy aus der Wohnung locken, um endlich mit ihr über die Schreibmaschinenblätter reden zu können. Cindy sah zwar auf den ersten Blick aus wie eine Schaufensterpuppe, aber ungeachtet ihrer völlig inakzeptablen Stimme schien doch so etwas wie Verstand in ihr zu wohnen. Sie begriff sofort, auf was Alfred hinauswollte.
„Wir holen schnell mal Alfreds Koffer aus dem Keller", informierte sie Linus, um dann mit Alfred im Treppenhaus zu verschwinden. Alfred ging hinter ihr her. Sie bewegte sich wie eine Luxuskatze. Unmöglich, ihr nicht auf den Hintern zu schauen. Das war schon ein Sahneschnittchen, was sich Linus da geangelt hatte.
„Wo kommst du her, Cindy? Was machst Du?", fragte Alfred sie aus, während sie in den Keller hinunter stiegen.
„Aus Löffingen. Kennst du etwa nicht ‚Nails and more'? Das bin ich."
„Nails and more?"
"Ja, so heißt mein Nagel- und Schönheitsstudio. Kosmetikberatung, Nagelpflege, Hautpflege, all diese Sachen."
„Nein, kenne ich nicht. Nie gehört."
Sie blieb auf dem Treppenabsatz stehen, musterte ihn von oben bis unten und strich mit zwei Fingern sanft über Alfreds unrasiertes Kinn: „Ja, das sieht man. Du könntest auch mal ein bisschen Pflege vertragen." Hätte sie diese Empfehlung mit einer anderen Stimme vorgetragen, Alfred hätte sie sofort als erotische Einladung ver-

standen. So aber starrte er nur auf seine etwas zu langen Fingernägel und erwiderte: „Nägel schneiden kann ich mir selber!"
Sie protestierte. Noch immer standen sie im Halbdunkel des Treppenhauses: „Es geht doch nicht um das Nägelschneiden. Hast du dir schon einmal die Haut eingecremt? Lässt du dich massieren? Nimmst du ein Pflegebad?"
„Das würdest du mit mir machen?" Alfred malte sich bereits Einzelheiten aus.
„Wenn du zu mir in den Laden kommst und dafür bezahlst, gerne!"
„Dafür bezahlen! Ah, ja. Was kostet denn so eine... äh ... Behandlung?"
Sie nannte einige ihrer Preise und Alfred bekam eine Vorstellung davon, dass drei oder vier regelmäßige Kunden ihr bereits mehr oder weniger den Lebensunterhalt sicherten. „Kann ich mir im Moment leider nicht leisten", räumte er freimütig ein.
Cindy war wirklich ein nettes Mädchen: „Weißt du was, ich spendiere dir nachher ein Pflegebad", versprach sie. „Mit ganz entspannendem Badezusatz. Ätherische Öle?" Sie sprach ‚ätherisch' mit kurzem ‚e' aus, als spräche sie über irgendwelche Rundfunkwellen.
„Ätherische ... was?"
„Öle! Ätherische Öle. Entspannen Körper, Geist und Seele." Cindy lächelte, als sei sie selbst soeben erst einem Entspannungsbad entstiegen.
Ob es Öle im Äther gab, vermochte Alfred nicht einzuschätzen, aber ihm schwante, dass Cindy ätherische Düfte meinte, also mit langem „e" gesprochen. Er entschied, nicht weiter darauf herumzuhacken. Schließlich war Cindy ein liebes Mädchen.

„Sagst du mir jetzt, wo du die Schreibmaschinenblätter versteckt hast? Du hast sie doch rausgeholt, aus den Ordnern." Sie nickte vergnügt, so dass ihre blonde Mähne Alfred kitzelte: „Alles in Sicherheit. Ich habe alle Blätter in einem Versicherungsordner von Linus abgeheftet. Aber die Polizei hat sowieso nichts gemerkt. Die haben den Karton mitgenommen, ohne richtig nachzugucken, was da überhaupt drin ist."
„Cindy, du bist ein Schatz. Dafür hast du etwas gut bei mir!"
Obwohl es dämmrig im Treppenhaus war, fiel Cindys Blick wie ein Leuchtstrahl auf Alfred. Ihre veilchenklaren Augen versprachen verheißungsvoll, dass sie geneigt war, dieses Guthaben demnächst auf ihre Art einzulösen. Alfred gestand sich ein, dass ihm Cindy gefiel. Jedenfalls, wenn er sich die Stimme wegdachte.
Vielleicht war Alfreds Wäsche noch zu retten. Von dem Koffer im Keller ging inzwischen der Geruch einer tausendjährigen Moorleiche aus. Alfred warf den gesamten Kofferinhalt in Linus' Waschmaschine. Sechzig Grad, Vollwaschgang! Mal sehen, was danach noch wiederverwertbar war.
Anschließend gönnte Alfred sich in Linus' Vierpersonenbadewanne ein Entspannungsbad mit Cindys ‚ätherischen' Ölen. Sie hatte nicht zuviel versprochen. Er fühlte sich danach entspannt und wie neugeboren. Den Rest des Nachmittags widmete er sich der Lektüre von Heinz Böcklers Schreibmaschinennotizen. Einerseits fahndete er nach versteckten Hinweisen und Botschaften, die ihm vielleicht eine Erklärung für den Mord an Heinz Böckler hätten liefern können, andererseits war er auch fest entschlossen, dem Brauereichef eine Chronik abzuliefern, ganz egal, was

die Polizei mit den Aktenordnern anstellte. Cindy hatte ganze Arbeit geleistet. Die Schreibmaschinenblätter, die sie aus den zwei Dutzend Ordnern von Heinz Böckler entnommen hatte, füllten jetzt zusammen immer noch einen Aktenordner. Aber sie gaben in komprimierter Form und leicht leserlich die gesamten Forschungsergebnisse wieder, die Heinz Böckler in jahrelanger Arbeit aus den Archiven der Brauerei zusammengetragen hatte. Alfred sortierte die Sammlung in drei zeitliche Abschnitte: Vor der Revolution – das war der Teil, den er bereits gelesen hatte -; während der Revolution und nach der Revolution. Im Mittelpunkt aller Aufzeichnungen standen die Brauereiangestellten Ernst Kempter, Josef Hahn und Johannes Grüninger, die während der Revolution auf Seiten der Freischärler gekämpft hatten. Der Abschnitt „nach der Revolution" umfasste nur wenige Blätter und beschäftigte sich mit dem weiteren Schicksal dieser drei Personen nach den Revolutionsereignissen. Während Grüninger wieder auf seinen Posten als Wirt der Brauereigastwirtschaft zurückkehrte, flohen Hahn und Kempter nach der gescheiterten Revolution in die Schweiz und emigrierten von dort in die USA. Alfred machte sich Notizen. Um diesen Teil der Aufzeichnungen musste er sich wahrscheinlich nicht kümmern, diese Zeit lag außerhalb seines Auftrages.

Am Abend schaffte es Alfred sogar noch, auf dem Laptop für Anna den Artikel vom Festakt des Einzelhandelsverbandes zu schreiben und an den Hochschwarzwalkurier zu schicken. Er verkniff sich ungebührliche private Avancen im dazugehörigen Anschreiben, weil er sich nicht sicher sein konnte, ob nicht Annas Chef Leuchter ihre Mails auch las. Im Artikel nahm Manfred Noppels Ehrung den Hauptteil ein, und selbst der Geschenkkorb fand seine gebührende Erwähnung. Dann aber überfiel Alfred eine bleierne Müdigkeit, der Tribut, den er für die strapaziösen letzten Tage nun zu zahlen hatte. Bald sank er auf seinem Matratzenlager nieder und fiel in tiefen Schlaf.

Ein seltsames Geräusch weckte ihn mitten in der Nacht. Ein tiefes, rachitisches Röhren: „Chhrrruuuh, chhruuuh", so machte es. Das Röhren kam aus der Wohnung und es stand hörbar im Einklang mit dem Quietschen eines Bettes. Alfred wagte es nicht, ein Licht anzuknipsen. Er setzte sich auf seinem Lager auf und lauschte in die Dunkelheit. „Chhrrruuuh, chhruuuh", so röhrte eine männliche Stimme, die eine gewisse Ähnlichkeit mit Linus' Stimme hatte. Aber nein! Linus machte doch nicht solche archaischen Geräusche. Als das „Chhrrruuuh, chhruuuh" kurz aussetzte, meldete sich eine weibliche Quietschstimme, die nun ganz eindeutig Cindy gehörte, obwohl es auch ein Song von Kylie Minogue hätte sein können. Die Quietschstimme stöhnte nämlich wollüstig: „Weiter, oh weiter, mach mir noch einmal den Elch. Mach mir den Elch!"
Unverzüglich hob ein neues „Chhrrruuuh, chhruuuh" an, begleitet von den Disharmonien der Bettfedern und untermalt vom Stöhnen Kylie Minogues. War das genau das, nach was es sich anhörte? Inzwischen war Alfred hellwach. Er hatte zwar selbst seit über vier Monaten keinen Sex mehr gehabt, aber die Geräusche, die dabei entstanden, hatte er noch bestens im Kopf. Cindy hörte sich jedenfalls eindeutig an, das Bett ebenfalls. Nur das „Chhrrruuuh, chhruuuh", das Linus hinausschnaubte wie ein brünftiger Elchbüffel, war etwas eigenwillig.
Es wurde noch besser! „Und jetzt mach mir den Hengst! Mach mir den Hengst!", stöhnte Cindys Kylie-Minogue-

Stimme, woraufhin unvermittelt das Kreischen einer schon lange nicht mehr geölten Blechtür erklang: „Wiiihiiee, wiiihieee!" War das wirklich Linus? Er gab einen lausigen Hengst. Das hätte Alfred besser gekonnt. Aber „Wiiihiiee, wiiihieee!" schien alles Übrige genau richtig zu machen, denn Cindy belohnte ihn mit ekstatischen Piepsern, die durch die Nacht schrillten wie losgelassene Rauchmelder. Und es ging weiter: „Jetzt mach mir den Eber! Ohh ..., ja ..., ja ..., den Eber!" Die schlecht geölte Blechtür verwandelte sich in einen verstopften Wäschetrockner, der „Ggrrowrrow, grrrowow" machte, wiederum vom rhythmischen Quietschen des Bettes begleitet, sowie von Cindys hochfrequenten Kieksern. „Ggrrowrrow, grrrowow" brachte Cindy jedenfalls noch mehr in Fahrt. Welche Fantasien sie auch immer mit Elch, Hengst und Eber verband, es schien sie so tierisch anzutörnen, dass ihr Stöhnen und ihre Schreie quer durch die Wohnung und durch die Dunkelheit bis hinüber zu Alfred wirkten und ihm einen veritablen Ständer bescherten. Das war nicht auszuhalten. Alfred warf sich auf seine Matratze und zog sich die Decke über den Kopf. „Rrrrrrrrrrrrr", hörte er nur noch, dazwischen dumpfe Laute der Verzückung. Er konnte sich nicht gegen die Bilder wehren, die angesichts dieser Geräusche vor seinem inneren Auge erschienen. Da lag er nun und litt. Und Linus, dieser beneidenswerte Eberelchhengst, alles gehörte ihm: Die Wohnung, der Porsche, die Vierpersonenbadewanne, Cindy!

Wie ungerecht war doch die Welt!

VERDÄCHTIGT, VERHAFTET, VERFOLGT

Irgendwann in den frühen Morgenstunden drängte es Alfred aufs Klo. Die Fortpflanzungsgeräusche von gegenüber waren längst verklungen, nur noch das zufriedene Schnarchen eines Eberelchhengstes, der seine Arbeit getan hatte, war zu vernehmen. Alfred wankte am Geländer der Galerie entlang durch die Dunkelheit Richtung Badezimmer, weil er es nicht wagte, ein Licht anzuknipsen. Auf halber Strecke warf er einen Blumentopf um. Blumenerde rieselte sanft plätschernd zwischen den Streben des Galeriegeländers abwärts, auf den zum Glück geräuschdämpfenden Wohnzimmerteppich. Endlich fand Alfred die Tür zum Badezimmer, wo er sich erleichtert die Blase entleerte. Anschließend begutachtete er im Spiegel sein stoppeliges Antlitz. Seit drei Tagen hatte er sich nicht mehr rasiert. Er sah aus wie ein Galeerensklave.

Die Badezimmertür öffnete sich und Cindy trat herein. Sie war barfuss, darum hatte er ihr Kommen nicht gehört. Außer einem knielangen Sterntalerhemdchen, unter dem sich mehr abzeichnete, als dass es verbarg, trug sie nichts. Ihr Blondhaar hing ihr zerzaust ins Gesicht und ihr verschleierter Schlafzimmerblick weitete sich erschrocken, als sie sah, dass das Badezimmer bereits besetzt war.

„Ooch, herrjeh, Entschuldigung", piepste sie. „Ich dachte ... "

„Sorry, bin gleich verschwunden", brummte Alfred, dem die Begegnung recht peinlich war, zumal sich unter seinen Boxershorts bereits ein ungezogener Lümmel regte. Cindy strahlte Erotik pur aus. Sie mussten sich aneinander vorbei quetschen. Alfred zog dabei den sinnlichen Duft des schlaftrunkenen Weibchens ein. Das hätte auch einen Eunuchen rasend gemacht. Er erspähte unter dem dünnen Stoff ihres Hemdchens rosige Brustwarzen und war einen Moment lang versucht, einfach zuzugreifen. Er war am Verhungern, es bereitete ihm geradezu körperliche Schmerzen. Aber der betörende Moment war schon vorüber. Was blieb, waren die Bilder, die Alfred nach der Rückkehr auf sein Lager nicht mehr aus dem Kopf bekam. Wieder Einschlafen kam unter diesen Umständen nicht in Frage. Zwei quälende Stunden lang wälzte Alfred sich auf seiner Matratze und kämpfte mit den Fantasien, in denen ihm ein Mischwesen aus Cindy und Anna mit all ihren körperlichen Reizen zur Verzweiflung trieb. Endlich schimmerte die Morgendämmerung durch das Oberlicht im Dachgiebel. Zeit zum Aufstehen! Alfred kroch hinter seinen Umzugskartons hervor und begab sich absichtlich geräuschvoll unter die Dusche. Aus Linus' Schlafecke kamen noch keinerlei Lebenszeichen. Alfred setzte Kaffee auf, deckte den Frühstückstisch und holte die Badische Zeitung aus dem Briefkasten. Linus und Cindy rührten sich noch immer nicht. Also frühstückte er alleine und las dabei die Zeitung. Zum Mord in der Rothausbrauerei fand er nichts Neues. Dafür umso mehr zum Fall Luise Ziegler. Das war der Aufmacher im Neustädter Lokalteil. „Rache des Untermieters?" – so lautete die Schlagzeile. Das war ja ein Ding! Aufgebracht las Alfred weiter. Die Polizei schließe nicht aus, so hieß es gleich im ersten Absatz, dass ein ehemaliger Untermieter, der wegen seiner Mietschulden zwangsweise aus der Wohnung entfernt worden war, mit der Tat etwas zu tun haben könnte. Bei der letzten Begegnung sei es zu Handgreiflichkeiten und Morddrohungen gekommen. Dazu wurde der „Zeuge" Herbert Ziegler zitiert, ein Bruder des Opfers. Mit der süffisanten Umschreibung, es handele sich bei dem Verdächtigen um einen „gescheiterten, ehemaligen Lokalredakteur eines Hochschwarzwälder Wochenblattes", fühlte Alfred seine Persönlichkeitsrechte nicht wirklich gewahrt. Seine Empörung wuchs. Der „Mietnomade", so lautete der Begriff, den die Zeitungskollegen gebrauchten, habe allerdings ein lupenreines Alibi, weshalb die Polizei nun der Frage nachgehe, ob er vielleicht einen Helfer oder Komplizen gehabt habe.

Als Alfred an dieser Stelle des Artikels angelangt war, schlug die Haustürklingel Alarm. Einmal, zweimal, dreimal – Dauerklingeln. Von der Galerie herunter raunzte die verschlafene Stimme von Linus: „Alfred! Machst du mal auf! Ich bin noch im Schlafanzug."

Du bist noch im Eberhengstmodus, korrigierte Alfred in Gedanken. Er legte die Zeitung beiseite und betätigte die Gegensprechanlage. „Hallo, wer da?"

„Polizei! Aufmachen!"

Die Stimme klang nach Oberkommissar Siegfried Junkel. Es war Oberkommissar Siegfried Junkel. Der grantige Ermittler kam mit pfeifendem Atem das Treppenhaus herauf. In seiner Begleitung folgten ihm zwei uniformierte Polizisten. Er selbst trug einen grünlichen Regenmantel, der mindestens soviel Knitterfalten aufwies wie Junkels Gesicht. Junkel quälte sich ein Lächeln ab: „Die Sache ist noch nicht ausgestanden, mein Lieber. Wir müssen Ihren Kumpanen Linus vernehmen."

„Meinen Kumpan …?"

„Tschuldigung, falsches Wort. Vergessen Sie's! Ihren Freund Linus habe ich gemeint. Ist er zu Hause?"

Alfred brüllte nach Linus. Der kam aber schon die Treppe von der Galerie heruntergehastet. „Was ist denn los? Was will die Polizei?"

Junkel stellte sich vor. „Sind Sie Linus?", fragte er dann. Und als Linus bejahte: „Wir brauchen Ihre Aussage. Ich darf Sie bitten, uns zum Polizeirevier zu begleiten." Etwas leiser fügte er hinzu: „Ich habe einen Haftbefehl!"
Linus fiel aus allen Wolken, Alfred nicht minder. Oberkommissar Junkel ratterte ein paar Formalien herunter und erklärte dann beinahe freundschaftlich: „Ich darf Sie höflich bitten, mich freiwillig zu begleiten. Sonst müssen meine beiden Beamten die Handschellen herausholen. Vielleicht klärt sich ja alles als ein Missverständnis auf. Aber die Söhne von Luise Ziegler haben Sie schwer belastet. Sie werden beschuldigt, Luise Ziegler umgebracht zu haben." Mit einem Blick auf Alfred fügte er hinzu: „In wessen Auftrag, das werden wir noch herausfinden ..."
Linus war genauso konsterniert wie Alfred. Er unternahm einen schwachen Verteidigungsversuch: „Das ist doch völlig absurd, warum sollte ich ...?"
„Sie haben die Söhne von Luise Ziegler massiv bedroht, sind mit Fäusten auf sie losgegangen. Streiten Sie das ab?"
„Jetzt hört aber alles auf! Ich hab' auf die Fresse gekriegt."
„Na also", kombinierte Junkel. „Sie geben die Schlägerei also zu."
Linus warf Alfred einen verzweifelten Blick zu. Alfred zuckte hilflos mit den Schultern. Während Linus unter Aufsicht der Polizeibeamten mit seinem Rechtsanwalt telefonierte und um sofortigen Beistand bat, unternahm Alfred einen letzten, ziemlich undiplomatischen Versuch, Oberkommissar Junkel von seinem Vorhaben abzubringen: „Das meinen Sie doch nicht im Ernst, oder? So blöde ist die Polizei doch nicht. Diese Geschichte glauben Sie selber nicht?"
Junkel grinste sardonisch wie ein Kobold: „Ich habe schon die tollsten Geschichten erlebt. Nichts ist unmöglich ...!"

Alfred überlegte kurz, ob er Junkel in seine eigenen Theorien einweihen sollte. Sollte er ihm von seinem Verdacht erzählen, dass beide Morde, nämlich der an Heinz Böckler und der an Luise Ziegler, jeweils den Rothaus-Akten und den Recherchen Heinz Böcklers galten? Aber nein! Solange er das Motiv dazu nicht liefern konnte, machte das keinen Sinn. Erst musste er herausfinden, welches Geheimnis diese Akten bargen.

Die Polizisten rückten mit Linus ab. Anschließend beratschlagte Alfred mit Cindy, was zu tun sei. Es fiel ihnen wenig ein. Cindy schnäuzte sich und drückte ein paar halbechte Tränchen heraus. Ihre Erschütterung hielt sich aber in Grenzen. Sie warf einen Blick auf ihre Armbanduhr und piepste: „Ich fahre nach Löffingen, ich muss mich um mein Geschäft kümmern. Nails and more, du weißt doch. Das Geschäft öffnet um elf."

„Wann kommst du wieder?" Alfred wunderte sich selbst über seine Frage.

„Weiß noch nicht! Vielleicht bleibe ich in meiner Wohnung in Löffingen. Mal sehen! Hier meine Telefonnummer." Sie legte ihm ein mit Goldrand verziertes Visitenkärtchen von „Nails an more" hin. „Falls es was Neues gibt!"

Dann war Alfred alleine in Linus' Wohnung. Er rief Anna an, erzählte ihr alles. Sie nahm Anteil, fand sogar tröstende Worte: „Alfred, alles wird sich aufklären. Du bist so ein lieber, so ein harmloser Mensch. Das muss doch auch der Polizei aufgehen, dass du mit dem Mord nichts zu tun haben kannst." Ihre warme, teilnahmsvolle Stimme tat gut. Was für ein Unterschied zu Cindys Kassettenrekordergequietsche. Anna versprach, sich nach Feierabend wieder zu melden. Nun aber müsse sie zur Arbeit in die Redaktion des Hochschwarzwaldkurier.

Alfred nahm sich die Unterlagen von Heinz Böckler zur Hand. Die Rothausbrauerei in Zeiten der Badischen Revolution. Bald nahmen die Notizen ihn gefangen. Sie führten ihn mehr als 150 Jahre in die Vergangenheit zurück und tauchten ihn in eine fremde, unruhige, aufgewühlte Zeit. Das Brauereigasthaus „Zum rothen Haus", nach dem die Brauerei ihren Namen bekommen hatte, bildete damals den Mittelpunkt des Geschehens. Dort trafen sich der „Volksverein Grafenhausen" und die konspirativen Kräfte aus der Brauerei-Belegschaft, Ernst Kempter, Josef Hahn und Johannes Grüninger. Johannes Grüninger war bereits seit 1842 Pächter der Wirtschaft „Zum rothen Haus". Heinz Böcklers Aufzeichnungen beschrieben exakt, wie das Wirtshaus damals aussah: Ein uraltes Schwarzwaldhaus, erbaut um 1772 von den Mönchen aus St. Blasien. Seither vielmals umgebaut und erweitert, so dass es zur Zeit des Pächters Johannes Grüninger eine Fläche von 109 „Ruthen" umfasste, das entsprach ungefähr 1000 m². Das Wirtshaus stand näher zur Straße hin als der heutige Wirtshausbau, der nach einem Brand um 1900 neu errichtet worden war. Die alte Gastwirtschaft verfügte über einen großen, gewölbten Keller, der günstigen Lagerplatz für Bier und Wein bot. Im unteren Stock lagen vier Zimmer, eine geräumige Wälderschenke und eine Küche. Im zweiten Stock befanden sich fünf Zimmer und drei Kammern. Während Alfred diese Beschreibungen las, verglich er im Geiste mit dem neuen Brauergasthof. Schon damals hätte man vermutlich das Festbankett des Einzelhandelsverbandes durchführen können, denn ein Tanzsaal befand sich im Erdgeschoss und in einem Anbau ein „Gaststall", wo Kutschen und Pferde der Gäste eingestellt werden konnten. Zum Anwesen gehörten ferner ein Ökonomiegebäude aus Holz, ein Schlachthaus, die „Metzig", sowie ein Waschhaus.

Alfred stellte sich die Treffen des Volksvereins Grafenhausen in diesen Wirtsräumen vor. Revolutionäre Reden, politische Schwärmerei, bierselige Diskussionen, Empörung über die Obrigkeit. Ein hitzköpfiger Bauaufseher Kempter, der sich beschwert, dass er auf dem Brauereigelände zu Exerzierübungen gezwungen wird. Ein aufgebrachter Mälzer Josef Hahn, der seine Flinte schwingt und den Großherzog einen üblen Schurken schimpft. Dann wird aufgezählt, was alles nicht stimmt, im Badischen Land. Zu hohe Steuern. Zensur der Presse! Drückende Abgaben auf dem Rücken der Bauern und der Landbevölkerung. Verbot von Versammlungen. Keine politische Mitsprache. Ein korruptes Ständeparlament. Freiheit!

„Freiheit! Freiheit! – Wir holen sie uns mit Gewalt!" Vielleicht hat Johannes Grüninger die Parole ausgegeben. Vielleicht war es Bauaufseher Kempter? Grüninger galt als der Klügere, der Diplomatischere. Also war es Bauaufseher Kempter, der inmitten der revolutionären Stimmung auf die Idee verfiel: „Wir beschlagnahmen die Brauerei!"

In Konstanz fand zu dieser Zeit eine große Volksversammlung statt und Friedrich Hecker startete dort seinen berühmten „Heckerzug". Am Hochrhein sammelte zur gleichen Zeit Heckers Mitstreiter Franz Sigel die Bauern der Region, um mit ihnen in den bewaffneten Aufstand gegen den Großherzog zu ziehen. Ein dritter Zug von Freischärlern wurde von Gustav Struwe angeführt und kam bereits durch den Hegau Richtung Schwarzwald herauf.

Es fehlte all diesen Aktionen an militärischer Koordination, schon gar, wenn es darum ging, auch abgelegene Revolutionsnester wie jenes in Grafenhausen in die Aktionen einzubinden. Und so handelten Ernst Kempter und Josef Hahn auf eigene Faust. Sie drangen eines Morgens bis an die Zähne bewaffnet in das Brauereibüro ein und setzten den Brauereirechner Max Zäh und den Braumeister Josef Stegmeier gefangen.

„Der Stegmeier jammerte und schrie", so hieß es in einem Protokoll, „und er bekannte sich zu den Idealen der Revolution, da er doch gebürtig aus Bayern stamme und mit dem Großherzog nichts zu schaffen haben wolle."

„Feigling!", dachte sich Alfred und hatte seine Meinung über diesen Braumeister fertig. Da war doch der heutige Oberbraumeister Max Sachs von anderem Kaliber. Gespannt las Alfred weiter: „So gaben sie den Oberbraumeister frei und verpflichteten ihn, als Emissär nach Bonndorf zu reiten, und dem dortigen Domänenassessor Stüber ihre Forderungen zu unterbreiten."

Welcher Art diese Forderungen waren, erfuhr Alfred aus einer beigefügten Abschrift: „Herausgabe des sämtlichen Brauereivermögens; Übergabe der Brauerei an die Freischärler; Übertragung des Eigentums an der Brauerei vom Badischen Staat an den Volksverein Grafenhausen, vertreten durch die zeichnungsberechtigten Herren Kempter, Grüninger und Hahn."

Unglaublich! Die Revolutionäre wollten sich doch tatsächlich die Brauerei unter den Nagel reißen. Wie ging es weiter?

Alfreds Handy klingelte. Missmutig über die Störung nahm er das Gespräch an: „Ja?"

„Hey! Joe Campta hier! CleverMind Agentur! Alles klar? Kann ich vorbeikommen?"

„Was? Wie? Vorbeikommen? Warum?" Alfred fühlte sich ziemlich überrumpelt.

„Ich haben ein paar tolle neuen Entwürfen gemacht. Für unsere Revolution-Broschür. Mit die neuen Fotos aus die Brauerei-Müseum." Joe Campta klang begeistert wie immer. Und nach Kaugummi. Er schwärmte von seinem neuen Layout-Entwurf, den er wahlweise als „great", „big" oder „fantastic" anpries, und er bestand darauf, diese Entwürfe Alfred unverzüglich vorzulegen. „Interessiert dich das nicht?", fragte er ganz beleidigt, als Alfred äußerste Zurückhaltung an den Tag legte.
„Ich bin zufällik am Titisee. Es ist kein Problem für mich. Sag mir dein neues Adresse, und ich komme für eine halbe Stunden."
Der Kerl konnte aber auch aufdringlich sein.
„Tut mir echt leid, aber es ist ganz ungeschickt. Ich habe überhaupt keine Zeit jetzt", log Alfred. Er hatte einfach keine Lust, sich jetzt mit dem hyperaktiven Marketingtypen abzugeben. „Können wir uns nicht in Freiburg treffen? In der Agentur? Morgen?"
Joe Campta gab noch nicht auf. Er verlegte sich aufs Betteln: „Nur ein halben Stunden! Es ist fantastic. Und ich brauche deine Feedback für weiterarbeiten. Wo bist du umgezogen?"
Alfred nannte ihm Linus' Adresse, um den lästigen Anrufer endlich abzuwimmeln, fügte aber kategorisch hinzu: „Aber es hat keinen Zweck heute. Ich komme morgen nach Freiburg in die CleverMind-Agentur. Dann reden wir über die Entwürfe. Dann bringe ich auch schon mal ein bisschen Text mit. Ich bin jetzt soweit, dass ich mit dem Schreiben beginnen kann."
Joe Campta zeigte sich plötzlich einsichtig. „Also gut", so stimmte er zu. „Morgen bei CleverMind."
Endlich konnte Alfred sich wieder den Unterlagen widmen. Wo war er stehen geblieben? Ah ja, die Freischärler

hatten den Brauereirechner gefangen genommen und den Braumeister mit ihren Forderungen nach Bonndorf zum Domänenassessor geschickt.

In Heinz Böcklers Aufzeichnungen hieß es: „Brauereirechner Max Zäh verriet den beiden Revolutionären nicht, wo er die Brauereikasse versteckt hatte. Er behauptet, alles Geld schon nach Bonndorf geschickt zu haben."

Tapferer Mann, dachte sich Alfred. Er blätterte weiter. In Wirklichkeit hatte Max Zäh die Brauereikasse im Trunkbierkeller vergraben. Ernst Kempter und Josef Hahn hielten den Brauereirechner den ganzen Tag und die darauffolgende Nacht in ihrer Gewalt. Dann erschien am nächsten Morgen der aus Bonndorf herbeigeeilte Domänenassessor Stüber zusammen mit einem Notar.

Stüber nahm Verhandlungen mit den Freischärlern auf. Als Domänenassessor war er so etwas wie der Verwaltungschef der Brauerei und gleichzeitig der Beauftragte des Badischen Staates für alle die Brauerei betreffenden Amtsgeschäfte. Mit wachsender Spannung las Alfred, was bei diesen Verhandlungen herauskam. Zunächst brachte Stüber den wackeren Brauereirechner dazu, das Versteck der Brauereikasse zu verraten. Der Domänenassessor hegte die Hoffnung, die beiden Freischärler würden sich mit dieser Beute zufrieden geben. Dies war aber nicht der Fall. Vielmehr zwangen sie den Notar mit vorgehaltenem Gewehr, einen Übereignungsvertrag anzufertigen. Heinz Böcklers Abschrift dieses Vertrages war eindeutig: Der Domänenassessor Stüber als bevollmächtigter Vertreter der großherzoglichen Regierung in Karlsruhe übertrug den gesamten Besitz an der Badischen Staatsbrauerei Rothaus an den Volksverein Grafenhausen, beziehungsweise dessen juristische Vertreter, Johannes Grüninger, Ernst Kempter und Josef Hahn.

Das Dokument endete mit dem Datumsvermerk: „Gegeben zum 18. April 1848, Rothaus, Bezirksamt Bonndorf."
Das musste Alfred erst einmal verdauen. Er legte die Unterlagen beiseite und machte sich über Linus' Kühlschrank her. Ein mächtiger Hunger hatte ihn plötzlich befallen. Er sah auf die Uhr und erschrak. Tatsächlich ging es bereits auf 17 Uhr zu. Die Zeit war im Fluge verstrichen. Er hatte den ganzen Tag mit dem Studium der Rothaus-Unterlagen zugebracht und dabei nicht bemerkt, wie die Stunden vergingen.
Ein Anruf von Linus! Aus der Landesvollzugsanstalt Freiburg. Er befinde sich in U-Haft, müsse die Nacht im Gefängnis verbringen, vielleicht sogar einige Tage dort bleiben. Alfred solle ihm doch bitte am nächsten Tag frische Wäsche bringen. Linus klang gar nicht optimistisch: „Alfred, die nehmen mich hier in die Mangel. Die glauben allen Ernstes, ich hätte in deinem Auftrag die alte Schachtel Ziegler umgebracht. Meine Fingerabdrücke sind überall in der Wohnung, auch an dem blöden Kerzenständer."
Alfred fand leider nicht die richtigen Worte des Trostes. Stattdessen formulierte er hilflos: „Du hast doch sicher eine gute Rechtschutzversicherung?"
Dann kehrte Cindy zurück. Wollte sie also doch die Nacht in Linus' Wohnung verbringen? Heimlich hatte Alfred darauf spekuliert. Er hätte nicht sagen können, was genau er sich von Cindy erhoffte, aber alleine der Gedanke an dieses schmiegsame Weibchen und die Erinnerungen an die Geräusche und Bilder der vergangenen Nacht weckten ein brunftiges Verlangen in ihm. Sie war eine Augenweide, soviel stand fest.
„Ich habe Fertigpizza mitgebracht. Zum Abendessen", verkündete ihre Mickymaus-Stimme. Sie deponierte die Pizza-

schachteln auf der großen Küchentheke, die mitten im Raum stand und jenen Bereich abtrennte, hinter dem eine nagelneue, zwanzigtausend Euro teure Designerküche darauf wartete, endlich einmal mehr als Fertigpizzen, Spiegeleier und Ravioli aus der Büchse auszuwerfen.

„Irgend so ein Arsch hat auf meinem Parkplatz geparkt", beschwerte sie sich mit hoher Stimme. „Ich glaube fast, es ist ein Spanner!"

Alfred hörte nur mit einem Ohr zu, denn er studierte gleichzeitig unschlüssig die Armaturen am Backofen. Was musste er einstellen? Umluft? Heißluft? „Was hast du gesagt?"

„Irgend so ein Spanner ist das. Der hat aus seinem Auto heraus das Haus fotografiert. Und er steht auf meinem Parkplatz."

„Spanner sind meistens in der Nacht unterwegs, wenn die Fenster beleuchtet sind." Alfred führte das Gespräch nur beiläufig, aber irgendwie blieb er dann doch hängen. „Was sagst du, er hat das Haus fotografiert?"

„Aber ja doch. Mit so einer langen Kamera, so ein Dings, so ein langes ..."

„Teleobjektiv", half Alfred nach.

„Meinte ich doch. Genau so eine Kamera." Cindy trat ans Fenster und schielte vorsichtig zwischen den Gardinen hindurch auf die Straße hinunter. „Ich glaube, er ist verschwunden. Das Auto ist weg."

Alfred stellte sich neben sie. „Wie sah er aus? Was hatte er für ein Auto?" Zwei Fragen, deren Komplexität Cindy überforderten: „Ich habe nur seine schwarzen Haare gesehen. Und die Telekamera. Sonst nichts. Und das Auto? Was weiß ich?" Sie piepste hilflos. „Ich kenn mich doch nicht aus. Es war blau. Es sah ziemlich teuer aus."

Alfred spähte durch den Gardinenschlitz die Straße nach beiden Seiten ab. Keine Spur von einem teuren, blauen Auto. Dennoch war er beunruhigt. War das ein Zufall?
Unterdessen hatte Cindy die zwei Fertigpizzen in den Backofen geschoben und die richtigen Knöpfe gedrückt. „Ich stehe schnell unter die Dusche", teilte sie mit. „Bin sofort wieder da!"
Alfred richtete Teller und Besteck. Im Kühlschrank stand noch ein Bier. Bitburger! Linus gehörte zu den Menschen, die auf jede Fernsehwerbung hereinfielen.
Es klingelte an der Wohnungstür. Alfred schrak zusammen, als habe man ihm einen Stromstoß versetzt. War das der Fotograf von vorhin, Cindys vermeintlicher Spanner? Oben von der Galerie vernahm er das fröhliche Plätschern der Dusche. Cindy hatte das Klingeln vermutlich nicht gehört. Sollte er aufmachen? Es läutete erneut. Die Gegensprechanlage! „Wer ist da?"
„Hi, Alfred! Ich bin es, Anna. Machst du mir auf?"
Anna! Stimmt, sie hatte versprochen, sich am Abend wieder zu melden. Sie stand mit ihrem süßen, unschuldigen Lächeln auf der Türschwelle und strahlte ihn mit warmen, braunen Haselnussaugen an. Der kurze Spaziergang, den sie offensichtlich hinter sich hatte, hatte ihre schwarzen Locken zerzaust und ihr hektische rote Bäckchen aufs Gesicht gezaubert.
„Willst du mich nicht herein bitten?"
„Äh, ja, … klar, … also, … selbstverständlich. Komm herein!" Schnell warf er einen unruhigen Blick Richtung Galerie. Dann folgte er Anna in die Wohnung hinein. Sie marschierte schnurstracks Richtung Küchenabteilung, von wo dem Backofen bereits die Pizzadüfte entströmten.
„Aha, Linus hat eine neue Küche", kommentierte Anna, während sie den Blick umherschweifen ließ. Diese Bemer-

kung erinnerte Alfred schmerzhaft daran, dass es einmal bereits eine kurze Affäre zwischen Linus und Anna gegeben hatte, damals, als Anna gerade als frischgebackene Volontärin nach Neustadt gekommen war.
Alfred stand hinter Anna und hätte sie bei den Schultern fassen können. Sie trug einen flauschigen Wollpullover und wirkte, selbst wenn er nur ihren Rücken vor sich hatte, weich und anschmiegsam.
„Wer ist die denn?", piepste plötzlich eine empörte Stimme. Cindy!
Alfred und Anna fuhren gleichzeitig herum. Cindy sah hinreißend aus. Sie war soeben erst der Dusche entstiegen, nackt, hatte sich um den Leib ein weißes Badetuch gewickelt, das soeben ihre Brüste bedeckte und kaum die Schenkel, und stand in dieser Aufmachung im Wohnzimmer.
„Wer ist die denn?", entfuhr es in ähnlicher Empörung Anna.
„Äh, Cindy ... äh, Anna!", unternahm Alfred einen hilflosen Versuch des gegenseitigen Vorstellens.
„Aha, Cindy!", schnaubte Anna. Ihr sonst so zierliches, friedfertiges Gesicht nahm eine maskenhafte Kälte an. „Ich verstehe!"
Alfred breitete hilflos die Arme aus: „Cindy ist ..."
„Geh mir aus dem Weg!" Anna schob Alfred beiseite und schritt erhobenen Hauptes an Cindy vorbei zur Wohnungstür. „Ich will gar nicht wissen, wer sie ist", fauchte sie. „Ich will gar nichts wissen. Ich sehe ja, was sie ist!" Täuschte Alfred sich, oder hörte er Tränen aus Annas wutschnaubender Bemerkung heraus? Schluchzte sie etwa? Wieso hörte sich ihr verzweifeltes „Auf Wiedersehen!" so aufgelöst an? Wieso knallte sie die Wohnungstür so hinter sich zu?

„Anna, Anna! So warte doch!"
Zu spät. Anna war bereits aus der Wohnung und hastete durch das Treppenhaus ins Freie, wie von blutrünstigen Furien verfolgt.
Warum mussten die Weiber auch immer so kompliziert sein?
Auch Cindy war kompliziert. Nach diesem Vorfall wurde sie plötzlich unnahbar wie ein Eisklotz. Nach einer schweigend gemeinsam vertilgten Pizza zog sie sich aufs Sofa zurück, verbarrikadierte sich hinter der Glotze und wechselte den ganzen Abend kaum ein Wort mit Alfred. Es reichte schließlich gerade noch zu einem kalten: „Ich geh jetzt schlafen", das in seiner Unnahbarkeit so eindeutig war, dass Alfred erst gar nicht auf dumme Gedanken kommen konnte.
Er schlief mit einem furchtbar schlechten Gewissen ein, obwohl er ausnahmsweise einmal gar nichts angestellt hatte.

MORD OHNE LEICHE?

Den dritten Morgen hintereinander von wildgewordenen Polizeikommissaren geweckt zu werden, gefiel Alfred überhaupt nicht. Aber Polizeirat Jens Beuge und Oberkommissar Junkel schienen zu seinem Schicksal zu werden. Die Polizisten kamen am nächsten Morgen noch früher als am Vortag. Sie klingelten Alfred diesmal aus dem Bett. Er öffnete ihnen in seinen Boxershorts und erntete mitleidige Blicke.

„Sie haben Ihre Pyjamahose falsch herum an", waren Polizeirat Jens Beuges erste Worte, noch ehe er überhaupt den Anlass dieser frühmorgendlichen Belästigung erwähnte.

„Besser ein Irrtum beim Pyjama als bei der Verhaftung unschuldiger Bürger!"

„Werden Sie nicht frech!"

„Ist ja schon gut. Entschuldigung. Was habe ich heute angestellt?" Alfred blieb bei seinem pampigen Tonfall. Inzwischen war auch Cindy aus den Federn gekrochen und hatte sich zu Alfred und den Polizisten an den Frühstückstisch gesellt. Diesmal fertig angezogen, ganz züchtig in Jeans und Pullover.

Polizeikommissar Siegfried Junkel strich neugierig durch die Wohnung und zog mit dem Bemerken „Ich sehe mich mal ein bisschen um" mal hier einen Aktenordner aus Linus' Regalen, öffnete mal da eine Schublade, blätterte in diesen und jenen Papieren und schnüffelte wie ein Drogenhund das ganze Wohnzimmer ab. Jens Beuge kam unterdessen zur Sache: „Wann haben Sie Manfred Noppel das letzte Mal gesehen?"

„Manfr …? Ohjeh!" Alfred musste nachdenken. „Wollen Sie eine exakte Uhrzeit oder reicht die Örtlichkeit?"

„Beides!"

„Wieso? Was ist ...?"
„Das tut nichts zur Sache! Beantworten Sie meine Frage!"
Irgendein Unterton in Jens Beuges befehlender Stimme gemahnte Alfred zur Ernsthaftigkeit. Obwohl er insgeheim das Gefühl hatte, eine gewisse gemeinsame Chemie verbinde ihn mit dem Chefermittler, täuschte er sich nicht darüber hinweg, dass Beuge nur darauf lauerte, ihn irgendwelcher Schandtaten überführen zu können. Alfred war sich keiner Schuld bewusst: „Es war auf jeden Fall schon weit nach Mitternacht am Abend des Einzelhandels-Festaktes. Ich und Noppel ..., äh, Noppel und ich, wir waren die beiden Letzten. Der Kellner müsste es besser wissen. Der hat uns rausgeschmissen."
„Und Sie sind dann gleich auf Ihre Zimmer gegangen?"
„Ja! – Oder nein, halt!" Alfred fischte Erinnerungsfetzen aus den Tiefen seines Gehirns: „Noppel wollte erst noch seinen Geschenkkorb im Auto deponieren. Er ist noch auf den Parkplatz gegangen."
„Haben Sie das gesehen? Sind Sie mit ihm gegangen?"
„Ich ...? Nein! Er ist alleine ins Freie hinaus. Vorher haben wir noch seine Äpfel gesucht."
„Seine Äpfel?"
„Ja!" Alfred erzählte, wie Manfred Noppel in jener Nacht auf Knien hinter den Äpfeln her unter einen Tisch gekrochen war. „Ich glaube, er hat nicht alle gefunden. Ein paar Äpfel lagen am nächsten Morgen noch da!"
Beuge nickte: „Der Kellner hat sie gefunden und uns gebracht. Erinnern Sie sich! Mitsamt Manfred Noppels Handy. Das hat er nämlich bei dieser Gelegenheit auch verloren."
„Ach so, – ja!"
Jens Beuge sah Alfred prüfend an. Alfred fühlte sich unbehaglich und senkte den Blick. Dieser kantige Polizist konn-

te schauen wie eine Laserkanone. Was war eigentlich los? Um was ging es hier überhaupt?

Nach einigen Sekunden des Schweigens rückte Polizeirat Jens Beuge damit heraus: „Manfred Noppels Auto stand noch auf dem Besucherparkplatz. Der Geschenkkorb war aber nicht darin. Und von Manfred Noppel fehlt bis heute jede Spur."

Alfred verdaute. „Von Manfred Noppel fehlt jede Spur ...?", wiederholte er.

„So ist es. Seit dem fraglichen Abend. Seine Familie hat ihn als vermisst gemeldet. Wir haben nach ihm gesucht. Er ist spurlos verschwunden. Sein Auto stand noch auf dem Parkplatz. Sein Zimmer in der Brauereigaststätte war leer. Hoteldirektor Rumpf hat uns versichert, dass das Bett unbenutzt vorgefunden wurde. Das Zimmerpersonal hat sich aber erst gegen Mittag in das Zimmer gewagt, weil man glaubte, Noppel würde dort noch seinen Rausch ausschlafen."

„Und das hat er nicht getan?"

„So sieht es aus. Das hat er nicht getan!", bestätigte der Polizist. „Und jetzt sind Sie dran: Sie haben ihn zuletzt gesehen."

„Er ist hinausgegangen. Mit dem Geschenkkorb. Das kann ich bezeugen."

Jens Beuge schüttelte den Kopf: „Von der Brauereigaststätte bis zum Besucherparkplatz sind es keine hundert Meter. Was auch immer geschah, er ist nicht bei seinem Auto angekommen."

„Vielleicht ist er im Dunkeln aus Versehen in die falsche Richtung gegangen", schlug Alfred vor.

„Dann wäre er auf dem Brauereigelände gelandet. Oder beim Spielplatz. Wir haben alles abgesucht. Fehlanzeige!"

„Was ist das hier?" Es war die knarzige Stimme von Oberkommissar Junkel. Sie kam aus Linus' Büroecke. Jens Beuge reckte den Kopf. Kommissar Junkel schwenkte triumphierend einen kalten, metallenen Gegenstand über seinem Kopf. „Eine Pistole!", rief er seinem Kollegen zu. „Hier, im Bücherregal versteckt!"
Auch das noch! Wieso besaß Linus überhaupt eine Pistole? Wieso versteckte er sie ausgerechnet zwischen den fünf Büchern, die er besaß? Alfred zuckte mit den Schultern: „Keine Ahnung, was das ist. Noch nie gesehen!"
Auch Cindy schüttelte den Kopf, als sie gefragt wurde. Sie piepste kleinlaut: „Davon hat Linus nie etwas erzählt."
Während Kommissar Junkel das Beweisstück sorgfältig in einer Plastiktüte verstaute, nahm Jens Beuge die Befragung wieder auf: „Es ist Ihnen nichts aufgefallen? An Manfred Noppel?"
„Er war betrunken", antwortete Alfred pflichtschuldigst.
„Ich meine sonst, drum herum? Hat er irgendetwas getan, irgendetwas gesagt, was Ihnen seltsam vorkam?"
Alfred stöhnte. Wie sollte er sich erinnern? Sie hatten doch beide dermaßen gesoffen, in jener Nacht, dass es völlig unmöglich war, sich an Einzelheiten zu erinnern.
Jens Beuge tippte mit seinem Zeigefinger in die Luft Richtung Alfred: „Eines sage ich Ihnen: Wenn Sie mich hier an der Nase herumführen, dann werden Sie nicht mehr glücklich. Ich kriege Sie an den Wickel. Sie und Ihren seltsamen Freund …"
Alfred nutzte die Gelegenheit, sich nach Linus zu erkundigen. Man werde ihn wohl noch einen weiteren Tag in Untersuchungshaft behalten, beschied der Polizeirat. Besonders jetzt, wo noch die Pistole aufgetaucht sei. Alfred wollte wissen, ob es den Polizisten möglich sei, für Linus

etwas frische Wäsche und ein paar Gegenstände mit nach Freiburg zu nehmen. Entschuldigend breitete er die Arme aus: „Ich bin doch ohne Führerschein, wie Sie wissen. Da ist es so umständlich für mich ..."

Siegfried Junkel ließ sich schließlich erweichen, und Cindy verschwand, um für Linus ein paar Sachen zusammenzupacken.

Jens Beuge nahm das Gespräch nochmals auf, diesmal ohne drohenden Unterton: „Vielleicht ist alles nur ein Zufall! Vielleicht sind Sie wirklich nur ganz dämlich in diese Sachen hineingezogen worden. Aber das glaube ich nicht. Ich bin mir ziemlich sicher, es gibt einen Grund, warum Sie mittendrin stecken." Der Polizist verschränkte seine Hände ineinander und knetete sie, als müssten sie einen Ringkampf gegeneinander ausfechten. Offenbar rang er selbst innerlich mit sich, inwieweit er Alfred an seinen Überlegungen teilhaben lassen sollte. Schließlich fuhr er fort: „Wir müssen das Allerschlimmste annehmen, dass nämlich auch Manfred Noppel ermordet wurde. Wenn das der Fall ist, dann liegt es nahe, dass beide Morde in der Brauerei etwas miteinander zu tun haben. Möglicherweise hat der Mörder von Heinz Böckler erneut zugeschlagen. Noch haben wir keine Leiche. Aber schon einmal hat der Mörder versucht, in der Brauerei eine Leiche zu verstecken. Vielleicht versucht er es ein zweites Mal."

„Aber Manfred Noppel könnte sich doch einfach nur verlaufen haben. Vielleicht taucht er wieder auf."

„Er ist jetzt seit mehr als 50 Stunden verschwunden. Selbst wenn wir einen Jahrhundertkater unterstellen, dann müsste er inzwischen wieder ausgenüchtert sein und irgendwo zum Vorschein kommen. Tut er aber nicht! Er ist mitsamt seinem Geschenkkorb von der Bildfläche verschwunden."

„Mit der Theorie vom Hausmeister passt das aber nicht mehr zusammen", formulierte Alfred vorsichtig. „Bei Manfred Noppel stimmt doch das Motiv überhaupt nicht mehr."
Alfred überlegte sich, ob er Jens Beuge von seinen eigenen Schlussfolgerungen berichten sollte. Aber der Polizeirat verblüffte ihn, indem er selbst davon anfing: „Ich glaube auch nicht an den Hausmeister, obwohl ich dem Kerl nicht über den Weg traue. Ich glaube inzwischen, dass der Täter hinter etwas her ist, was er bei Heinz Böckler vermutete, aber durch den Mord nicht bekommen hat. Deshalb der spätere Einbruch in Heinz Böcklers Büro."
Alfred nickte. Jetzt war er bereit, Jens Beuge einzuweihen: „Das glaube ich auch. Und ich weiß auch, was der Täter gesucht hat!"
„So?" Jens Beuge zog skeptisch eine Augenbraue hoch.
„Dann haben Sie ja mitgedacht. Ich vermute, wir denken an Dasselbe. Der Täter interessiert sich für Heinz Böcklers Aktenordner!"
„So ist es!", bestätigte Alfred, überrascht, dass Jens Beuge bereits die gleichen Schlussfolgerungen angestellt hatte.
„Darum auch der Einbruch in Ihre alte Wohnung. Aber wieder hatte der Täter Pech. Sie waren bereits ausgezogen."
„Und jetzt sind die Akten bei der Polizei", beeilte sich Alfred klarzustellen.
„Diese Aktenordner bergen eine Information, auf die es der Täter abgesehen hat. Richtig?"
„Richtig!", bestätigte Alfred.
„Entweder eine wertvolle Information, oder eine gefährliche Information, oder eine für den Täter vielleicht bedrohliche Information."
Alfred nickte.

Jens Beuge blickte weiterhin freundlich, aber seine Stimme nahm einen drohenden Unterton an: „Also dann, heraus damit! Was steht in diesen Akten?"
Jetzt stellte Alfred sich doof: „Das kann ich nicht sagen. Ihre Leute haben sie mir doch weggenommen. Sie wollten die Akten haben, jetzt haben Sie sie. Jetzt müssen Sie sie auch lesen."
Jens Beuge knirschte mit den Zähnen als zermalme er einen großen Marmorbrocken. Seine Kinnbacken mahlten. Er erhob sich, um auf Alfred herabzuschauen: „Wer wusste alles davon, dass Sie den Karton mit den Aktenordnern aus der Brauerei mitgenommen haben?"
Diese Frage von Jens Beuge war Alfred noch gar nicht in den Sinn gekommen. Aber ja! Nur derjenige kam als Täter in Frage, der auch wusste, dass Alfred die Akten besaß. „Der Brauereichef! Seine Sekretärin! Der Oberbraumeister Sachs!", so zählte Alfred auf. Jens Beuge machte sich Notizen. Zu seinem Kollegen Siegfried Junkel gewandt befahl er: „Junkel, fahren Sie nach Rothaus hinauf und kriegen Sie raus, wer alles mit dem Aktenkarton zu tun hatte. Ich will alle Namen, jeder, der wusste, dass es diese Akten gibt. Jeder, der wusste, dass unser Freund hier den Karton mit nach Hause genommen hat."
Junkel knurrte zur Bestätigung, dass er den Auftrag verstanden hatte.
„Und dann, Junkel …", fügte Beuge hinzu.
„Ja Chef?"
„Wenn Sie schon zur Brauerei fahren. Dann sorgen Sie dafür, dass diese verdammten Bierkessel wieder abgelassen werden. Sie wissen schon, diese Stahlbehälter im Sudhaus."
„Die Braukessel?"

„Genau! Die Braukessel. Nicht dass der Täter auch die Leiche von Manfred Noppel in so einem Kessel entsorgt hat. Oder die Mordwaffe. Wir müssen davon ausgehen, dass der Mörder sich auf dem Brauereigelände ziemlich frei bewegen kann. Also, Sie haben's gehört! Alles noch mal ablassen. Ist mir egal, was die Brauereileute dazu sagen."

GARDINENPREDIGT

Endlich verzogen sich die Polizeibeamten. Alfred und Cindy gingen sich derweil aus dem Weg. Linus' großzügige Wohnung bot dazu ausreichend Möglichkeiten. Cindy beschlagnahmte das Badezimmer, Alfred setzte sich an Linus' Schreibtisch. Er hatte den Vertrag „Versicherungsdetektiv" vor sich liegen. Das kann doch nicht so schwer sein, überlegte sich Alfred. Versuchsweise loggte er sich im Internet in die einschlägigen Diskussionsforen ein. Auf dem Blog von Verbraucherschutz.de fand er nur ein paar lapidare Einträge, unter versicherungstalk.de ging es schon mehr zur Sache, und unter versicherungsforum.de tobten sich Freunde und Gegner der Versicherungswirtschaft nach Herzenslust aus. Versuchsweise ließ Alfred sich registrieren und mischte sich dann als „Don Alfredo" in die Diskussionen ein. Das machte sogar Spaß. Er identifizierte eine halbes Dutzend weiterer Blogs und Foren, vorzugsweise solche, in denen unzufriedene oder verärgerte Kunden über Versicherungen herzogen. Die Versicherung, für die Linus den „Versicherungsdetektiv" suchte, hatte in der Tat Beistand nötig. Ihre jüngsten Beitragserhöhungen für Krankenversicherte hinterließen jedenfalls im Netz eine Spur der Empörung. Alfred postete gegen die zahlreichen Verwünschungen: „Hat schon mal jemand bedacht, dass die Lebenserwartung in den letzten 40 Jahren erheblich gestiegen ist? Die Versicherungen müssen demnach ihre Versicherten viele Jahre länger bei Krankheit, Demenz und Siechtum bezahlen. Will jemand darauf im Alter verzichten?" Er fand Spaß an der Aufgabe. Nach einer halben Stunde war er sich sicher, dass er diesen Job locker nebenbei erledigen konnte. Er nahm den unterschriftsreifen Vertrag, den Linus gut sichtbar auf seinem Schreibtisch platziert hatte, und setzte entschlossen seinen Schnörkel darunter. 800 Euro im Monat, das war doch ein Wort. Für dieses Geld musste er als freier Mitarbeiter schon jede Menge Zeitungsartikel schreiben, um ähnliche Honorare zu kassieren.

Dann klingelte das Handy. Die Chefsekretärin der Rothausbrauerei war dran. Heiter wie immer fragte sie nach Alfreds Befinden und ob er gerade Zeit habe und reichte ihn dann an ihren Chef weiter, den Brauereivorstand.

Alfred bemerkte irritiert, dass er feuchte Hände bekam. Nicht nervös werden, so redete er sich ein. Es ärgerte ihn, dass er vor dem bekannten Namen und der Exklusivität des Auftrages soviel Ehrfurcht hatte. Aber in seiner höflichen Art, wertschätzend und frei von allem Dünkel, gelang es dem Brauereichef schnell, Alfred die Nervosität zu nehmen. Im Plauderton erzählte der Rothaus-Chef von den lästigen Polizisten, die gerade erneut das Sudhaus auf den Kopf stellten, und von den vielen noch lästigeren Journalisten aus ganz Deutschland, die ihn wegen der Ereignisse löcherten und nicht mehr zur Arbeit kommen ließen. Das ganze Gespräch verlief wie ein freundlicher Small-Talk, aber Alfred spürte, dass der Rothauschef mit all diesem Vorgeplänkel doch auf ein ernstes Thema zusteuerte. Deswegen hatte er überhaupt nur angerufen, denn nur um ein bisschen zu plaudern, da bildete Alfred sich nichts ein, nahm der Brauereichef nicht Kontakt mit dem arbeits- und wohnsitzlosen Gelegenheitsstudenten Alfred auf.

Das Gespräch umkreiste jetzt Alfreds Auftrag. „Kommen Sie voran?" Offensichtlich wusste der Rothauschef noch gar nicht, dass Alfred die Aktenordner inzwischen der Polizei hatte überlassen müssen.

„Ja, sehr gut!", beeilte Alfred sich zu beteuern: „Ich hab fast alles durchgearbeitet. Nächste Woche beginne ich mit dem Schreiben."

„Haben wir über das Honorar schon gesprochen?"

„Äh ... oh ... nö." Alfred geriet in peinliche Verlegenheit, aus der ihm der Brauereichef aber souverän heraushalf: „Das tut mir leid, bitte entschuldigen Sie. Aber die Ereignisse in der Brauerei ... Ich hätte natürlich gleich etwas sagen müssen. Wären fünftausend Euro für Sie angemessen? Als pauschales Honorar?"

„Fünf ..., fünf ... tausend?" Die Summe lähmte Alfreds Zunge. Der Brauereichef interpretierte Alfreds Zögern falsch: „Ich weiß, dass ist nicht überwältigend viel. Wir überweisen den Betrag als eine Art Vorschuss. Und wenn die Arbeit abgeschlossen ist, dann können Sie immer noch exakt Ihren Aufwand in Rechnung stellen. Ist das für Sie so in Ordnung?

„Aber ja, klar. Ja doch!"

„Es ist auch eine Art Vermächtnis von Heinz Böckler, was Sie da bearbeiten, das ist Ihnen sicher bewusst?"

„Aber ja, aber ja! Es ist eine fantastische Arbeit, die Heinz Böckler geleistet hat. Unglaublich, mit welcher Akribie er die Einzelheiten zusammengetragen hat ..."

Der Brauereichef unterbrach ganz vorsichtig: „Dann haben Sie sicher Verständnis für die Bitte, die ich nun äußere."

Alfred wartete.

„Sie haben sicher gehört, dass Elli Böckler, also die Frau, die Witwe von Heinz Böckler ..."

„Dass Sie in psychiatrischer Behandlung ist, in Emmendingen", half Alfred.

„Ja, genau. Das ist schlimm. Sie ist total zusammengebrochen, nach dem Tod ihres Mannes. Und dann diese Umstände. Es muss ganz schrecklich für sie sein, auch dass jetzt die alten Geschichten über den Hausmeister Karl Vogt wieder herumgetratscht werden." Der Brauereichef zögerte einen Moment, dann rückte er mit seinem Anliegen heraus: „Unser Oberbraumeister, der Herr Sachs, den kennen Sie ja inzwischen, also, der Herr Sachs, der stattet Elli Böckler heute Nachmittag einen Besuch ab. Und da hätte ich die Bitte, ob es nicht möglich wäre, dass Sie Ihn begleiten." Der Rothaus-Chef beeilte sich, sofort hinterher zu schieben: „Natürlich nur, wenn es Ihnen keine Umstände bereitet, wenn Sie die Zeit dafür haben."

„Ich soll Max Sachs begleiten?"

„Es wäre extrem hilfreich. Es würde Frau Böckler helfen, wenn sie erführe, dass die Arbeit ihres verstorbenen Mannes fortgesetzt wird. Das wäre ein Trost, da bin ich ganz sicher."

Es kam für Alfred überhaupt nicht in Frage, diese Bitte abzulehnen. Noch beflügelten ihn die 5000 Euro, von denen zuvor die Rede gewesen war. Dafür war er bereit, eine Menge Witwen zu besuchen. Er sagte also zu und versprach, sich am frühen Nachmittag pünktlich um 14 Uhr an der „Hoch-Kreuzung" bei der Stadteinfahrt „Neustadt-Mitte" einzufinden, damit Braumeister Max Sachs ihn dort auflesen konnte.

Erst als er das Handy wegsteckte, bemerkte er, dass Cindy frisch herausgeputzt auf dem Treppenabsatz stand und die letzten Sätze mitgehört hatte. Er grinste schief. Sie lächelte verlegen. Noch immer stand die unglückliche Begegnung mit Anna vom Abend zuvor zwischen ihnen.

„Ich fahr jetzt nach Löffingen in mein Geschäft."

„Du kannst nichts dafür, dass das gestern Abend so schiefgelaufen ist."

Sie trippelte die letzten Stufen zu Alfred herunter und piepste: „Es tut mir so leid. Ich hab's bestimmt für dich versemmelt."

Alfred zuckte generös mit den Schultern: „I wo. Das war nichts. Sie ist nur eine Bekannte. Ex-Kollegin, die mir meinen Job weggeschnappt hat. Blöde Ziege eigentlich …"

Bei dem skeptischen Blick, mit dem Cindy ihn bei diesen Worten beäugte, hätte Alfred aufgehen müssen, dass Frauen manchmal feine Antennen für die Wahrheit hinter einer Männerfassade haben. Es ging ihm aber nicht auf. Er plapperte weiter dummes Zeug: „Vergiss es einfach! Sie merkt, dass sie mit dem Job überfordert ist. Jetzt kommt sie und sucht meine Hilfe. Ich soll die schwierigen Termine für sie machen. Pah!"

Cindy schwieg dazu. Sie schlüpfte in ihre Schuhe und nahm ihre Jacke vom Garderobenhaken.

„Du fährst nach Löffingen?"

„Sagte ich doch!"

Einer plötzlichen Eingebung folgend, fragte Alfred: „Kannst du mich mitnehmen?"

Sie sperrte den Mund auf und sah ihn an, als habe er um ihre Hand angehalten.

Schnell schickte Alfred hinterher: „Ich muss dort etwas nachprüfen. Im Tierheim. Tierheim Löffingen!"

Cindys fragender Blick brachte ihn dazu, eine Erklärung zu liefern: „Dort ist kürzlich ein Hund abgeholt worden, und ich will herausfinden, von wem. Das ist wichtig im Zusammenhang mit den Mordfällen in der Rothausbrauerei, du verstehst. Es ist auch wichtig, um Linus' Unschuld zu beweisen."

„Wenn das bloß nicht wieder so eine komische Anmache ist", kommentierte Cindy, erkennbar noch nicht von Alfreds lauteren Absichten überzeugt. Dennoch erklärte sie sich bereit, Alfred mitzunehmen.

Sie verließen die Wohnung und stiegen in Cindys Wagen, den sie direkt vor dem Haus geparkt hatte. Cindy warf einen skeptischen Blick in den Rückspiegel. Der Blick galt nicht dem Sitz ihrer Frisur.

„Ist was?"

„Ich bin mir nicht sicher. Dreh dich mal vorsichtig um."

Alfred befolgte die Aufforderung. Er überblickte die Häuserreihe der Josef Sorg Straße, lauter schmucke Neubauten, und die Reihe der am Straßenrand geparkten Fahrzeuge. Kein Mensch zu sehen.

„Was meinst du?"

„Da hinten, das dritte Auto. Schau es dir genau an."

„Der blaue BMW?"

„Ein BMW? Ja, das meine ich. Das ist das Auto von dem Typen, der gestern das Haus fotografiert hat?"

„Bist du dir sicher?"

„Ja! Vielleicht!"

Alfred versuchte etwas mehr zu erkennen. Aber die anderen parkenden Fahrzeuge versperrten ihm die Sicht.

„Jetzt wendest du auf der Straße und fährst einmal langsam an dem BMW vorbei. Am Ende der Straße drehst du wieder um, und wir fahren noch mal vorbei. Vielleicht kann ich etwas erkennen."

Cindy befolgte brav Alfreds Anweisungen. Der blaue BMW, ein nagelneues 6er Coupé, lag wie ein schläfriger Wachhund in seiner Parkbucht auf der Lauer. Aber seine dunkel getönten Scheiben erlaubten keinen Blick ins Innere. Allzu langsam wollte Cindy auch nicht an ihm vorbeischleichen, so blieben Alfred nur wenige Sekunden. Immerhin erfasste er das Nummernschild: FR-CM–1848.

„Hast du etwas gesehen?"
„Schwer zu sagen. Ein Schatten. Ich glaube, jemand sitzt drin. Aber durch die Scheiben erkennt man nichts."
„Soll ich noch mal umdrehen?"
„Nein, fahr zu! Wir machen uns doch nicht zum Affen!"
Cindy gab Gas. Alfred übernahm die Befehlsgewalt über das Autoradio und probierte verschiedene Sender aus. „Das deutsche Gesülze geht mir auf den Keks", begründete er ungefragt, als er mehrfach umschaltete. „Wenn ich dieses weinerliche Gejammer höre, stellen sich mir die Haare."
„Ich find's schön, lass mal laufen", widersprach Cindy und zwang Alfred, drei Minuten „Silbermond" zu ertragen. Trotzig widmete Alfred sich seinem Tabak und bastelte Zigaretten, während Cindy über die große Gutachtalbrücke die Höhe Richtung Rötenbach und Löffingen erklomm.
„Wehe, du rauchst im Auto. Dann schmeiße ich dich auf der Stelle raus." Cindys gepiepsten Befehle klangen zwar so putzig wie die Versuche einer Realschulreferendarin, die Jungs einer zehnten Klasse zur Ruhe zu bringen, aber Alfred ahnte, dass sie es vollkommen ernst meinte.
„Ich drehe Zigaretten auf Vorrat", erklärte er.
Nach einer längeren Pause des Schweigens, in der Alfred nun auch noch Xavier Naidoo ertragen musste, räusperte Cindy sich. Offenbar hatte sie nachgedacht und präsentierte jetzt das Ergebnis: „Das Mädchen von gestern Abend ..."
Aha, beschäftigte sie das immer noch. „Anna!", brummte Alfred.
„Ja, Anna! Das ist ..., sie hat ..., ich meine ..."
„Was willst du sagen, lass es raus!", pflaumte Alfred um eine Spur pampiger zurück, als er es eigentlich beabsichtigt hatte.
„Sie ist ziemlich schwer verliebt in dich, nicht wahr?"

„Bist du wahnsinnig?"
Jetzt hörte sich Cindys Piepsen plötzlich merkwürdig warm und mitfühlend an: „Doch, das ist so. Das sieht man doch auf den ersten Blick. Eine Frau sieht so etwas. Ihr Männer seid leider blind bei solchen Sachen."
Alfred richtete sich im Sitz auf und wandte sich Cindy zu, die unbeirrt starr geradeaus auf die B31 blickte und fest das Steuer umfasst hielt. „Wie kommst du auf so eine dämliche Idee? Anna verliebt in mich…. Das ich nicht lache! Sie verabscheut mich! Bestenfalls hat sie Mitleid mir."
„Oh, oh, oh, wie dumm du bist, Alfred. Warum sollte sie dann gestern überhaupt gekommen sein? Und warum war sie so gekränkt, als sie mich gesehen hat. Warum ist sie ganz schnell abgehauen? Ich sag's dir: Weil sie eifersüchtig ist."
„Sie ist einfältig!"
„Dass ihr Männer auch immer so gemein sein müsst." Cindy sprach offenbar aus Erfahrung. „Warum bringt ihr uns Mädchen immer zum Heulen? Sie liebt dich, Alfred. Überlege mal, welche Überwindung es sie gekostet haben muss, dich gestern Abend zu besuchen. Sie hat vermutlich gehofft, dass du alleine bist. Sie wollte dich treffen. Was glaubst du wohl, wie viel Stunden sie davor vor dem Spiegel zugebracht hat? Was glaubst du, wie viel verschiedene Hosen, Röcke, Pullover sie ausprobiert hat? Soll sie die Haare hochstecken, oder lieber nach hinten kämen? Ein Ohr frei lassen, Schmuck anlegen, viel Lippenstift, wenig Lippenstift? Welche Farbe? Oh mein Gott, Alfred. Du weißt gar nicht, welche Qualen sie ausgestanden hat, bis sie endlich bereit war." Cindy stöhnte, als erlebe sie gerade alles selbst. „Und dann kommt eine halbnackte Blondine die Treppe herunter und ihre Welt ist zusammengebrochen.

Was musste sie denken? Sie musste denken, dass ich ..., dass du und ich, ... dass wir beide ..."
„Ja, schade, nicht wahr?", kommentierte Alfred absichtlich zweideutig. Es war ja auch zweifach schade: Dass mit Anna nun nichts mehr ging und dass mit Cindy nichts gegangen war. „Schade, schade", wiederholte er.
Aber Cindy war mit ihrer Gardinenpredigt noch nicht fertig: „Was machst du jetzt? Wie alle Männer! Du lässt sie schmoren. Du kommst nicht auf die Idee, dass sie vielleicht zu Hause auf ihrem Bett liegt und heult wie ein Schlosshund. Du kommst nicht auf die Idee, sie anzurufen, dich zu entschuldigen, die Situation zu erklären ..."
„Hör mal, für was soll ich mich denn entschuldigen?" Jetzt war Alfred wirklich aufgebracht.
„Für alles! Für alles, wie du bist, was du bist. Dass du ein Mann bist. Ein mieser Kerl. Alle Kerle sollten sich eigentlich täglich einmal dafür entschuldigen, wie sie ihre Frauen und Freundinnen behandeln." Sie hatte sich in Rage geredet. Entsprechend heftig bog sie von der B31 ab nach Löffingen hinein. Die Reifen quietschten.
„Entschuldigung, dass ich dich beim Autofahren ablenke!", sagte Alfred hämisch. Dann fügte er maulig hinzu: „Ich habe überhaupt keinen Anlass, mich zu entschuldigen. Anna ist mir egal. Sie ist eine blöde Kuh. Ich will nichts von ihr. Ihr Essen schmeckt mir nicht. Ihre Ansichten sind spießig. Ihre blöden Versuche, mich zu erziehen, gehen mir auf den Geist. Also lass mich mit Anna in Ruhe!"
Cindy trat auf die Bremse und fuhr an den Straßenrand.
„Hier geht's zum Tierheim! Steig aus. Das ist die Hebelstraße. Du musst ganz ans Ende. Tschüss!"
Sie war jetzt sehr kurz angebunden. Es dämmerte Alfred, dass er sie mit seinen Reaktionen gegen sich aufgebracht

hatte. Na wenn schon. Die Chance, sie irgendwie in Linus' Abwesenheit rumzukriegen, war sowieso verschwindend klein gewesen. Jetzt hatte er es eben gänzlich versaut. Er kletterte aus dem Auto. „Danke fürs Mitnehmen. Zurück fahr ich mit dem Zug!"
Cindy erwiderte nichts mehr. Sie brauste davon, mit aller Empörung, derer ihr Wagen fähig war.
Alfred marschierte zum Löffinger Tierheim. Das Wetter zeigte sich erträglicher als die Tage zuvor. Es regnete nicht mehr, der Wind hatte nachgelassen, und auch die Temperaturen hingen nicht mehr so sehr im Keller wie zuletzt. Das Löffinger Tierheim bot von weitem den Anblick einer fröhlichen Scheune mit ein paar windschiefen Anbauten. An den weiß gestrichenen Fensterrahmen hingen rote Fensterläden, eine große, blaue Hundehütte stand als vorgeschobener Wachposten am Zufahrtsweg, und in der Einfahrt stand ein gelblila lackierter Kastenwagen, der mit seinen quietschbunten Farben auch zu einem Pizzalieferservice hätte gehören können. Schon von weitem kläfften Alfred aufgeregte Hunde entgegen, die ihn aus irgendwelchen Gitterkäfigen und Zwingern heraus schon längst erschnüffelt und erspäht hatten. Alfred nahm den säuerlichen Geruch tierischer Ausdünstungen wahr, vielleicht bildete er ihn sich aber auch nur ein. In einem großzügigen Gehege lauerten auf Balken und hölzernen Sitzpodesten undurchsichtige Kater und beobachteten misstrauisch den Besucher. Sie sahen harmlos aus, aber Alfred hatte ein klares Bild von Katzen. Das waren Raubtiere. Sie verstellten sich bloß, vielleicht, weil sie darauf hofften, einen gutmütigen Menschen zu finden, der sie aufnahm und dem sie ihren Willen aufzwingen konnten. Sie würden ihm von oben ins Genick springen, wenn man sie ihre wahren Leidenschaften ausleben ließe.

Eine ältere Frau kam aus dem Haus, um ihn zu begrüßen. Carola Hannes, die Leiterin des Tierheimes und Vorsitzende des Löffinger Tierschutzvereins. Sie trug Gummistiefel und hielt eine Futterschüssel in der Hand. Ihr weißblondes Haar war zerzaust wie der Pelz eines Rosettenmeerschweinchens. Alfred trug brav sein Anliegen vor. Er wolle keinen Hund und erst Recht keine Katze adoptieren, sondern lediglich nachfragen, ob sie sich an die Frau erinnere, die vor einigen Tagen einen Hund abgeholt habe, und wegen der bereits die Polizei bei ihr gewesen sei.

„Rudy?", sagte Carola Hannes.

„Nein. Eine Frau. Angeblich eine rothaarige Frau."

„Ja, ich weiß. Der Hund heißt Rudy. Wollen Sie ihn sehen?"

„Wie? Ist er hier? Ich dachte, er wurde abgeholt."

Carola Hannes schüttelte den Kopf, so dass die weißblonde Mähne jetzt nach Art der Alpaka-Wolle flatterte: „Er ist wieder hier. Die Polizei hat uns Rudy zurück gebracht, nach den schlimmen Ereignissen in Rothaus. Das arme Tier. Er ist ganz durch den Wind."

Alfred nickte verständnisvoll: „Es heißt, der Hund sei oben auf einem Klettergerüst angebunden gewesen. Ist das überhaupt möglich? So ein Hund lässt sich das doch nicht einfach gefallen."

Carola Hannes glättete ihr ungestümes Haar mit einer Hand. Mit der anderen winkte sie Alfred: „Kommen Sie mit. Ich zeige Ihnen Rudy."

Er folgte der Tierschutzvereinsvorsitzenden zu den Käfigen. Jetzt verstand er auch sogleich, warum sie Gummistiefel trug. Er selbst setzte seine ohnehin schon mächtig ramponierten Halbschuhe in die Schlammpfützen und bekam schon nach den ersten paar Schritten feuchte Zehen. Das war sein einziges Paar Schuhe. Das durfte er nicht zerstören.

Rudy versteckte sich in seinem Käfig und zog den Schwanz ein, als sich Carola Hannes mit Alfred näherte. Ein Winzling. Klar, dass man den auf ein Klettergerüst binden konnte. Das war kein Hund, das war ein Hündchen, nicht viel größer als eine Schuhschachtel, aber ein Meisterkläffer. Der struppige Mischling bebellte Alfred mit einer ingrimmigen Wut, als gelte es, den Besucher bis in die Wutachschlucht hinunter zu jagen. Die hilflosen Versuche Alfreds, mit „Psssscht, ruhig, ruhig, ganz ruhig!" so etwas wie eine friedsame Atmosphäre herzustellen, ignorierte das kläffende Wutknäuel. Im Gegenteil: Aggressiv wie ein Kampfhund sprang er gegen sein Käfiggitter an und bellte dabei wie ein würgender Zweitaktmotor.

„Ist er so, weil man ihm so übel mitgespielt hat?"

Carola Hannes verneinte: „Nein, so war er schon immer. Er kläfft alles an, was sich bewegt. Deswegen hat die Frau ihn ja auch unbedingt haben wollen."

„Deswegen?"

„Aber ja. Die Frau kam und sagte, sie suche nach einem Hund, der auch ja möglichst viel Krach machen kann. Sie wollte nur einen bellenden Hund haben. Und da kam ihr Rudy gerade recht."

„Sie wollte also einen bellenden Hund? Einen Kläffer und Krachmacher?"

„Sagte ich doch!"

„Könnten Sie mir die Frau noch einmal beschreiben?"

Jetzt sah Carola Hannes Alfred erstmals gründlich an. Sie taxierte ihn von oben bis unten, Alfred fühlte sich, wie auf der Zuchtviehschau.

„Wie kommen Sie überhaupt dazu, wer …, warum?" Deutliche Skepsis sprach aus Carola Hannes' Fragen.

Alfred zückte sein Visitenkärtchen „Privatdetektiv – Recherche – Überwachung – Ermittlung" und hielt es Carola Hannes unter die Nase.

„Das ist so", erklärte er, „dass ich im Auftrag eines Klienten in diesem Mordfall recherchiere. Ich bin Privatdetektiv."

„Privatdetektiv?", wiederholte Carola Hannes gedehnt. Es klang anrüchiger als „Hundescheiße". Der Berufsstand schien in Löffingen jedenfalls nicht sonderlich viel zu gelten.

„Ich weiß nicht so recht", zögerte Carola Hannes. „Vielleicht sollte ich erst die Polizei fragen?"

Von dieser Idee brachte Alfred die Tierschützerin schnell ab: „Das ist nicht nötig. Polizeirat Beuge weiß, dass ich hier bin. Und sein Kommissar Junkel auch. Wir arbeiten zusammen."

Das Misstrauen blieb, aber immerhin lieferte Carola Hannes nun ein paar Informationen. Ja, es stimme, die Frau sei rothaarig gewesen, überhaupt habe sie eine sehr auffällige Frisur gehabt. Deswegen erinnere sie sich ja fast nur noch an die Frisur und an die roten Haare. Und daran, dass die Frau noch recht jung war. Ziemlich jung.

„Jung, sagten Sie?"

„Jung", wiederholte Carola Hannes.

„Irrtum ausgeschlossen? Vielleicht wirkte sie nur jung?"

Carola Hannes reagierte empört und auch ein bisschen gereizt: „Hören Sie, ich kann eine Schildkröte von einem Meerschweinchen unterscheiden. Und ungefähr so verhält es sich auch mit dem Unterschied zwischen alt und jung. Und wenn Sie mir das nicht glauben, dann weiß ich nicht, warum Sie mich überhaupt ausfragen. Ich sage, die Frau war jung. Und das heißt: Sie war jung!"

Alfred hob abwehrend beide Hände: „Ja, ja! Ist ja schon gut. Ich glaube Ihnen ja. Fällt Ihnen noch etwas ein? Kam die Frau zu Fuß?"

Die Tierschutzvereinsvorsitzende schüttelte den Kopf. Die Alpaka-Locken lösten sich wieder auf und verwandelten sich in eine bauschige Wolke. Mit einer nachlässigen Geste strich Carola Hannes sich die widerspenstigsten Strähnen aus der Stirn: „Die kam nicht zu Fuß. Die ist mit einem großen, dicken Auto vorgefahren. So ein Sportwagendings!"
„Farbe?"
„Blau!", antwortete Carola Hannes ohne Zögern. „Blau mit so Gangsterscheiben. Sie wissen schon, so dunkel getönte Scheiben, durch die man nicht hinein schauen kann."
„Und wissen Sie auch die Marke?"
„Ja! Ich glaube, es war ein BMW. Ein blauer BMW."

ZU BESUCH BEI WITWE BÖCKLER

Die Zugfahrt zurück nach Neustadt nutzte Alfred, um ein bisschen herumzutelefonieren. Linus erwischte er in dessen Untersuchungshaft beim Mittagessen und erfuhr, dass der Kumpel wohl am nächsten Morgen erst wieder auf freien Fuß kommen würde. Man glaube ihm nun endlich, dass er die Pistole auf dem Flohmarkt in Konstanz erworben habe. Bei Anna privat nahm niemand ab. Alfred hinterließ ein längeres Räuspern auf ihrem Anrufbeantworter, konnte sich aber nicht zu irgendeiner Botschaft durchringen. Beim Hochschwarzwaldkurier wagte er nicht anzurufen, weil er fürchtete, dort an seinen alten Chef Leuchter zu geraten. Das Tischtuch zwischen ihnen beiden war zerschnitten, seit Leuchter damals seine eigene Haut gerettet und Alfred im Streit mit den Verlagsoberen im Stich gelassen hatte. Dann rief er Oberkommissar Junkel an und erkundigte sich nach den Chancen, seine CD-Sammlung zurück zu bekommen. Junkel versprach, sich zu kümmern. Vom Mordfall Böckler gab es wenig Neues. Manfred Noppel wurde immer noch vermisst. Hausmeister Karl Vogt befinde sich wie Linus in Untersuchungshaft. Junkel wurde schwammig, als er davon erzählte: „Es gibt da eine kleine aber nicht uninteressante Wendung."
„Jetzt machen Sie mich neugierig."
„Na ja, bisher hatten wir angenommen, Karl Vogt habe einen alten Groll gegen Heinz Böckler gehegt, der noch aus der Zeit seiner verschmähten Liebe herrühren könnte."
„Und, was ist die interessante Wendung?"
„Es ist möglicherweise ganz ... kkrrzzzz .... Wir haben ... kkrrzzzz ... mit Elli Böckler ... kkrrzzzz!"
Verdammt! Was war denn da los? Gestörte Verbindung. Alfred fluchte innerlich und bedachte das Handy mit einem

grimmigen Blick. Der Zug fuhr in eine Reihe kleiner Tunnel ein, die zwischen Rötenbach und Kappelgutachbrücke das Gefälle überbrückten. Kein Handyempfang. Ein Letztes „ … kkrrzzzz … kkrrzzzz …" und Junkels überflüssiger Hinweis „ … keine Verbindung mehr …" beendeten das Gespräch. Alfred schüttelte das Handy, als wolle er noch ein paar Restinformationen herauszwingen. Doch er blieb mit den kryptischen Satzfragmenten alleine zurück. Es ist möglicherweise alles ganz anders! Soviel hatte er verstanden. Irgendetwas war mit Karl Vogt, dem Hausmeister, und mit Elli Böckler. Er nahm sich vor, Elli Böckler bei dem geplanten Besuch vorsichtig danach auszufragen.

Den Spaziergang vom Neustädter Bahnhof bis zur Hoch-Kreuzung, wo er sich mit Braumeister Max Sachs verabredet hatte, nutzte Alfred, um den Vorrat an selbstgedrehten Zigaretten zu vernichten, den er sich auf der Autofahrt mit Cindy vorbereitet hatte. Der Oberbraumeister der Rothausbrauerei kam pünktlich auf die Minute über „Neustadt Mitte" zum Treffpunkt gerauscht. Er hielt kurz an, schlug die Beifahrertür auf, ließ Alfred einsteigen, und schon fuhren sie los, Richtung Freiburg und Emmendingen.

„Vielen Dank, dass Sie sich bereit erklärt haben, mitzufahren. Das macht es für mich leichter, und ich hoffe, wir können Elli Böckler auch etwas Trost stiften, wenn sie erfährt, dass die jahrelange Arbeit ihres Mannes nicht umsonst gewesen ist."

„Ich tue, was ich kann."

„Wie kommen Sie voran?"

Max Sachs fragte nicht aus Höflichkeit, sondern aus echtem Interesse. Er habe immer wieder einmal mit Heinz Böckler über dessen Forschungen gesprochen, erklärte er. Die interessanteste Figur aus der Revolutionszeit sei ja wohl der ehemalige Wirt der Brauereigaststätte, Johannes Grüninger.

Alfred bestätigte: „Besonders spannend ist, dass Johannes Grüninger zwar zu den Revolutionären gehörte, aber nach dem Scheitern der Revolution wieder auf seinen Platz als Wirt der Brauereigaststätte zurückkehren durfte. Er hat es geschickter als die anderen Revolutionäre angestellt, die entweder verhaftet wurden oder in die Schweiz fliehen mussten."

„Wie ist das möglich? Die Badische Domänenverwaltung muss doch damals gewusst haben, auf welcher Seite Johannes Grüninger stand?"

„Gute Frage", erwiderte Alfred. Die Straße begann, sich ins Höllental hinunter zu schlängeln, und Max Sachs musste abrupt abbremsen, weil ein wagemutiger Autofahrer sich mit einem riskanten Überholmanöver noch vor diesen Kurven vor einen LKW setzen wollte.

„Idiiiot!", kommentierte der Braumeister. Alfred kannte die Stelle. Mit seinem roten Flitzer, als er noch den Führerschein besaß, hatte er oft vor der gleichen Kurve auf die gleiche riskante Weise überholt. Er verkniff sich eine Bemerkung. Stattdessen fuhr er mit seiner Schilderung fort: „Entweder besaß Johannes Grüninger einflussreiche Freunde in der Domänenverwaltung, oder er war in der Brauerei so beliebt, dass man dort alle Augen zudrückte. Ich will Ihnen mal was erzählen, was Heinz Böckler herausgefunden hat." Alfred hob dramatisch die Stimme und Max Sachs schielte erwartungsvoll zu ihm hinüber, während er die enge Kurve um den Kreuzfelsen herum kurbelte.

„Nach der gescheiterten Revolution von 1848 zog sich Johannes Grüninger ganz kleinlaut und bescheiden hinter seine Theke im Brauereiwirtshaus zurück. Politisch wurde er überhaupt nicht mehr aktiv und er vermied auch jegliche politischen Äußerungen. Wenn hohe Repräsentanten des badischen Staates in der Brauerei auftauchten, insbesondere solche der Justiz, des Militärs oder der Polizeigewalt, dann machte er sich so klein wie möglich, um ja der Obrigkeit nicht aufzufallen. Zu diesem Zweck hat er sich ein großes, leeres Bierfass im Gewölbekeller seiner Gastwirtschaft wohnlich eingerichtet. In diesem Fass ist er immer verschwunden, wenn Amtspersonen in Rothaus auftauchten, von denen Gefahr zu drohen schien. Dann blieb er zwei oder drei Tage in diesem Fass und kam erst wieder heraus, wenn für ihn die Luft rein war."

„Faszinierend!" Max Sachs kommentierte Alfreds Schilderungen, wobei er gleichzeitig den Blinker setzte und auf die Überholspur hinauszog. Während sie an einer langen Reihe spanischer, lettischer, tschechischer und bulgarischer LKW vorbeizogen, die alle auf dem Weg vom östlichen in den westlichen Teil des europäischen Binnenmarktes waren, fragte er: „Und stimmt es, dass Johannes Grüninger dann noch fast weitere 50 Jahre Brauereiwirt geblieben ist?"

„Das stimmt! Grüninger betrieb die Brauereigaststätte exakt bis 1894, bis zu seinem 76. Lebensjahr. In diesem Jahr 1894 brannte die alte Brauereigaststätte ab und es wurde dann die neue Brauereiwirtschaft errichtet, das Gebäude, das heute noch steht."

Nach kurzem Nachdenken fiel Alfred noch etwas ein: „Denken Sie bloß, zum Hundertjährigen Bestehen der Rothausbrauerei, das war zwei Jahre davor, im Jahr 1892, da hat der alte Brauereiwirt Grüninger für seine Treue sogar die Goldene Verdienstmedaille des badischen Großherzogs erhalten. Ich meine, für einen ehemaligen 48er-Revolutio-

när, der den Großherzog mal absetzen wollte, ein beachtliches Geschenk."
Indem er diese Überlegungen aussprach, ging Alfred ein inneres Lämpchen an. Er grübelte. Im April 1848 hatte Johannes Grüninger zusammen mit seinen Kumpanen Ernst Kempter und Josef Hahn noch die ganze Brauerei okkupiert. Darüber existierte eine notariell beglaubigte Urkunde. Die Abschrift hatte Alfred ja in Heinz Böcklers Unterlagen gesehen. Wo aber war die Originalurkunde geblieben? Was war aus jener Besitzübertragung geworden, die damals die Brauerei juristisch in das Eigentum des Volksvereins Grafenhausen brachte? Hatte man sie einfach vergessen? Der Volksverein Grafenhausen wurde 1849 zwangsaufgelöst. Aber was geschah danach mit dem Vermögen des Vereins? All diese Fragen geisterten Alfred durch den Kopf, während sie sich durch das Dreisamtal inzwischen Freiburg näherten. Alfred musste unbedingt in Heinz Böcklers Aufzeichnungen weiterlesen. Dort würde es Antworten auf all diese Fragen geben. Das ganze Geschehen blieb für Alfred noch so dämmrig wie der Freiburger Stadttunnel, durch den sie jetzt Richtung Freiburger Innenstadt fuhren. Aber es keimte die Gewissheit, dass rund um diese Fragen sich auch das Geheimnis verbarg, hinter dem der Mörder von Heinz Böckler und Luise Ziegler her war. – Und vielleicht auch der Mörder von Manfred Noppel. Obwohl Alfred diesen letzten mutmaßlichen Mord überhaupt nicht in das Geschehen einsortieren konnte.
„Prima Bier", kommentierte Max Sachs, als sie aus dem Stadttunnel genau in Höhe der Ganter-Brauerei wieder an die Oberfläche kamen. „Die verstehen ihr Geschäft auch!"
Alfred konnte sich die Bemerkung nicht verkneifen: „Ich trinke jedes Bier – und merke kaum Unterschiede."

Auf der Weiterfahrt bis Emmendingen referierte Braumeister Max Sachs daraufhin ausführlich über die Geheimnisse der Bierherstellung, beginnend bei dem Ackerboden, auf dem die beste Braugerste gedieh, über die Unterschiede bei der Qualität des Wassers, bis hin zu allen Fragen der Lagerung und Konsumierung. „Es ist nämlich ein Unterschied, ob das Bier aus einer halb bewusstlosen Gummileitung in den Zapfhahn kommt, oder aus einem kühlen Messingrohr."

Alfred fügte eigene Erfahrungen hinzu: „Das erste Bier schmeckt immer anders als das zweite, auch wenn es in der gleichen Kneipe aus dem gleichen Zapfhahn kommt."

„Na ja, das ist subjektiv!"

„Es macht auch einen Unterschied, ob ich langsam oder schnell trinke. Langsam Trinken tötet den Geschmack. Beim langsam Trinken nimmt das Bier mit der Zeit einen Spuckegeschmack an."

Ein Therapeut vom Zentrum für Psychiatrie in Emmendingen, hätte er dieses Gespräch mitgehört, wäre womöglich versucht gewesen, Alfred gleich stationär dazubehalten. Zum Glück kamen sie aber als angemeldete Besucher und erhielten auch anstandslos Zugang zu den Gebäuden, die sich um einen großen, eingezäunten Park herum gruppierten und das „Zentrum für Psychiatrie in Emmendingen" bildeten, vormals das Psychiatrische Landeskrankenhaus.

„Wir sagen ‚Klapse' dazu", informierte Alfred knapp und trocken. Max Sachs hielt sich mit Äußerungen zurück.

Die Witwe Elli Böckler wartete bereits auf ihren Besuch. Es handelte sich um eine zierliche, ältere Dame, eine gepflegte Erscheinung, in der Tat mit dezent kupferroten Haaren. Alfred hatte sich eigentlich ein verhärmtes und verheultes Nervenbündel vorgestellt, aber Elli Böckler machte einen sehr gefassten Eindruck. Max Sachs übernahm es, Alfred vorzustellen. Das Gespräch begann sehr oberflächlich, mit ein paar Grüßen und Aufmunterungen aus der Brauerei, die Max Sachs überbrachte, dann mit Floskeln über das Wetter und Fragen über die Qualität des Essens in Emmendingen. Wie es ihr gehe, wie sie den Tag verbringe, ob sie viel Besuch erhalte, was die Ärzte sagten, – alles Fragen, die Elli Böckler höflich und ohne viel Tiefgang beantwortete.

Schließlich wandte Elli Böckler sich direkt an Alfred, der bis dahin weitgehend schweigend daneben gesessen hatte: „Und Sie, Sie sind also derjenige, der die Chronik jetzt schreiben soll?"

Alfred nickte.

„Da haben Sie sich ja was aufgehalst. Mein Mann hat mehr als drei Jahre gebraucht, um alles zusammen zu tragen."

Elli Bockler sprach mit klarer und fester Stimme. Sie lächelte, sie war höflich, sie wirkte wach und interessiert, keineswegs so, wie Alfred sich eine unter Schock stehende und vom Nervenzusammenbruch bedrohte Witwe vorstellte.

Alfred bemühte sich, möglichst viele Komplimente über den Verstorbenen auszuschütten. Er lobte dessen Arbeit, dessen Gründlichkeit, dessen Hartnäckigkeit und beteuerte, wie leicht es für ihn nun sei, das Werk zu Ende zu führen und aus all den Forschungen nun eine schöne Chronik zu machen. Er machte seine Sache gut, er sah es am zufriedenen Gesicht von Max Sachs. Beim Stichwort „schöne Chronik" hakte Elli Böckler ein: „So, so? Schön muss sie werden, diese Schrift. Da wird ja schon der clevere Marketingmann Herr Campta dafür sorgen. Diese Nervensäge haben Sie sicher auch schon kennen gelernt."

„Sie kennen Joe Campta?" Jetzt war Alfred überrascht.

„Aber natürlich kenne ich ihn. Er war ja oft genug bei uns zu Hause und hat sich mit meinem ... mit äh ... mit Heinz besprochen. Er hat ihn ja erst auf die Idee mit dieser Chronik gebracht"
„Und wieso bezeichnen Sie ihn als Nervensäge?"
Elli Böckler lachte gezwungen. Es war ein Lachen, in dem sich eine Art Seufzer „Wenn Sie wüssten" verbarg. Alfred entging es nicht.
„Er ist eine Nervensäge. Sie werden ihn nicht mehr los!", war aber das Einzige, was Elli Böckler dazu noch sagte.
Auf Vorschlag von Max Sachs begaben sie sich zu dritt in das Besuchercafé, das zum Gelände des Psychiatrischen Zentrums gehörte. Die Menschen, denen sie unterwegs im Park begegneten, Besucher und Insassen der Psychiatrie, waren nicht auseinander zu halten. Alfred verspürte eine gewisse Enttäuschung. Er hatte auf unbestimmte Art ein Kuriositätenkabinett erwartet: Schreiende „Irre", psychotische Neurotiker, Schizophrene, Weggetretene, Geisteskranke. Stattdessen wirkte diese ganze Anlage eher wie ein freundliches Sanatorium für Sommerfrischler. Na gut, dann halt nicht. „Die schweren Fälle halten sie hier sicher hinter Schloss und Riegel", flüsterte er seine Vermutungen Max Sachs von der Seite her zu, sodass Elli Böckler es nicht hören konnte.
Im Besuchercafé fanden sie ein stilles Plätzchen an der Wand. Elli Böckler beendete das Thema Joe Campta mit der Bemerkung, der Marketingmann habe auch seine guten Seiten. Zum Beispiel sei er sehr großzügig. Er habe ihrem Heinz stets anstandslos alle Auslagen bezahlt.
Während eine weiß gekleidete Bedienung Kaffee und Kuchen servierte, überlegte Alfred, wie er endlich das Gespräch auf jenen Punkt lenken könnte, für den er sich

eigentlich interessierte. Er bohrte mit der Gabel in seinen Käsekuchen und hinterließ einen Krater. Am besten mitten hinein: „Die Polizei ist mit ihren Ermittlungen auch noch nicht viel weiter gekommen. Vermutlich hat man Sie auch schon vernommen und ausgefragt."

Elli Böckler nickte. Sie fasste mit spitzen Fingern ihre Kaffeetasse am Henkel und hob sie zu den Lippen. Ihre Hände zitterten dabei. Etwas Kaffee schwappte über, aber sie wischte die Tasse schnell mit einer Serviette sauber. Da sie keine Antwort gab, bohrte Alfred weiter, nicht nur in seinem Käsekuchen, sondern auch in seinem Thema: „Man hat Sie sicher auch nach Karl Vogt gefragt, dem Hausmeister?"

Elli Böcklers Hände zitterten erneut. Sie legte die Kuchengabel auf den Teller und verbarg ihre Hände unter dem Tisch.

„Den hat die Polizei in der Mangel. Man glaubt ihm seine Geschichte nicht, weil er wohl ganz früher mal, als junger Mann, in Sie verliebt gewesen sein soll."

„Bitte!", forderte Elli Böckler mit leiser Stimme.

Alfred machte ungerührt weiter: „Das stimmt doch, oder, das mit dem Verliebtsein?"

„Diese alte Geschichte …" Elli Böckler schlug die Augen nieder. Sie starrte auf ihren Kuchen, als erwarte sie von dort Hilfe. „Jeder kennt diese alten Geschichten. Unser Dorf ist klein. Der Tratsch. Da bleibt nichts geheim."

Nun stieß Alfred auf eine Rosine. Er sezierte sie aus dem Käsekuchen heraus: „Hatten Sie noch Kontakt zu Karl Vogt?"

Elli Böckler zuckte zusammen, als hätte sie an einen elektrischen Weidezaun gefasst. Max Sachs legte ihr beruhigend seine Oberbraumeisterpranken auf die Hand. Alfred

warf er einen warnenden Blick zu, der besagte: Jetzt ist gut, treib es nicht zu weit!
Alfred schob die Rosine an den Tellerrand. Er bohrte mit der Gabel ein neues Loch: „Vielleicht liebt er Sie immer noch. Solche Sachen soll es geben. Die Polizei geht dieser Spur jedenfalls nach."
Elli Böckler sprang auf. Überraschend munter. „Tut mir leid!", fauchte sie. „Das muss ich mir nicht länger anhören. Es ist …, es ist …, es geht Sie gar nichts an!" Ihre Stimme drohte sich zu überschlagen. Die Gäste an den Nachbartischen sahen auf. Max Sachs beruhigte sie und formulierte tausend Entschuldigungen. „Elli, es tut mir leid. Setzt dich wieder. Er meint es nicht so. Er wollte dich nicht kränken. Er weiß es nicht, er weiß gar nichts. Entschuldige uns kurz." Mit diesen Worten forderte er Alfred auf, ihm kurz zu folgen. Jetzt war es an Alfred, sich zu wundern. Max Sachs zog ihn an einen Nebentisch und flüsterte dann beschwörend auf ihn ein: „Mussten Sie so in diesem Thema herumrühren? Sie sehen doch, dass Elli das nicht verträgt. Das ist vollkommen unnötig?"
„Was weiß ich nicht?", entgegnete Alfred. „Was meinten Sie damit, als Sie gerade eben sagten, er weiß es nicht?"
Max Sachs seufzte tief. Er legte Alfred eine Hand auf die Schulter: „Das, was das ganze Dorf weiß. Was die ganze Belegschaft bei Rothaus weiß. Dass Hans Vogt und Elli Böckler jahrelang ein Verhältnis miteinander hatten. Das wusste sogar Heinz Böckler. Die Ehe von Heinz und Elli Böckler bestand schon lange nur noch auf dem Papier. Ein tragischer Irrtum. Elli schämt sich, weil alle jetzt darüber reden. Also ersparen Sie es ihr."
Alfred nickte überrumpelt. Das erklärte, warum die Polizei in Karl Vogt nach wie vor einen heißen Tatverdächtigen

sah. Andererseits, wenn das Verhältnis schon seit einigen Jahren bestand und von Heinz Böckler sogar geduldet worden war, was hätte es für einen Grund gegeben, den gehörnten Ehemann ausgerechnet jetzt zu beseitigen?

Sie kehrten an den Tisch zurück, aber ein unbefangenes Gespräch war nun nicht mehr möglich. Elli Böckler bedankte sich artig für den Besuch und äußerte den Wunsch, jetzt wieder alleine gelassen zu werden. Ob vielleicht Max Sachs so nett sein könne, ihr ein paar Sachen aus ihrer Wohnung zu besorgen. Sie zählte ein Paar Bücher und andere Habseligkeiten auf.

„Moment, Moment, das kann ich mir nicht alles merken, das muss ich mir aufschreiben." Max Sachs glättete seine Serviette und zog einen Kugelschreiber aus der Innentasche seines Jacketts, ein teures Teil, in Silber gefasst. Damit notierte er sich Elli Böcklers Wünsche. Aus leidvoller Erfahrung wusste Alfred, wie schwer es ist, mit Kulli auf Servietten wiedererkennbare Notizen festzuhalten. Meist erntete man nur verschwommene Flecken und zerfetztes Serviettenpapier. Aber Max Sachs' Edelkugelschreiber schnurrte wie geölt über die Serviette. Das waren halt die Qualitätsunterschiede.

EINE HEISSE SPUR

Als Alfred am Abend endlich wieder in Neustadt ankam, und rechtschaffen erschöpft von den Ereignissen des Tages die Treppen zu Linus' Wohnung hinaufstieg, erwartete ihn dort vor der Wohnungstür ein Überraschungsbesuch: Joe Campta. Der Marketingmann grinste sein Haifischlächeln und erklärte ganz unbekümmert: „Habe gewartet hier, vor Tür. Endlich kommst du ja mal."
Elli Böckler hatte Recht gehabt. Der Kerl war eine echte Nervensäge.
Joe Campta vom Betreten der Wohnung fernzuhalten erwies sich als ein Ding der Unmöglichkeit. Alfred hatte noch nicht richtig aufgeschlossen, da stellte Campta schon den Fuß in die Tür. „Hier!", er wedelte mit einer lackledernen Präsentationsmappe. „Meine neusten Entwürfen! Cool, sag ich! Design, Identity, alles stimmt. Rothaus wird begeistert sein."
Alfred bezweifelte zwar, dass man in Rothaus coole Marketing-Designs für eine historische Unternehmens-Broschüre wirklich mit Begeisterung aufnehmen würde, aber das war ja nicht seine Angelegenheit. Joe Campta hingegen war seine Angelegenheit, leider. Denn der stand schon in der Wohnung und sah sich um.
Von Cindy keine Spur. Wahrscheinlich blieb sie im Exil in Löffingen, um Alfred nicht noch einmal in Versuchung zu führen. Linus war auch noch abwesend, wenn alles gut ging, kam er am nächsten Morgen aus der Untersuchungshaft frei. Das bedeutete, es gab niemanden, den Alfred vorschieben konnte, um Joe Campta schnell wieder aus der Wohnung hinaus zu komplimentieren.
Wie lange mochte der aufdringliche Kerl wohl schon vor der Wohnungstür gewartet haben? Er wirkte jedenfalls

frisch und unbekümmert, wie eben erst angekommen. Seine Designermappe warf er auf den Wohnzimmertisch, breitete wie ein Straßenverkäufer darauf ein paar Hochglanzentwürfe aus und deutete auf eine Variante mit vielen kleinen Bildmosaiken. „Das ist mein Favorit!" Während Alfred mäßig interessiert die Bögen einen nach dem anderen in die Hand nahm, tigerte Joe Campta durch Linus' Wohnung und studierte mit auffälligem Interesse die Möbel und die Innenarchitektur. Auf Alfred wirkte er wie ein heimgekehrter Ehemann, der Ausschau nach einem vermeintlich in den Schränken versteckten Nebenbuhler hält.
„Hey, suchen Sie etwas?"
Campta fuhr herum und entblößte sein weißes Traumgebiss: „Du kannst ‚du' sagen! Ich bin Joe!"
„Ok, Joe", ließ Alfred sich auf das kumpelhafte Angebot ein. „Suchst du irgendetwas?"
Aber Joe Campta ließ sich von der Frage nicht beeindrucken. Im Gegenteil, er bejahte: „Selbstverständlik! Ich suche die Kisten von die Brauerei! Die ganzen Akten! Du hast doch die allen geholt?"
„Du meinst die Unterlagen von Heinz Böckler?"
„Ja, die Ordnern von Heinz. Das waren so tolle Urkunden und Schriften, mit Originalpapieren. Das ist gut zum Fotografieren. Für die Illustration von unserer Broschüren."
Alfred klärte Joe Campta auf, dass die Polizei längst alle Ordner und Akten beschlagnahmt hatte. Daraufhin brach die fröhliche Fassade in Joe Camptas Gesichtsausdruck so unvermittelt zusammen und machte einer derart wütenden Enttäuschung Platz, dass Alfred einen Moment lang fürchtete, Campta würde gleich überkochen. Dieses blanke Erschrecken bei Joe Campta währte aber nur wenige Sekun-

denbruchteile. Dann hatte er sich wieder im Griff: „Die Polizei! So ein Mist! Was mache ich nun?"

Alfred besänftigte: „Irgendwann werden sie den Karton mit den Ordnern schon wieder herausrücken. Die Bilder können noch warten."

Campta ließ sich in einen von Linus' Designersesseln fallen. Man sah ihm an, dass es in ihm arbeitete. Auf der gebräunten Hollywoodstirn bildeten sich grimmige Falten. Dann stand er auf, setzte sich wieder hin, stand wieder auf. Er tigerte einmal um Linus' lederne 12.000-Euro-Couch herum. Dabei stolperte er schier über eine Fünf-Kilo-Hantel, die zu Linus' Hometraining-Programm gehörte. Alles an Campta wirkte wie die Ankündigung einer Verzweiflungstat. Nur bemerkte Alfred es nicht: „Die Polizei glaubt, dass aus diesen alten Akten irgendwie hervorgeht, warum Heinz Böckler umgebracht wurde."

Joe Campta setzte sich wieder und rutschte tief in den Sessel. Jetzt erst bemerkte Alfred die Veränderung, der Marketing-Mann wirkte plötzlich irgendwie kleinlaut. „Polizeirat Beuge glaubt, dass die Akten ein Geheimnis verbergen. Irgendetwas Wertvolles."

Campta stöhnte gequält. Mit gespreizten Fingern wühlte er sich fahrig durch die Frisur und zerstörte damit das blauschwarz glänzende, glattgegeelte Gesamtkunstwerk.

Irgendwie überfiel Alfred das Empfinden, er müsse Trost stiften. „Wenigstens wissen wir, was drinsteht, in diesen Akten."

Campta schielte ihn misstrauisch an. Sein Blick bekam etwas Lauerndes. In seinen drahtigen Körper kehrte die Spannung zurück. Alfred plapperte munter weiter: „Ich habe nämlich von allen wichtigen Originalunterlagen die Schreibmaschinenabschrift. Heinz Böckler hat alles abgetippt. Davon weiß die Polizei nichts."

„Und du hast das alles hier?"
„Klar! Passt alles in zwei Versicherungsordner. Die Polizei soll sich mit den Originalen herumschlagen, mit dieser grauseligen Handschrift von damals. Ich habe alles auf Schreibmaschine."
„Wow!" Campta war plötzlich wieder wie umgewandelt. Er sprang auf: „Zeig her!"
Alfred wurde plötzlich unsicher, ob er Joe Campta wirklich einweihen wollte. Aber warum eigentlich nicht?
„Pass auf! Ich glaube, ich bin dem Kern der Sache schon auf der Spur. Es geht um die Brauerei. Um den Besitz der Brauerei."
Joe Campta machte große Augen, in denen es gefährlich funkelte.
„Da staunst du, was?" Alfred freute sich, dass das Ergebnis seiner Recherchen so einschlug: „Damals, im Revolutionsjahr 1848, hat die Brauerei den Besitzer gewechselt. Das ist nämlich ein Hammer, eine Sensation! Der badische Staat hat die ganze Brauerei einem Revolutionsverein überschrieben. Amtlich! Notariell! Alles rechtmäßig." Jetzt, wo er diese knappe Zusammenfassung seiner Recherchen lieferte, ging Alfred selbst erst auf, welchen Knüller er da aus dem Staub der Geschichte gezogen hatte. Wenn er das erste einmal publizierte – das war wirklich eine kleine Sensation.
„Kann ich die Sachen mal lesen?", fragte Campta begierig.
Alfred nickte und erhob sich. Campta sprang auf und folgte ihm ungeduldig. Heinz Böcklers Unterlagen standen, fein säuberlich in einem Versicherungsordner abgeheftet, auf Linus' Schreibtisch.
„Ich muss nur noch herausfinden, was aus dem Volksverein geworden ist und aus seinem Vermögen", klärte Alfred auf, während er den Ordner aufklappte. Campta hing ihm

dabei wie eine Klette im Genick. Alfred blätterte die Stelle auf, die er Campta zeigen wollte. „Hier, das ist jetzt die Abschrift eines Gerichtsprotokolls vom badischen Hofgericht in Freiburg. März 1849. Hier steht, dass der Volksverein Grafenhausen zwangsaufgelöst wurde. Sein Vermögen beschlagnahmt. Aber kein Wort von dem Rothaus-Vertrag."
„Was bedeutet das?"
Alfred packte den Ordner und trug ihn zum Wohnzimmertisch. Campta folgte bei Fuß.
„Das bedeutet, dass bereits zuvor irgendetwas mit diesem Vertrag geschehen sein muss. Er spielte bei der Vereinsauflösung keine Rolle mehr, weil er sich nicht mehr im Besitz des Vereins befand. Das ist meine Theorie."
Campta griff jetzt ganz ungeniert zwischen Alfreds Fingern hindurch in den Ordner und blätterte weiter. „Steht nix davon hier drin?"
„Ich habe noch nichts gefunden. Aber ich habe ja auch noch nicht alles gelesen." Während Campta sich begierig in die Seiten vertiefte, die Nase so nahe am Geschehen, als müsse er die Informationen erschnüffeln, pilgerte Alfred zum Kühlschrank. Über die Schulter rief er Campta zu: „Ich habe einen Verdacht: Die Herren Vereinsvorstände Grüninger, Kempter und Hahn haben sich das Ding unter den Nagel gerissen."
Er öffnete den Kühlschrank. Wohl oder übel musste es eben heute mal Bitburger-Pils sein. Im Gefrierfach lagerte noch eine Fertigpizza, Schinken-Salami. Mindesthaltbarkeitsdatum noch nicht erreicht.
„Ich werfe mir eine Pizza ein", gab Alfred bekannt. „Und es gibt Bitburger-Bier."
Campta antwortete nicht. Alfred schloss die Kühlschranktür und schaute zum Wohnzimmer hinüber. „Hey, was machst du da?"

Joe Campta stand breitbeinig vor dem Wohnzimmertisch, mit dem Oberkörper über die Tischplatte gebeugt und fotografierte mit seinem Handy ein Schreibmaschinenblatt nach dem anderen aus Alfreds Ordner.

„Hab' ich das irgendwie erlaubt?" Alfred versuchte, seiner Stimme einen bestimmenden Klang zu geben, aber Joe Campta machte unbeirrt weiter. Ohne sein Fotografieren zu unterbrechen, sagte er: „Wieso? Das ist unseren beiden Projekt. Ich muss genauso wissen, was in die Akten steht."

Da hatte er nicht einmal völlig Unrecht. Eigentlich gab es keinen Grund, ihm den Einblick oder die Dokumentation der Unterlagen zu verbieten.

Resigniert stellte Alfred Camptas Bier auf den Tisch. Dann warf er den Backofen für die Pizza an. Sein Magen knurrte wie ein eingesperrtes Wolfsrudel. Außer dem läppischen Käsekuchen beim Besuch Elli Böcklers hatte er nach dem Frühstück den ganzen Tag über noch nichts gegessen. Er blieb vor dem Backofen stehen und beobachtete die Blasen, die sich auf der Pizzaoberfläche bildeten. Dazwischen warf er immer wieder misstrauische Blicke zu Joe Campta. Der Eifer, mit dem der Agenturchef die Seiten abfotografierte, war Alfred auf unbestimmte Art suspekt.

„Ich glaube", so rief er zum Couchtisch hinüber, „dass Johannes Grüninger so schlau war, die Besitzübereignung der Rothausbrauerei an den Volksverein für private Zwecke zu nutzen."

„Wie meinst du genau?", rief Campta zurück. Er hatte den Ordner nun bald durchfotografiert.

„Keine Ahnung. Aber als Vorstand des Vereins konnte er zusammen mit seinen beiden Stellvertretern Hahn und Kempter doch sicher was tricksen."

Endlich gab der Backofen Alarm und Alfred schob mit spitzen Fingern die heiße Pizza vom Backblech auf einen Teller. Zwischendurch nahm er einen Schluck Bier. Er erklärte seine Theorie, der Campta nunmehr aufmerksam lauschte: „Die drei Vereinsvorstände haben sozusagen die Rothausbrauerei in Sicherheit gebracht, als sich das Scheitern der Revolution abzeichnete. So konnte der Staat sie sich nicht zurückholen. Jedenfalls nicht mit notarieller Beglaubigung. Faktisch ist es natürlich trotzdem geschehen. Der Staat hat die Rothausbrauerei weiterhin als sein Eigentum betrachtet und entsprechend behandelt."
„Und was denkst du, ist aus die Besitzurkunden geworden?"
Camptas lauernde Frage weckte in Alfred den detektivischen Spürsinn: „Das ist die entscheidende Sache, Joe? Wenn ich das herausgefunden habe, dann habe ich auch das Motiv des Mörders. Wetten?" Er platzierte den Teller mit der Pizza auf Tischkante. Die Blätter mit Heinz Böcklers Abschriften schob er zur Seite.
Campta sagte nichts. Er stand immer noch vor dem Tisch und klappte jetzt sein Handy zusammen. Sein gebräuntes Schönlingsgesicht nahm entschlossene Züge an, ungefähr so, wie bei jemandem, der den Zehnmeterturm im Freibad erstiegen hat und sich nun endlich entschieden hat, zu springen. Alfred bemerkte davon nichts, weil er sich jetzt, im Sessel sitzend, über die Pizza hermachte. Zwischen zwei Bissen erklärte er: „Stell dir mal vor, irgendwo existiert diese Besitzurkunde noch. … Hmm, heiß, heiß!" Er balancierte den Pizzabrocken im Mund und fächelte sich mit der Hand Luft zu.
Joe Campta steckte das Handy in die Tasche. Sein Oberkörper straffte sich.

„… und stell dir mal vor, das wäre juristisch noch irgendwie einklagbar. Dieses Eigentum an der Brauerei …"
Joe Campta umrundete den Tisch. Er presste die Lippen zusammen.
„ … das würde doch, … mhhhpff …, das würde doch bedeuten, wer heute sich als legitimer Besitzer dieser Urkunde ausweisen könnte …" Alfred nahm einen Schluck Bier. Er war so mit seiner Mahlzeit und seiner Theorie beschäftigt, dass er nicht auf Joe Campta achtete. So sah er auch nicht das bösartige Flackern in dessen Augen.
„ … wer das kann, … also, vielleicht irgendwelche Nachkommen von Johannes Grüninger zum Beispiel, oder von den anderen beiden …"
Joe Campta hatte nun die Stelle erreicht, wo unter dem Tisch Linus' Fünf-Kilo-Hantel lag. Er schob sie mit dem Fuß vorsichtig außerhalb von Alfreds Gesichtsfeld.
„ … der könnte doch beispielsweise heute den Badischen Staat verklagen. Auf Rückerstattung, oder Gewinnbeteiligung, oder Schadensersatz, … wie auch immer man dann dazu sagt …"
Joe Campta befand sich nun im Rücken von Alfred, hinter dessen Ledersessel. Er hob vorsichtig die schwere Eisenhantel vom Boden auf.
„Ich glaube, mppfff …" Alfred kaute und trank Bier, während er redete, „ich glaube, mit einem guten, gewieften Rechtsanwalt hätte derjenige gute Karten."
Joe Campta hielt die schwere Hantel in der rechten Faust. Er hob den Arm. Er stand unmittelbar hinter Alfred, der ihm, zum Tisch hin gebeugt, den Rücken zukehrte.
„Die internationalen Wirtschaftsanwälte heutzutage, du glaubst gar nicht, was die alles hinkriegen."
Joe Campta holte weit aus.

„Die quetschen Millionen aus so einem Fall. Mit der Rothausbrauerei verdient das Land 17 Millionen pro Jahr. Rechne das mal die letzten 150 Jahre zurück!"

Camptas Gesicht verzerrte sich zu einer Fratze. Alfreds Hinterkopf wippte direkt vor seinen Augen. Ein struppiger, unfrisierter Haarschopf. Fünf Kilo Eisen schwebten in der Luft.

„Auweia, Shit!", fluchte Alfred und sprang auf. Er hatte beim Abstellen die Bierflasche direkt auf die Tischkante gestellt, so knapp, dass sie ihm spritzend in den Schoß fiel. Er fing sie auf, doch das Malheur war geschehen.

„So ein Mist!" Das schäumende Bier in der einen, einen Pizzafladen in der anderen Hand, sprang Alfred Richtung Küche. In Höhe seines Hosenlatzes breitete sich ein feuchter Bierfleck aus. Mit einem Topflappen versuchte Alfred, den Bierflecken abzuwischen. „Das passiert immer, wenn ich zu gierig mein Essen hinunter schlinge", erklärte er, während er an sich herumrubbelte wie ein hormongeplagter Teenager. Er schaute auf: „Hey Joe, was willst du mit der Hantel?"

Joe Campta stand immer noch an seinem Platz hinter dem Sessel. Der Arm mit der Hantel hing seitlich an ihm herab wie ein Fremdkörper. Campta grinste säuerlich. „Mal ausprobieren!", antwortete er fadenscheinig.

„Ich brauch ne Zigarette. Kommst du mit auf den Balkon?" Alfred wartete Camptas Antwort nicht ab, sondern begab sich nach draußen.

RAUSWURF

Die Dunkelheit lag bereits besitzergreifend über dem Wohngebiet und dem Reichenbachtal, doch Linus' Balkon war mit einem Bewegungsmelder ausgestattet, der sofort eine Flutlichtanlage in Betrieb setzte, als Alfred ins Freie trat. Die hereinbrechende Nacht lud zwar nicht gerade zum Balkonaufenthalt ein, aber Alfred hätte es nie gewagt, in Linus' Wohnung zu rauchen. Also schlotterte er und drehte sich mit zittrigen Fingern eine Zigarette. Wo blieb Campta? Der verspürte wohl keine Neigung, in die Nachtkälte hinaus zu kommen. Durch die Balkontür sah Alfred nur Camptas Schatten. Irgendwie schien der Kerl sich in der Küche zu schaffen zu machen.

Alfred stieß Qualmwolken aus und sah zu, wie sie über die Balkonbrüstung hinaus Richtung Andromedanebel schwebten. Ein schöner, klarer, fast frostiger Sternenhimmel. Wie schön die Welt doch war, trotz allem. Unten bei den Russen tobte irgendein Krawall. Wenn sie stritten, dann so, dass die ganze Nachbarschaft es mitbekam. Alfred hörte ein paar Flüche, knallende Türen, und zwischen all dem Geschrei spielte jemand auf einem Klavier ein fürchterlich düsteres Rachmaninov-Preludium.

Das nenne ich Kultur, dachte sich Alfred. Er lauschte den schweren Tönen. Aus diesen Deutsch-Russen wurde Alfred nicht schlau. Einerseits machten sie sich nahezu unsichtbar und schlugen ihre Sonntage mit Wodkaorgien tot, andererseits spielten sie kunstvoll die alten Klaviermeister und protzten vor der Haustür demonstrativ mit ihren PS-Monstern. Auch jetzt standen wieder unten an der Straße nur dicke Audi und Mercedes. Und ein BMW.

Ein BMW? Ein blauer BMW?

Waren die Scheiben getönt? Alfred erkannte es in der Dunkelheit nicht. Aber im fahlen Schein der Straßenlaterne, die seit neuestem eine LED-Lampe war, entzifferte Alfred Fragmente des Nummernschildes: FR – CM- 18... Es gab gar keinen Zweifel. Das war der verdächtige blaue BMW, der seit Tagen in dieser Gegend auffiel. Der gehörte keinem der Russen. Wie hatte Cindy den fotografierenden Fahrer beschrieben: Schwarzhaarig, schlank, gebräunt. Alfred warf einen nervösen Blick durch das Balkonfenster ins Wohnungsinnere. Joe Camptas Schatten tanzte dort noch immer über die Wände, der Kerl selber blieb aber außerhalb des Sichtfeldes. Sollte Campa etwa...? Alfred sträubte sich, den Gedanken zu Ende zu denken. Campta war der Unbekannte, der das Haus fotografiert hatte? War das möglich?

Und der blaue BMW? War es derselbe Wagen, der auch Carola Hannes am Tierheim in Löffingen aufgefallen war? Der Groschen fiel bei Alfred so unvermittelt wie beim einarmigen Banditen: Campta und der BMW und die rothaarige Frau vom Tierheim gehörten zusammen. Und wenn dem so war, dann steckte Joe Campta ganz tief in der Geschichte mit dem angebundenen Hund auf dem Rothaus-Spielplatz, – und damit auch in der Mordsache Heinz Böckler.

Alfred zitterte. Aber nicht wegen der Nachtkälte, sondern weil ihn all diese Überlegungen erschreckten. Musste man etwa Angst vor Joe Campta haben? Merkwürdig: Das Bild von der Fünf-Kilo-Hantel in Camptas Hand erinnerte Alfred unvermittelt an den Messingkerzenständer in seiner alten Wohnung.

Er schalt sich selbst: Du spinnst! Campta ist ein harmloser Marketingfuzzy mit gebleichten Zähnen. Aber der BMW dort unten war real. Und Joe Campta befand sich noch in der Wohnung.

Auf dem Balkon im unteren Stockwerk ging die Tür, und zwei rauchende und dabei laut disputierende Männer in Unterhemden tauchten auf.

„Hey Vasily! Hey Boris!", grüßte Alfred nach unten. Vasily war der Blonde, Boris der mit dem Glatzkopf. Beide waren irgendwie miteinander verwandt, aber in all den Jahren, die Alfred nun schon bei Linus ein- und ausging, hatte er nie herausgefunden, wie der Russenclan in der mittleren Etage eigentlich zusammenhing, wer Vater, Bruder, Cousin oder vielleicht doch nur illegal untergetauchter Flüchtling war. Ganz zu schweigen von den Frauen, die hinter der Wohnungstür versteckt gehalten wurden wie der Zarenschatz. Die beiden Deutschrussen sahen herauf und erkannten Alfred. Vasily legte den Kopf in den Nacken und lud Alfred ein: „Kommst du herunter Freund und trinkst du Wodka!" Das war die Einladung, die sie immer aussprachen, wenn sie Alfred sahen.

Alfred wollte schon ablehnen, da überfiel ihn eine Eingebung.

„Warum soll ich immer hinunter kommen zu euch? Kommt doch ihr mal herauf zu mir. Hey, was ist? Wollt ihr mich mal besuchen? Linus ist nicht da, aber Wodka hat er auch im Kühlschrank."

Vasily und Boris sahen sich an. Sie wirkten wie zwei, die man nicht extra bitten musste.

„Ich mache euch die Tür auf. Kommt einfach rauf, jetzt gleich", drängte Alfred. Und da er wusste, dass noch mehr Familienmitglieder unten in der Wohnung anwesend waren, weitete er die Einladung gleich aus: „Die anderen könnt ihr auch mitbringen!"

Es kamen Vasily, Boris, Alexander, Andrej, Michail und Sergej. Sergej war der Großvater, und er brachte ein Akkordeon mit. Alle sahen sich irgendwie ähnlich, aber sie hätten alle ebenso 30 wie 60 Jahre alt sein können, und über ihre verwandtschaftlichen Zusammenhänge konnte Alfred bestenfalls Mutmaßungen anstellen. Ihnen allen gemeinsam waren die breiten Brustkörbe, die großen, fleischigen Ohren und die geröteten Trinkernasen. Alfred hieß einen nach dem anderen willkommen und hielt ihnen höflich die Wohnungstür auf, während sie brav wie Chorknaben einmarschierten. Das ging alles so schnell und ohne Vorankündigung, dass Joe Campta völlig überrumpelt wirkte. Als Alfred vom Balkon in die Wohnung zurückgekommen war, hatte Campta sich in der Küche aufgehalten, in Griffweite zu einem hölzernen Messerblock, in dem eine Batterie von edelstahlglänzenden Mordwaffen steckte. Linus' Küchenmessersammlung, die bisher außer zum Aufschnitt von Fertigpizzen noch nicht allzu häufig zum Einsatz gekommen war, hätte locker auch zur Bewaffnung einer chinesischen Piratendschunke getaugt. War es ein Zufall, dass Campta in der Nähe dieser Messer stand? Alfred unternahm keinen Versuch, es herauszufinden. Schnurstracks eilte er quer durch die Wohnung und riss die Wohnungstür auf. Da polterten auch schon die Russen durch das Treppenhaus. Und von dem Moment an spielte Joe Campta keine Rolle mehr.

Die Deutsch-Russen hatten kein Interesse an Bitburger Bier. Sie hielten sich zunächst lieber an den Wodka, von dem Linus zwei Flaschen im Kühlschrank kalt gestellt hatte. Die fünf geeichten russischen Patrioten ließen die zwei Flaschen von einem zum anderen kreisen und erledigten diesen Aperitif in einem einzigen flotten Durchgang. Sergej spielte Akkordeon dazu, russische Weisen aus der fernen Heimat. Alfred kam aus dem Staunen nicht mehr heraus. Joe Campta stand mit zu Schlitzen zusammengekniffenen Augen am Bücherregal und verfolgte schweigend die Szene. Alfred versuchte ihn einzubeziehen, indem er ihn den Deutsch-Russen als Deutsch-Amerikaner anpries. „Wäre das nicht was für die amerikanisch-russische Freundschaft?" Da sich Campta nicht sonderlich gesellig benahm, verloren Valery und seine Verwandten aber schnell das Interesse an ihm.

Sergej spielte das Akkordeon mit schmalziger Inbrunst und sang dabei mit seinem schnarrenden Bariton so schön, dass Alfred eine Gänsehaut bekam. Zur Belohnung verriet er den Deutsch-Russen, wo sich Linus' Hausbar befand. Valery sortierte die Getränke nach ihrer Farbe. Alles, was nicht glasklar wie sibirisches Eis aussah, stellte er fürs Erste in den Wandschrank zurück. Übrig blieben zwei Flaschen Gin, eine Flasche Korn, sowie ein Hefe- und ein Zwetschgenschnaps. Praktisch! Fünf Flaschen, fünf Trinker! Auf Alfred mussten die fröhlichen Kaukasier keine Rücksicht nehmen, denn Alfred war auch ganz zufrieden mit seinem Bitburger Bier. Joe Campta kapitulierte unterdessen. Er verabschiedete sich mit einem grimmigen Gruß, nicht ohne Alfred einen Blick zuzuwerfen, der aus der Hölle zu kommen schien, voller Feuer und Schwefel.

Kaum hatte Campta die Wohnungstür hinter sich zugezogen, eilte Alfred auf den Balkon hinaus. Das war die Gelegenheit, zu überprüfen, ob Campta und der BMW wirklich zusammengehörten. Alfred drehte sich eine Kippe und beobachtete die Straße. Unten knallte die Tür. Das hörte sich an, wie nach Kennedys gescheiterten Kuba-Verhandlungen mit Chruschtschow. Meine Güte, musste Campta geladen sein! Jetzt erschien er im Lichtkegel der Straßenlaterne. Alfred bog den Oberkörper zurück, um aus Camptas Blickfeld zu verschwinden. Aber der Marketingmann drehte sich nicht um und schaute auch nicht zur Wohnung herauf, sondern eilte schnurstracks zum blauen BMW, riss die Fahrertüre auf, stieg ein und brauste mit röhrendem Motor davon. Das war er, der endgültige Beweis: Campta und der BMW. Alfred war so aufgeregt, dass er überlegte, ob er nicht auf der Stelle Jens Beuge oder Siegfried Junkel anrufen sollte, um ihnen von seinem Verdacht zu berichten. Dann erinnerte ihn der Krach aus der Wohnung aber daran, dass dort inzwischen ein kleines Volksfest ausgebrochen war. Valery und seine Leute kannten die in Deutschland ansonsten weit verbreitete Regel noch nicht, dass man in Wohnungen nicht rauchte. Sie kannten auch die andere Regel nicht, dass man in fremden Wohnungen eigentlich nichts anfasste. Und sie kannten auch die 0,8 Promille-Grenze nicht. Diese dreifache Unkenntnis führte dazu, dass sie allesamt qualmten wie die Vulkane, die Stereoanlage, den Flachbildschirm, den Computer und den Herd in Betrieb nahmen und obendrein bereits von den Flaschen mit den klaren Flüssigkeiten zu jenen mit anderen Farben übergingen. Linus besaß nämlich auch etliche Kognak, Rum, Campari, und verschiedene klebrige Liköre. Boris klatschte zu den Akkordeonklängen, die Opa Sergej, inzwischen auf dem Tisch stehend, zum Besten gab, während Alexander, Andrej und Michail um eben diesen Tisch herum tanzten, wobei sie jeweils bei den Sesseln und dem Sofa etwas klettern mussten. Valery hingegen stand am Küchenherd und schlug mit der Eleganz eines Jongleurs Eier in zwei große Pfannen, die er auf dem Kochfeld platziert hatte.

Die Kerle sangen und quatschten jetzt durcheinander wie die große Versammlung der Duma, und Alfred begriff davon nur soviel, dass sie keineswegs die Absicht hatten, bald aufzubrechen. Immer wieder klopften ihm Valery und die anderen auf die Schulter und bekräftigten, was für ein prima Deutscher er doch sei, von der Sorte gebe es nicht allzu viel. „Abber Großmütterchen immer gesagt: Die Deutschen sain gute Menschen, musst du nur ihnen kennenlernen, Valery! Ja, das hat sie gesagt, meine Babuschka!"
Alfred freute sich über das Lob und fand, dass er nun auch nicht mehr als Einziger zum Rauchen auf den Balkon hinausgehen müsse. Die famosen Sokoloffs, so hieß der Clan nämlich, wie Alfred zwischen zwei Kirschwassern erfuhr, vertilgten einen gewaltigen Berg Rührei, dessen Reste in Linus` beigefarbenem Teppichboden kaum auffielen. Sie drückten ihre Kippen auf der Glasplatte des Wohnzimmertisches aus und verstreuten die Asche zwischen den Ritzen des Ledersofas; sie gossen ungenießbare Spirituosen wie Bailys, Amaretto, Galliano Vanilla und Banana-Bols zwischen die Regale mit Linus' CD- und DVD-Sammlung, und sie knackten irgendeinen Sicherheitscode im Internet, der es ihnen ermöglichte, auf Linus' Versicherungs-PC einen fulminanten Hardcore-Porno abzuspielen, den sie begeistert grölend kommentierten.
Alfred, der sich für einen gut geeichten Schwarzwälder hielt, konnte irgendwann nach Mitternacht nicht mehr mithalten. Die Party war noch in vollem Gange, da schlief er mitten im Wohnzimmer auf dem Fußboden ein. Das war insofern ein gnädiges Geschenk des Schicksals, als dass er dadurch schon nicht miterleben musste, wie die Rühreier ein Comeback feierten, erst bei Michail, dann auch bei Alexander. Letzterer kotzte direkt über die Fünf-Kilo-Hantel,

die immer noch auf dem Teppichboden lag, nach diesem Erlebnis aber nun wirklich aussah wie einst der von Wachs überwucherte Messingkerzenständer.

Das Russengelage rettete Alfred zwar vor Joe Campta, aber es brachte ihm dafür anderes Unheil ein.

Die Justiz hatte nämlich beschlossen, Linus bereits früh am Morgen aus der Untersuchungshaft in Freiburg zu entlassen. So früh, dass Linus schon um kurz vor neun Uhr in seiner Wohnung in Neustadt stand.

Zu diesem Zeitpunkt schlief Alfred noch auf dem Wohnzimmerteppich. Linus besah sich konsterniert die Spuren des nächtlichen Gelages in seiner Wohnung. Er schritt wie ein Inspektor einmal um den Wohnzimmertisch herum. Sein normalerweise solariumgebräuntes Gesicht wurde aschfahl. Der Computer lief noch und warf eine Pornoseite nach der anderen als Pop-Up auf den Bildschirm, die leeren Flaschen lagen auf dem Fußboden verstreut, die beiden Pfannen mit kalten Resten von Rührei zierten umgestülpt das Ledersofa, überall tropften, kleben und stanken die verschütteten Alkoholreste, der Geruch von kaltem Rauch hing unter der Decke, und die Fünf-Kilo-Hantel sah aus wie ein riesiger überbackener Champignon, der über Nacht aus dem Wohnzimmerteppich gesprossen ist. Da die eisernen Deutschrussen noch in der Nacht den Heimweg in die eigene Wohnung geschafft hatten, war Alfred das einzige menschliche Subjekt, dem Linus all diese Verwüstungen zuschreiben konnte. Und das tat er auch. Nach dem ersten Schock. Linus wusste jetzt jedenfalls, wie sich Eltern fühlten, deren Sprösslinge in ihrer Abwesenheit zu einer Facebook-Party aufgerufen hatten. Er versetzte Alfred einen mächtigen Fußtritt, ein Akt der Körperverletzung. Alfred jaulte vor Schmerz, stieß sich beim Aufrappeln den

Hinterkopf an der gläsernen Tischplatte, torkelte gegen das Ledersofa, stieß dabei eine Pfanne mitsamt Rührei-Resten zu Boden und kam schließlich mit glasigen Augen zum Stehen.

„Du Arschloch!", brüllte Linus. „Du gottverdammtes Arschloch! Was hast du mit meiner Wohnung gemacht?"

Alfred war noch gar nicht richtig wach. Er äugte verwirrt umher, hielt sich an einem Küchenpfosten fest und atmete schwer schnaufend Restpromille aus. Linus war nicht zu halten. Er erwartete auch keine Antwort. Er ging mit beiden Fäusten auf Alfred los und verpasste ihm zwei wütende Fausthiebe, einmal linkes Auge, einmal rechtes Auge. Alfred klappte zusammen und riss dabei das Messerset mitsamt Holzblock mit zu Boden. Die blitzenden Klingen verteilten sich über die Fliesen. Linus hatte die freie Auswahl, mit welchem Spezialmesser er Alfred nun zerlegen würde: Brotmesser, Fleischmesser, Filetiermesser, Gemüseschneider oder Kuchenmesser. Normalerweise ertrug Linus die vielen menschlichen Schwächen, mit denen Alfred ausgestattet war. Und weil er selbst gelegentlich über die Stränge schlug, hatte er auch Verständnis für Besäufnisse und Räusche. Aber nicht in seiner teuren und staubfreien Designerwohnung. Schon gar nicht in seiner Abwesenheit. Man muss sich auch in Linus hinein versetzen. Nun kam er frisch aus der Haft, den Klauen der Staatsmacht soeben entronnen, froh, endlich das heimische Bett wiederzusehen und die Geborgenheit der eigenen vier Wände, und dann eine solche Bescherung. Für einen Menschen, der sich momentan gerade selbst für das tragischste Justizopfer seit Erfindung der Fehlurteile hielt, war ein solches Empfangsgeschenk an Grausamkeit nicht zu überbieten.

„Du hast es verschissen! Du bleibst keinen Tag länger in meiner Wohnung. Du fliegst raus. Hast du gehört, du fliegst raus!"

Alfred, immer noch Halt suchend an den Küchenpfosten gelehnt, sah zwar nur verschwommen, aber er hörte umso empfindlicher.

„Schrei mich nicht so an", flehte er.

„Du fliegst raus!", brüllte Linus. „Aber vorher räumst du noch die Wohnung auf. Und zwar sofort!"

„Ich erkläre dir ..."

„Lass es! Vergiss es! Ich will gar nichts hören."

„Aber die Russen ..."

„Du – fliegst – raus! Muss ich es noch mal sagen. Du – fliegst – raus!"

„Ja, ja, ja, hab's ja kapiert!" Es gelang Alfred immerhin noch, herauszuhandeln, dass er die Umzugskisten mit seinen Sachen in Linus' Wohnung lassen durfte, solange, bis er eine neue Bleibe gefunden hatte. Dann machte er sich mit dröhnendem Schädel, schwammigem Verstand und zittrigen Knien ans Aufräumen. Meter für Meter kämmte er die Wohnung durch, rubbelte, wischte, kratzte und schrubbte, räumte Flaschen und Bratpfannen weg, stellte die Fünf-Kilo-Hantel unter die Dusche, schäumte Teppichboden und Ledersessel ein, kurzum, er tat was er konnte, um Linus halbwegs zu besänftigen. Darüber verging der Vormittag. Das Besänftigen gelang aber nicht, weil nach dem Putzen erst so richtig die schwarzen Löcher im Teppich und auf dem hellen Sofaleder herausstachen, welche die glühenden Zigaretten von Vasily, Boris, Alexander, Andrej, Michail und Sergej hinterlassen hatten. Insbesondere blieb Linus' Laune aber im Keller, weil die im Sekundentakt herbeiflatternden Pornoseiten auf seinem Computerbildschirm sich als hart-

näckige Dialer erwiesen, die auch nicht auszumerzen waren, wenn man den Computer aus- und wieder einschaltete. Alfred machte obendrein den Fehler, Linus darüber aufzuklären, dass bei solchen Dialerprogrammen in der Regel kostenpflichtige Hotline-Programme hinterlegt seien, weshalb man sich in etwa ausrechnen könne, welche Summen seit der Nacht inzwischen aufgelaufen seien.
Es gab auf jeden Fall keine Versöhnung. Alfred gelang es nicht, seinen Kumpel zu erweichen: „Linus, nur noch ein oder zwei Tage. Bis ich was Neues gefunden habe. Du kannst mich doch nicht so einfach auf die Straße werfen?"
„Doch! Sieh zu wo du bleibst!"
„Linus!"
„Nein!"
„Ich habe auch den Vertrag unterschrieben. Diese Versicherungsdetektivgeschichte. Das mache ich für dich!"
„Das habe ich für dich gemacht, du Schwachkopf, damit du ein paar leichte Kröten verdienst!"
„Ich mache mich auch ganz klein. Ich bleibe zwei Tage lang hinter den Umzugskartons versteckt, du merkst überhaupt nichts von mir."
„Ha!" Linus verlor plötzlich seine stoische Ruhe: „Ich merke nichts von dir? So, so? Und Cindy? Was ist mit ihr? Sie fühlt sich gestört von dir. Du hast uns beim … beim … also, du hast uns belauscht. Du hast ihr im Badezimmer aufgelauert."
Aha, daher wehte der Wind also auch noch. Hatte Cindy wohl irgendwie gepetzt?
„Ich habe ihr nicht aufgelauert. Umgekehrt: Sie hat mich im Badezimmer gestört."
„Komisch, dass du ausgerechnet dann im Badezimmer sein musstest!"

„Ich habe euch nicht belauscht, du Idiot. Ich bin wegen euch aufgewacht. Ihr musstet ja Krach machen wie ein Zoo! Mach mir den Eber, ggrchhhrrrchhchc", ahmte Alfred nach. Linus schenkte ihm einen Blick, der dem eines tödlich gereizten Ebers in nichts nachstand. Alfred ahnte, dass er gerade fahrlässig seine letzte Chance verspielt hatte. Und so war es auch. Linus blieb unerbittlich. Er erlaubte Alfred nach dem Putzen noch zu duschen, dann scheuchte er ihn hinaus. Mit dem Laptop unter dem einen Arm, den Ordner mit den Rothaus-Papieren unter dem anderen, den Kragen der schäbigen Jacke hochgeklappt, so trat er in die feindliche Welt hinaus und wusste nicht wohin.

Irgendwo in eine Kneipe.

Der nächste Weg führte zum Dennenbergstüble.

Die „kleine, gemütliche Beiz", wie das Dennenbergstüble sich selbst annoncierte, befand sich nur wenige Gehminuten entfernt. Alfred gehörte dort zu den Stammgästen. Am Stammtisch bei Rosi, der ebenso resoluten wie unerschrockenen Wirtin, wurden Kerle wie Alfred gezähmt. Sie parierten aufs Wort, ließen sich beim Karten- und Würfelspiel von Rosi ausnehmen, schütteten ihr die Herzen aus, gaben vor ihr mit ihren wechselnden weiblichen Eroberungen an und ließen Deckel anschreiben, wenn zum Monatsende hin das Bargeld knapp wurde.

Alfreds Deckel im Dennenbergstüble hatte inzwischen allerdings den Charakter eines Dispositionskredits angenommen. Das war auch der Grund, warum Alfred sich in den letzten Wochen dort rar gemacht hatte. Das schlechte Gewissen hatte ihn ferngehalten, denn er hatte schlicht und einfach kein Geld, um seine Stammtischschulden im Dennenbergstüble zu begleichen. Nun aber blieb ihm keine Wahl. Rosi war seine letzte Hoffnung.

Da es früher Nachmittag war und „die kleine, gemütliche Beiz" erst um 16 Uhr öffnete, musste Alfred sich am Haus entlang zur Hintertür schleichen, die, wie er wusste, immer offen stand. Dort landete er mitten im Bügel- und Fernsehzimmer von Rosi. Aber das war sowieso besser als vorne im Gastraum, womöglich noch vor Publikum.
„Aha, Strolch!", nahm Rosi ihn beiläufig in Empfang. Sie sortierte Bügelwäsche und verfolgte nebenbei im Fernseher eine Reality-Show, bei der sich Paare gegenseitig lauthals beschimpften.
„Kommst du, um deinen Deckel zu bezahlen?"
Das fing ja gut an. Was sollte er sagen? Alfred räusperte sich. Rosi sah von ihrer Arbeit auf: „Du meine Güte, wie siehst du denn aus?"
„Ich? Wieso?" Alfred blickte suchend an sich hinunter, konnte aber nichts entdecken, woran man hätte Anstoß nehmen können.
„Hast du dich geprügelt? Wo hast du dein blaues Auge her?"
Ach so, das war es. Alfred nickte bekümmert. Wenn es half, dass er bemitleidenswert aussah, dann wollte er diesen Umstand nutzen. Ein Appell an Rosis Mutterinstinkte.
„Linus hat mich vermöbelt. Er hat mich hinausgeworfen. Ich bin obdachlos!"

NOTQUARTIER

Rosi sah sofort das Elend, das Alfred mit sich herumschleppte. Sie unterbrach ihre Wäschesortierung: „Hey, was ist los? Erzählst du mir, was passiert ist?"
Alfred drückte sich an den kleinen Tisch. Er stützte das Gesicht in die Hände. Als müsse er erst Anlauf nehmen, sich sammeln, vergingen etliche Sekunden, bis er endlich sprach: „Rosi, mein ganzes Leben ist ein Mist!"
Mit dieser Eröffnung, die ihm ungeplant herausrutschte, aber seinen wahren Gemütszustand ehrlich offenbarte, bereitete Alfred den Pfad zu einer umfänglichen Lebensbeichte, die vom beruflichen Versagen über den alkoholbedingten Führerscheinentzug bis hin zum „Pech mit den Frauen" alles enthielt, was bei Alfred in den letzten Monaten aus den Fugen geraten war und mit dem tränenerstickten Geständnis endete: „Nun bin ich an allen Ecken verschuldet, pleite, arbeitslos und stehe auch noch auf der Straße."
Die Wirtin vom Dennenbergstüble war nicht so gestrickt, dass sie Alfred jetzt tröstend bemitleidet und mit ihm die Ungerechtigkeit der Welt beklagt hätte. Dafür stand sie einfach selbst viel zu bodenständig mit beiden Beinen im wirklichen Leben. Statt Alfred zu betütteln und zu behätscheln, wonach er sich in diesem Moment vielleicht sehnte, wusch sie ihm den Kopf: „Jammern hilft nicht! Dir gehört ein Tritt in den Hintern, oder eine Tracht Prügel. Sei doch kein so Schlappschwanz! Wehr dich! Vom Selbstmitleid kann sich keiner was kaufen. Also, Kopf hoch! Unternimm was! Ihr Kerle – sonst habt ihr doch immer die größte Klappe!"
Dann hatte sie doch noch Trost parat: „Du weißt doch: Wenn du denkst, es geht nicht mehr, kommt irgendwo ein Lichtlein her!"

Dafür erntete sie bei Alfred nur ein müdes Lächeln.
Es war nicht so, dass Rosi kein Mitleid mit Alfred gehabt hätte. Im Gegenteil. Aber geschenkt gab es bei ihr nichts! „Jetzt kriegst du erst einmal einen Kaffee, dann überlegen wir", verkündete sie. Während sie den Kaffee aus der Maschine ließ, bot sie an: „Für eine Nacht kannst du ja mal bei uns bleiben. Oben im alten Kinderzimmer, da steht noch ein Bett. Da kannst du übernachten. Dann sehen wir weiter."
Pragmatisch und lebenstüchtig wie sie war, zwang sie Alfred anschließend, sich all seiner Probleme anzunehmen. Zuerst: „Wie hast du dir das gedacht, mit dem Wohnen? Du brauchst eine Wohnung? Hast du etwas in Aussicht? Suchst du überhaupt?"
Letzteres war eine gute Frage. Suchte er überhaupt? Bisher noch nicht. Alfred zog unentschlossen ein zerknittertes Papier, das er als Lesezeichen verwendet hatte, aus dem Rothaus-Ordner: „Das hier vielleicht", so bot er an.
Rosi las: „Tolerante Männer-WG sucht Mitbewohner. Freiburg-Wiehre, Zimmer frei, kalt 150 Euro!"
„Hast du 150 Euro im Monat?"
„Eigentlich nicht. Im Moment!" Alfred klappte seinen PC auf. „Ich hab nichts mehr auf dem Konto. Und es kommt nicht viel rein. Ab und zu ein mageres Honorar aus meiner freien Mitarbeit für die hiesigen Zeitungen."
„Du bist doch jetzt Student. Kannst du kein Bafög kriegen?" Rosi schenkte Kaffee nach. Alfred nahm einen Schluck und beobachtete den Bildschirm, während der Computer hochfuhr: „Bafög?", spottete er. „Das habe ich beantragt. Schon vor drei Monaten, als ich mich wieder eingeschrieben habe. Ich habe bis heute nichts gehört. Hilfe vom Staat? Das ich nicht lache!"

Der Computer war betriebsbereit. Alfred klickte die Bankseiten an und loggte sich zum Online-Banking ein: „Ich zeige dir mal, wie rot mein Konto ist!"
Ein paar Klicks weiter leuchteten die jüngsten Kontobewegungen auf: „Zahlungseingang: 5000 Euro! – Überweisungsgutschrift von der Rothausbrauerei!"
Alfred starrte die Zahl an wie eine rätselhafte Botschaft aus dem Weltraum. 5000 Euro! Er war sprachlos. So schnell? Das hätte er nie gedacht.
„Was ist los?", wollte Rosi wissen, die von der Seite auf dem reflektierenden Bildschirm nichts erkennen konnte. „Neuer Ärger?"
„Nein!" Alfred schüttelte bedächtig den Kopf: „Und wenn du denkst, es geht nicht mehr, kommt irgendwo ein Lichtlein her", zitierte er Rosis Satz von vorhin. „So wie es aussieht, hätte ich die 150 Euro pro Monat. Jedenfalls mal für die ersten paar Monate!"
Rosi erlaubte Alfred, dass er sich an einem der hinteren Ecktische in der Gaststube breit machte. Dort breitete er die Rothaus-Ordner aus, hängte sein Laptop an die Steckdose, stellte die Kaffeetasse dazwischen und fühlte sich wie in einem kleinen Büro. Er strich den Fresszettel glatt, den er seinerzeit vom Schwarzen Brett der Uni in Freiburg mitgenommen hatte und wählte die Nummer der Freiburger WG. Nach mehrmaligem Klingeln meldete sich mit einer weiblichen Stimme der Anrufbeantworter. Auf einem rosarot-süßen Schmalzmusikbett säuselte die Stimme im Susi-Sonnenschein-Tonfall: „Entscheide dich: Willst du den tollen Hecht Hugo sprechen, den einmaligen Herzensbrecher, oder doch lieber den neunmalklugen Jochen, oder hat es dir vielleicht Tim der liebenswerte Bär angetan? Eins – zwei – oder drei, jetzt sag, wen du begehrst!" Es folgte

der Piepton. Alfred stierte etwas ratlos auf das Handydisplay. Schließlich erklärte er dem Anrufbeantworter: „Ich kann mich nicht entscheiden! Aber ich würde gerne in eure WG einziehen. Ich bin der neunmalkluge, liebenswerte tolle Hecht Alfred. Ist das Zimmer noch frei? Ruft bitte zurück!" Er hinterließ seine Handynummer und zur Sicherheit auch noch die Festnetznummer vom Dennenbergstüble.

Den restlichen Nachmittag verbrachte er in der leeren Gaststube des Dennenbergstüble, wo Rosi ihn mit Mineralwasser und Kaffee alleine ließ. Die dämmrige Abgeschiedenheit tat gut. Sein Verstand klarte langsam wieder auf. Er vergrub sich in die Rothaus-Akten. Wie ärgerlich, dass Joe Campta alles fotografiert hatte. Jetzt besaß der unsympathische Agentur-Mensch den gleichen Wissensstand wie Alfred. Wahrscheinlich wusste er sogar noch mehr, denn schließlich steckte Campta schon länger und tiefer in diesem ganzen Themenkomplex drin und hatte ja auch noch Heinz Böckler persönlich gekannt. Alfred kam eine Aussage der Witwe Böckler in den Sinn. Wie hatte sie doch gleich gesagt: „Campta hat Heinz doch erst auf die Idee mit dieser Chronik gebracht"? Was hatte das eigentlich zu bedeuten? Und hatte sie nicht auch noch gesagt, Campta habe anstandslos alle Auslagen bezahlt? Welche Auslagen? Und wieso brachte Campta, ein Außenstehender, der in Freiburg eine Marketingagentur betrieb, den Betriebsrentner Heinz Böckler auf die Idee, eine Chronik über die Rothausbrauerei in der Zeit der Badischen Revolution zu verfassen? Da stimmte doch etwas nicht. Das war oberfaul.

Wieder überlegte Alfred, ob er seinen Verdacht gegen Joe Campta an die Polizisten Jens Beuge und Siegfried Junkel weitermelden sollte. Der BMW machte Campta jedenfalls aufs Höchste verdächtig. Nur hatte Alfred noch keine Idee, wie alles zusammenhing. Vergangene Nacht in Linus' Wohnung, da hatte er für einen Moment jedenfalls das vage Gefühl gehabt, Campta wolle ihn umbringen. Aber waren das nicht Hirngespinste? Wieso sollte er? Selbst wenn Campta vom Inhalt der Rothaus-Akten wusste, selbst wenn er die Geschichte mit der Besitzübereignung kannte, warum sollte er deshalb Menschen umbringen? Das war absurd.

Die Überlegungen führten Alfred wieder zu den Akten zurück. Er blätterte die Seiten um. Zwischendurch nippte er am Mineralwasser. Was war das? Ein Brief! Besser gesagt, die Abschrift eines Briefes. Das Original befand sich sicher in den von der Polizei beschlagnahmten Ordnern. Es war ein Brief des Brauereimälzers Josef Hahn an den Brauereiwirt Johannes Grüninger. Aufgegeben in Minneapolis, im US-Staat Minnesota. Alfred schaute auf das Datum: 18. März 1863. Das waren ja 15 Jahre nach den ganzen Revolutionsereignissen.

„Verräter Johannes", so begann der Brief, „wundere dich nicht, dass ich Dir jetzt noch einmal schreibe, obwohl ich weiß, dass Du die alten Geschichten ruhen lassen willst und Du ja auch von Deiner Haltung nicht mehr abrücken wirst. Aber da mir die Ärzte keine Hoffnungen machen und ich bald sterben werde, sollst Du doch wissen, dass Du für mich die größte Enttäuschung meines Lebens warst und immer bleiben wirst. Ich liege jetzt hier im Militärlazarett und büße dafür, dass ich mein ganzes Leben dem Freiheitsgedanken geopfert habe. Was in unserer schönen badischen Heimat nicht gelungen ist, das verwirklichen wir jetzt hier in Amerika beim Kampf um die Befreiung der

Sklaven. Der Norden wird in diesem Kampf siegen, das weiß die ganze Welt. Ich bereue nichts."
Alfred hielt kurz inne. Das war also der ehemalige Rothaus-Mälzer Josef Hahn, der nach der gescheiterten Badischen Revolution nach Amerika geflüchtet war. Dem Brief nach beteiligte er sich dort auf der Seite der Nordstaaten am amerikanischen Bürgerkrieg. Wie ging es weiter?
„Wir haben damals dem vorgestrigen, intoleranten und illegitimen Badischen Staat die Rothausbrauerei abgenommen. Wir haben den Besitz an dieser Brauerei zu gleichen Teilen an uns drei übereignet, an dich, an Ernst und an mich. Als Ernst und ich in die Schweiz fliehen mussten, hast du alle Besitzurkunden bei Dir behalten. Ich weiß, dass Du sie immer noch hast. Ich weiß auch, dass Du nur deshalb auf Rothaus bleiben durftest, weil Du eine schmutzige Abmachung mit den Büttel des Großherzogtums getroffen hast. Du hältst die gefährlichen Urkunden unter Verschluss, dafür lässt die Obrigkeit Dich unbehelligt auf Deinem Platz auf der Brauereigaststätte. Bist Du stolz darauf? Für Deine eigene Bequemlichkeit hast Du unsere gute und edle Sache verraten. Wir könnten noch heute diese Brauerei übernehmen. Die Besitzübertragung ist rechtens. Amerika hat gute Anwälte. Es wäre ein Leichtes ... es wäre auch der gerechte Lohn für einen jahrzehntelangen Kampf."
Das war es! Dieser Brief war der letzte Beweis! Alfred lehnte sich auf der Bank zurück. Alle seine Vermutungen trafen also zu: Die drei gescheiterten Revolutionäre hatten sich tatsächlich mit Brief und Siegel in den Besitz der Rothausbrauerei gebracht, nur forderten sie dieses Eigentum nicht ein. So wie aus dem Brief hervorging, deswegen nicht, weil Johannes Grüninger, der im Besitz aller Originalurkunden

war, nicht mehr mitmachte und die Originalurkunden gut versteckt unter Verschluss hielt. Die beiden geprellten Partner Josef Hahn und Ernst Kempter waren in ihrem Exil in Amerika dagegen machtlos.
Gespannt las Alfred weiter: „Ernst ist jetzt mit General Grant am Mississippi. Ich hoffe für ihn, dass er heil und gesund aus diesem Krieg heimkehrt. Da ich sterben werde und keine Nachkommen habe, übertrage ich all meine Güter und all meine Rechte an ihn. Ich hoffe und wünsche, dass er Dir eines Tages das Leben zur Hölle macht."
Es folgte noch ein ganzer Absatz voller Verwünschungen. Darunter hatte Heinz Böckler eine Notiz hinzugefügt, die lautete: „Josef Hahn starb im Alter von 38 Jahren am 4. April 1863 im Militärlazarett von Minneapolis, Minnesota; er wurde auf einem Soldatenfriedhof in Fort Snelling in Minneapolis beigesetzt. Das Grab existiert am dortigen heutigen Nationalfriedhof nicht mehr, aber bei meinem Besuch dort konnte ich noch die Liste einsehen, in der sein Name aufgeführt ist. Josef Hahn hinterließ keine Nachkommen."
Über die Beschäftigung mit den Rothaus-Unterlagen war die Zeit wie im Fluge vergangen. Alfred schreckte auf, als Rosi plötzlich in der Gaststube erschien und verkündete, sie schließe nun die Wirtschaft auf.
„Muss ich zusammenräumen?"
„Nein, nein, bleib nur sitzen. Du störst nicht. Wenn du willst, kannst du deine Sachen aber auch hoch ins Zimmer bringen. Ich habe dir das Bett schon gerichtet."
„Rosi, du bist ein Schatz! Ich verspreche dir auch, ich falle dir nicht lange zur Last und zahle meinen Deckel!" Er musste wieder an die 5000 Euro denken, die so unverhofft schnell auf sein Konto geflossen waren. Es durchströmte

ihn ein Gefühl euphorischer Dankbarkeit. Alles wird gut. Sollte er vielleicht bei der Rothausbrauerei anrufen und sich für die schnelle Überweisung bedanken?
Da war er sich unsicher. Vielleicht war das unprofessionell. Vielleicht wurde es aber auch erwartet. Was tun? Vielleicht noch einen plausiblen Vorwand dazupacken, der einen Anruf jederzeit rechtfertigte. Das war's!
Alfred ließ sich von der unerschütterlich freundlichen Ursula Lang zum Brauereichef durchstellen. Er hatte gleich das Empfinden, dass der Rothaus-Chef sich über den Anruf freute. Der Brauereichef interessierte sich brennend für den Fortgang von Alfreds Arbeit.
„Ich habe eine Überraschung für Sie", verkündete Alfred. „Wussten Sie, dass die Rothausbrauerei seit 1848 gar nicht mehr dem Land gehört?"
Das war wirklich eine Überraschung für den Brauereivorstand. Er lachte etwas gezwungen am anderen Ende der Verbindung. „Sie machen einen Scherz. Eine Anekdote? Das erklären Sie mir sicher gleich?"
Also erklärte Alfred den Sachverhalt. Er berichtete wahrheitsgetreu, was er herausgefunden hatte. Der Rothaus-Chef am anderen Ende der Verbindung wurde immer stiller. Er hörte atemlos zu.
„Sind Sie noch dran?", vergewisserte Alfred sich vorsichtshalber.
„Ja, aber ja doch. Ich habe nur nachgedacht. Sie sind sich bei alledem ganz sicher?"
„Es gibt keinen Zweifel. Die Recherchen von Heinz Böckler sind lückenlos. Er ist sogar extra nach Amerika geflogen, um die Daten und Angaben zu überprüfen."
Der Rothaus-Chef war nicht ohne Grund Vorstand eines Vorzeigeunternehmens geworden. Er besaß eine schnelle

und analytische Kombinationsgabe: „Das könnte den Mord an Heinz Böckler erklären?"

Ein junges Pärchen betrat das Dennenbergstüble. Die ersten Gäste des frühen Abends. Alfred flüsterte in sein Handy: „Es ist jetzt ein bisschen ungeschickt am Telefon. Ich habe da so meine Theorie, was den Mord an Heinz Böckler betrifft."

„Erzählen Sie!"

„Auf jeden Fall wollte jemand an seine Recherchen und Unterlagen herankommen. Erst durch den Mord, wo es aber aus irgendeinem Grund nicht klappte, dann durch den Einbruch später in Heinz Böcklers Büro. Dann erfuhr der Täter, dass sich der Karton mit den Ordnern bei mir befand, und er brach in meine Wohnung ein. Mit fatalen Folgen, denn er ermordete die Hausbesitzerin, die ihn auf frischer Tat ertappte."

Der Brauereichef räusperte sich skeptisch: „Wie passt der Mord an Manfred Noppel da hinein? Der hatte doch mit der ganzen Sache überhaupt nichts zu tun?"

„Hat man seine Leiche gefunden?", fragte Alfred.

„Nein! Immer noch nicht. Man hat nichts gefunden. Da haben Sie Recht, ein Mord ist noch nicht bewiesen. Aber doch sehr wahrscheinlich. Der arme Mann ist wie vom Erdboden verschwunden."

Immer wenn der Name von Manfred Noppel fiel, beschlich Alfred das ungute Gefühl, dass er irgendetwas Wichtiges übersehen hatte. Irgendein Detail fehlte, und Alfred wusste, dass es irgendwo in seinem Unterbewusstsein steckte. Wäre er nur nicht so betrunken gewesen in jener Nacht. Überhaupt, nie wieder Alkohol! Der Vorsatz stand. Aber diesmal wirklich.

„Ich müsste das alles vielleicht noch einmal etwas gründlicher vor Ort recherchieren", schlug Alfred vor. Der Brauereichef war gleich dabei: „Aber ja doch! Kommen Sie nach Rothaus. Max Sachs hilft ihnen sicher gerne. Sie können sich überall umschauen."

„Es ist etwas umständlich, extra mit dem Zug nach Rothaus. Das kostet Zeit ..."

„Bleiben Sie doch einfach ein paar Tage hier oben in der Brauerei", schlug der Brauereichef vor. „Übernachten Sie in unserer Brauereigaststätte, dann müssen Sie nicht jeden Tag mit dem Zug hin- und herfahren."

„Ja schon, aber ich ..." Alfred dachte an die Hotelkosten, die er sich nicht leisten konnte. Aber seine Sorgen verflüchtigten sich und machten innerem Jubel Platz, als der Brauereivorstand anbot: „Selbstverständlich sind Sie dabei unser Gast! Quartieren Sie sich einfach ein paar Tage ein. Solange, wie Sie brauchen. Der spiritus loci wird Sie hoffentlich zu den richtigen Ergebnissen und Schlussfolgerungen führen."

Alfred googelte geschwind nach „spiritus loci", während er sich doppelt und dreifach für die Einladung bedankte. Ja, das werde er gerne annehmen. So bald wie möglich. Schon morgen. Spiritus loci, „Der Geist des Ortes." Aha, wieder etwas gelernt.

Er ballte die Faust. Ja! Ja! Ja! Diese Einladung nach Rothaus war Gold wert. Damit hatte er Zeit für seine Wohnungssuche gewonnen und für einige Tage ein sicheres Dach über dem Kopf. Und außerdem brachte ihn die Einquartierung unmittelbar am Ort des Geschehens vielleicht der Aufklärung dieses mysteriösen Falles näher.

Beschwingt von diesen Aussichten hämmerte Alfred die nächsten Stunden Texte in sein Laptop: „Die Chronik der Rothaus Brauerei in den Tagen der Revolution." Er kam wunderbar voran. Die Gäste des Dennenbergstübles, die ka-

men und gingen, waren Luft für ihn. Es kümmerte ihn auch nicht, dass man ihn, diesen komischen Kauz in der Ecke, mit schiefen Blicken musterte. Etliche der frühen Abendgäste kannten Alfred natürlich als Stammgast im Dennenbergstüble. Dr. Bernold, der pensionierte Zahnarzt, grüßte leutselig, verkrümelte sich aber an den Stammtisch, als Alfred keine Reaktion zeigte. Auch ein paar Leute vom örtlichen FC Neustadt, die Alfred gut kannte, gaben ihre Versuche der Kontaktaufnahme schnell auf, als sie merkten, dass Alfred nicht ansprechbar war. Die meisten Gäste aber fragten sich: Was war denn das für einer, der da mit zwei mächtigen Veilchen im Gesicht wie wild seine Tastatur bearbeitete und um sich herum eine Papierwirtschaft ausgebreitet hatte?
Rosi stellte Alfred ein weiteres Mineralwasser auf den Tisch. „Lebst du noch?", fragte sie in ihrer typischen, direkten Art. Als Alfred nicht gleich antwortete, nahm sie die Mineralwasserflasche nochmals in die Hand und platzierte sie demonstrativ mit einem geräuschvollen „Tak" direkt vor Alfreds Laptop. Er sah auf: „Oh! Ja, danke!" und schon schrieb er weiter.
„Hey Freundchen, hör auch mal wieder auf! Wenn noch mehr Gäste kommen, brauche ich vielleicht den Tisch. Also räum lieber schon mal zusammen."
Aber Alfred hatte gerade beim Schreiben einen Lauf, da kam Aufhören nicht in Frage: „Ich räume sofort das Feld, sobald jemand hierher sitzen will. Das ist dann eine Sache von zwei, drei Minuten."
Es kam ein Gast, der genau an diesen letzten freien Tisch sitzen wollte. Aus dem Augenwinkel sah Alfred den Schatten sich nähern und wusste, dass er nun sein Büro aufgeben musste. Er klappte das Laptop zu und hörte Annas Stimme: „Darf ich mich dazu setzen?"

„Anna?" Sie war es wirklich. Normalerweise betrat sie doch nie das Dennenbergstüble. Ihre Stimme klang fest, aber die hektische Röte, die ihr über den Hals in den Kopf stieg, verriet ihre Unsicherheit. Einem ersten Machoimpuls folgend lag Alfred schon eine schnippische Bemerkung auf der Zunge. Im letzten Moment beherrschte er sich. Betont gleichmütig lud er Anna mit einer Handbewegung ein, Platz zu nehmen. „Hier ist alles frei!"

Anna zwängte sich auf der gegenüberliegenden Tischseite in die Bank und musterte Alfred: „Hast du dich geprügelt?" Sie konnte es nicht lassen. Wie ein Kindermädchen. Immer Fragen, Belehrungen, Ratschläge, Erziehungsversuche. Alfred seufzte ergeben. Während er die Papiere, die lose auf dem Tisch herumlagen, in eine Ordnung brachte und wieder im Aktenordner verstaute, setzte er Anna knapp ins Bild: „Linus hat mich aus seiner Wohnung geworfen. Ich hab's nicht gleich akzeptiert, da hat er Gewalt angewendet."

„Dieser Grobian! Dieser Schläger!" Annas Empörung war so echt, dass Alfred erstaunt aufblickte. Meine Güte, sah sie wieder frisch und gesund aus. Ihre dunklen Augen glühten, die schwarzen Wimpern flatterten wie Schmetterlinge, ihre süßer Mund war zu einem aufgebrachten großen O geschürzt, ihre Nasenflügel bebten und die feine Halsschlagader pochte. Zum Reinbeißen, fand Alfred. Er hätte es niemals gesagt.

Anna nahm Alfreds Hand in die ihre und streichelte ihm über den Handrücken. „Du Armer! Wo du doch keiner Fliege etwas zuleide tun kannst. Und dann Linus, dieser Vollidiot, der nichts anderes kann als draufzuhauen!"

„Darf ich dich daran erinnern, dass du mit eben diesem Linus auch schon mal was hattest." Diese Spitze konnte

Alfred sich nicht verkneifen. Er hatte es Anna bis heute nicht verziehen, – und Linus schon gar nicht. Aufmerksam registrierte er, dass Anna trotz dieser peinlichen Erinnerung seine Hand weiter streichelte.

„Das war nur für zwei Wochen ... Ein Irrtum ... Nichts Ernstes!"

„Immerhin bist du mit ihm ins Bett gegangen", behauptete Alfred aufs Geradewohl! Jetzt entzog sie ihm ihre Hand: „Wo denkst du hin! Bist du verrückt! Was glaubst du von mir!" Anna schnaufte empört, so dass sich ihr reizender Busen unter dem Pulli aufs Vortrefflichste hob und senkte. Diese vollkommene Entrüstung war so authentisch, dass für Alfred diese Frage nun endlich – und zufriedenstellend – geklärt war: Die beiden waren also nicht miteinander im Bett gewesen. Bravo, Anna! Linus, du Schaumschläger, das hättest du wohl gerne gehabt? Mit einem Male empfand Alfred ganz weich und warm für Anna. Sie war doch eigentlich ein prächtiges Mädchen, eine wunderbar altmodische, konservative, ehrbare Schwarzwälderin. Eine ganz andere Liga als die ätherische Cindy.

Die kam nun auch gleich zur Sprache. Anna packte den Stier bei den Hörnern: „Ich wollte mich entschuldigen, Alfred. Wegen kürzlich. Du weißt schon, als ich so einfach abgehauen bin."

Alfred stammelte hilflos: „Ach das? Äh ... ja .... das war doch ... äh ... gar nichts." Ihn verwirrte immer noch, dass Anna überhaupt im Dennenbergstüble aufgetaucht war und sich so anstandslos zu ihm an den Tisch gesetzt hatte.

„Ich bin gleich wieder da. Bestell mir einen Tee bitte!" Anna verschwand auf der Toilette.

Kaum war sie weg, stand Rosi am Tisch. Sie brachte Alfred einen Wurstsalat nach Art des Hauses. Eine Spezialität, de-

retwegen die Leute extra Urlaub im Schwarzwald machten.
Alfred schaute irritiert: „Ich habe nichts bestellt!"
„Aber du bist hungrig. Und heute bist du mein Übernachtungsgast, also kriegst du auch ein Abendessen. Kein Ton! Da, iss!" Und sie stellte ihm den Teller und den Brotkorb vor die Nase.
Während Alfred von jeglichem Widerstand gegen diese Einladung absah und sich eine Brotscheibe zurechtzupfte, erklärte Rosi verschwörerisch: „Jetzt hat es ja endlich geklappt! Die war die letzten drei Tage jeden Abend hier und hat nach dir gefragt."
„Nein? Das ist nicht wahr."
„Aber doch! Irgendwann wird Alfred schon mal kommen, hat sie gesagt. Dann hat sie alleine am Tisch ihren Tee getrunken, in einem Buch gelesen, und so nach anderthalb oder zwei Stunden ist sie wieder gegangen."
„Die letzten drei Abende?"
„So ist es." Und nach einer kleinen Pause: „Versemmel es nicht!"
Alfred nickte, während er kaute. Meine Güte, schmeckte das gut. Er merkte erst jetzt, welchen Hunger er hatte.
Anna tauchte wieder auf, setzte sich artig und ließ Alfred essen.
„Es nimmt dir niemand weg", kommentierte sie zwischendurch, als Alfred schlang wie ein hungriger Wolf. Dass er auf diese Weise beschäftigt war, erleichterte es Anna, ihm weitere Friedensangebote zu machen: „Ich hätte mir ja denken können, dass das Blondchen zu Linus gehört. Aber sie lief so freizügig herum, da habe ich zuerst gedacht, ich platze da hinein, mitten in eine ... in eine ..."
„Sexszene", schlug Alfred vor, was sich aber wie „Seggschzehne" anhörte, weil er mit vollem Munde sprach.

Sie nickte: „So ähnlich!"
Alfreds Handy klingelte. Anna nickte, zum Zeichen, dass sie nichts einzuwenden hatte, wenn er telefonierte, was ihn aber sowieso nicht berührt hätte.
„Jochen! Jochen Schiller", schnarrte eine Jungmännerstimme. „Du hast wegen der Wohnung angerufen?"
Alfred bejahte.
„Das Zimmer ist noch frei. Sofort beziehbar. 150 im Monat! Wir sind zu dritt. Ich bin der Mieter, die anderen sind meine Untermieter." Die Informationen kamen in einem Stakkato, als wären sie von einer Geschützlafette aus abgefeuert. Jochen Schiller sprach wie ein Maschinengewehr. Er war Alfred auf Anhieb unsympathisch. Trotzdem sagte Alfred „ja", als Jochen Schiller trocken fragte, ob er sich „die Bude" mal ansehen und sich vorstellen wolle.
„Komm einfach vorbei. Ist immer jemand da. Fast immer. Bei Schiller klingeln!"
Zack! Schon hatte er wieder aufgelegt. Alfred hielt ganz perplex das Handy in der Hand und staunte es verblüfft an.
„Ich bin auf Wohnungssuche. WG in Freiburg", informierte er. Den Schatten, der kurz über Annas Miene huschte, bemerkte er nicht.
„Ist vielleicht praktischer, wegen des Studiums."
Anna nickte. Fast flüsterte sie: „Dann willst du also aus Neustadt weg?"

VERSCHIEDENE BAUSTELLEN

Anna wirkte während des restlichen Abends etwas melancholisch. Aber trotzdem unterhielten sie sich angeregt, zuerst über Leuchter und die Situation beim Hochschwarzwaldkurier – bei der Gelegenheit übergab Anna sogar ein paar kleinere Termin- und Schreibaufträge an Alfred -, dann über die Mordfälle, das ungute Gefühl, das Alfred hinsichtlich der Figur von Joe Campta hatte und über Alfreds Recherchen rund um die Rothaus-Historie. Alfred breitete alles aus, was er wusste, was er vermutete und was er sich nicht erklären konnte. Anna verblüffte ihn mit zwei handfesten Ratschlägen: „Du musst diesen Marketing-Kerl, diesen Agentur-Campta, einfach mal eine Weile beobachten. Dann findest du vielleicht heraus, wer die rothaarige Frau mit dem Hund war. Und außerdem musst du noch einmal die Witwe Böckler besuchen. Die weiß bestimmt noch mehr. Zum Beispiel, wie ihr Mann an diesen Joe Campta geraten ist. Und in welchem Zeitraum ihr Mann in den USA war. Was er dort alles herausgefunden hat."

Das leuchtete alles ein. Alfred versprach, die Ratschläge zu befolgen. Obwohl das Thema spannend war, und obwohl er nicht wollte, dass Anna bald ging, musste er gähnen. Sein Körper verlangte nach Schlaf. Anna, die Rücksichtnahme in Person, zahlte ihren Tee und kündigte ihren Abschied an. Alfred begleitete sie noch vor die Tür des Dennenbergstübles. Er wusste, dass jetzt die Gelegenheit gewesen wäre, dass er sie jetzt hätte küssen müssen. Stattdessen verkündete er aber nur: „Ich gehe noch mit raus, eine Zigarette rauchen." Damit war der Zauber schon verdorben.

„Melde dich, wenn es was Neues gibt!", forderte sie ihn auf. „Du hast ja meine Nummer! Und viel Glück bei der Wohnungssuche, das ist ja deine größte Baustelle zurzeit!" Dann machte sie sich auf den Heimweg.

Alfreds größte Baustelle! Wenn Anna wüsste! Sie selbst war ja auch eine Baustelle. Hätte er sie nach Hause begleiten sollen? Was bin ich doch für ein dämlicher Sack, verfluchte er sich selber. Dann ergriff die Müdigkeit mit einer solchen Macht von ihm Besitz, dass er nicht einmal mehr seine Zigarette zu Ende rauchte. Ein Bett! Das Bett im ehemaligen Kinderzimmer! Einen anderen Gedanken hatte er nicht mehr. Den Schlaf dieser Nacht, den hatte er sich redlich verdient.

Anderntags fuhr er ausgeruht und mit dürftigem Handgepäck, das er sich in aller Frühe und zum Verdruss des schlaftrunkenen Linus aus seinen Sachen in dessen Wohnung besorgt hatte, mit dem Zug nach Seebrugg und anschließend mit dem Bus nach Rothaus. Linus hatte geflucht, als er aus dem Bett geklingelt wurde: „Was fällt dir ein!" Sein Groll gegen Alfred war insgesamt noch nicht verflogen, was Alfred daran erkannte, dass er nicht zum Frühstück eingeladen wurde. Aber immerhin sah Linus ein, dass Alfred ein paar Sachen aus seinen Umzugskisten holen musste.

In Rothaus angekommen, quartierte Alfred sich in das Brauereigasthaus ein, was reibungslos funktionierte, da der Brauereichef ihn beim Hoteldirektor schon vorangekündigt hatte. Geschäftsführer Oliver Rumpf persönlich nahm Alfred in Empfang und brachte ihn mit der ironischen Bemerkung in Verlegenheit, er könne sich gerne wieder ein Jackett ausleihen. Diese kleine Spitze erinnerte Alfred nämlich daran, dass er das Leihjackett vom Festabend des Einzelhandels erstens zerstört und zweitens noch immer nicht zurückgebracht hatte. Alfred schaute zu, dass er schnell Aktivitäten entfaltete, die ihm die Flucht vor Rumpfs fröhlichen Anspielungen ermöglichte. „Ich mache einen Rundgang über das Brauereigelände", kündigte er an, als er nach dem Einchecken wieder an der Rezeption des Hauses vorbeikam und der frühen Morgenstunde zum Trotze von Oliver Rumpf gefragt wurde, ob er schon ein Schlückchen Black Forest Whisky zu sich nehmen wolle. Auch aus diesem Angebot glaubte Alfred eine zweideutige Anspielung herauszuhören. Wie es schien, hatte er bei Oliver Rumpf einen nachhaltig schlechten Eindruck hinterlassen. Aber so war das nun einmal, wenn man eine Nacht durchzechte und sich im Anschluss nur noch an Bruchstücke erinnern konnte.

Alfred verdrängte die unliebsamen Erinnerungen. In der Hoffnung, ein Rundgang über das Brauereigelände könne helfen, etwas Klarheit in seine Gedanken zu bringen, besichtigte Alfred zunächst noch einmal den Kinderspielplatz unterhalb des Brauereigasthauses. Eine einsame japanische Mutter stand alleine neben dem Wasserspiel und fotografierte von dort aus ihr verwöhntes Einzelkind, das trotz der Kälte in den mit Wasser gefüllten Holzrinnen und Gräben operierte. So wie es aussah, testete der höchstens fünfjährige Sprössling die Schwimmfähigkeit von Tempotaschentüchern.

Alfred maß in Gedanken die Entfernung zwischen dem Spielplatz und dem Sudhaus ab. Denk logisch, ermahnte er sich. Der festgebundene Hund sollte den Hausmeister ablenken. Also war alles, was im Brauereigebäude geschah, von langer Hand geplant gewesen. Auch der Mord. Der

Täter wollte irgendeine Information von Heinz Böckler, die im Zusammenhang mit dessen Recherchen stand. Er wollte sich diese Information mit Gewalt holen und anschließend Heinz Böckler aus dem Weg räumen. Anders machte die Sache mit dem Hund keinen Sinn. Aber der Täter hat die Information nicht bekommen und Heinz Böckler trotzdem umgebracht. Weil der zuviel wusste? Ja, so musste es gewesen sein.

Der kleine Japanerjunge forderte schreiend eine weitere Packung Tempotaschentücher. Die Mutter lächelte huldvoll und redete im Singsang ihrer Sprache auf den Knaben ein. Ihr Sohn war ein Prinz, sein Wille Befehl. Nur Tempotaschentücher gab es keine mehr. Schließlich opferte die Mutter eine Schachtel Ricola-Kräuterbonbons.

Was, wenn der Täter einen Helfer gehabt hatte? Oder eine Helferin? Vielleicht hatte die rothaarige Unbekannte den Hund angebunden, während der Täter bereits in der Brauerei war. Das schien Alfred plausibel. Er verließ den Spielplatz und folgte dem kleinen Bach, der das Wasserspiel speiste. Im Schutz einer hölzernen Besucherinformationshütte drehte er sich eine Zigarette.

Die beiden Polizisten, die sich von einem dahinter liegenden Parkplatz der Schutzhütte näherten, sah er erst, als sie vor ihm standen. Polizeirat Jens Beuge und Oberkommissar Siegfried Junkel. Beuge stand stramm im Wind wie ein Fregattenkapitän. Junkel war zerknautscht wie immer. Beider Regenmäntel flatterten im kühlen Wind. Die letzten Tage war es zwar etwas freundlicher geworden, aber die Aprilkälte im Hochschwarzwald trat insgesamt nur widerwillig ihren Rückzug an.

„Kommen Sie doch herein! Hier unter dem Dach ist es gemütlicher", lud Alfred die beiden Polizisten ein. Sie folgten

der Aufforderung. Junkel kramte seinen Tabak hervor. Seine Packung war so zerknittert wie der ganze Mensch. „Sind kürzlich nass geworden", erklärte er einen schon fertig gedrehten, abgebrochenen Klimmstängel, den er wie einen widerspenstigen Wurm aus der Packung zog.
„Sie haben uns gut weitergeholfen", lobte Jens Beuge, der sich neben Alfred stellte. Er überragte Alfred um einen Kopf. „Die Sache mit der Besitzübertragung der Brauerei, das ist wirklich ein Ding. Eine heiße Spur."
„Ich? Ich habe ...?" Alfred verstand nicht ganz. „Ich habe Ihnen doch gar nichts gesagt."
Beuge lachte klirrend: „Uns nicht. Das stimmt! Aber Sie haben ja all Ihre Schlussfolgerungen dem Herrn Brauereivorstand erzählt. Der hat uns aufgeklärt. Sehr interessant, wirklich." Jetzt kramte Jens Beuge ein mit militärischer Präzision zusammengefaltetes Stofftaschentuch hervor. Bedächtig faltete er es auseinander, während er weitersprach: „Wir haben das überprüft, in den Unterlagen von Heinz Böckler. Es stimmt alles. Mich wundert nur, wie Sie all diese Informationen so schnell zusammentragen und auswerten konnten. Die Akten waren doch nur ganz kurz in Ihrem Besitz." In dieser Feststellung steckte eine verborgene Frage, Alfred merkte es wohl. Jens Beuge nahm sich gründlich Zeit, um sich mit dem endlich entfalteten Taschentuch umständlich die Nase zu putzen. Dabei schielte er auf Alfred herunter. Er erwartete eine Antwort.
Alfred ignorierte die eindeutige Körpersprache des Ermittlers. Stattdessen fragte er: „Dann wissen Sie jetzt ja auch, was der Mörder gesucht hat?"
„Wir glauben, dass es um diese Besitzübertragung geht. Um die Originalurkunden", warf Oberkommissar Junkel ein, der fortwährend Tabakkrümel ausspuckte. „Jemanden

muss es geben, für den diese Originale besonders wertvoll sind."

Alfred fügte hinzu: „Und dieser Jemand war der Überzeugung, dass Heinz Böckler etwas über den Verbleib dieser Urkunden herausgefunden hat."

„Das hat er auch!", bestätigte Jens Beuge. Inzwischen hatte er sein Stofftaschentuch wieder akribisch zusammengefaltet und in der Manteltasche verstaut. „Heinz Böckler hat herausgefunden, dass der damalige Wirt der Brauereigaststätte …"

„Johannes Grüninger", warf Alfred ein.

„Stimmt. So hieß er. Dass dieser Johannes Grüninger die Urkunden auf dem Brauereigelände versteckt hat. Bis zu seinem Tod. Er starb 1902 im Alter von 84 Jahren."

Alfred entschied, dass er jetzt sein ganzes Wissen preisgeben konnte: „Johannes Grüninger muss irgendwie eine Vereinbarung mit der Domänenverwaltung oder vielleicht sogar mit der badischen Regierung getroffen haben, dass er diese Urkunden unter Verschluss hält und keinen Gebrauch davon macht." Als Jens Beuge ihn skeptisch musterte, fügte Alfred hinzu: „Das geht aus einem Brief hervor, der in den Akten steckt. Ein Brief aus Amerika, von Grüningers ehemaligem Mitstreiter Josef Hahn."

„Erzählen Sie weiter!" Jens Beuges Aufforderung enthielt etwas Bedrohliches. Alfred beschlich das dumpfe Gefühl, dass er sich gerade um Kopf und Kragen redete. Trotzdem fuhr er fort: „Diese gut versteckten Originalurkunden waren Grüningers Pfand und Lebensversicherung. Solange er diese Urkunden besaß und das Versteck niemandem verriet, war seine Position auf der Brauereigaststätte unangetastet. Nur so ist es zu erklären, dass er als ehemaliger Freischärler und als Vorsitzender eines Revolutionsvereins nicht sofort

nach der Niederschlagung der Revolution inhaftiert und verurteilt wurde. Jemand hielt seine schützende Hand über ihn. Vermutlich der damalige Domänenassessor Stüber."
Oberkommissar Junkel versuchte sein Glück mit einer neuen Zigarette, die schließlich als stark gebogenes Exemplar in seinem Mundwinkel hing. Während er sie mit einem mehrfach vergeblich klickenden Feuerzeug anzuzünden versuchte, nuschelte er dazwischen: „Wo hat der Kerl den blöden Wisch versteckt?" Endlich glimmte die Zigarette. Junkel tat einen tiefen Zug.
„Das ist die Kernfrage. Ich denke, Heinz Böckler wusste die Antwort und musste sterben, weil er seinem Mörder das Geheimnis nicht verriet." Während er dies sagte, deutete Jens Beuge auf das gegenüberliegende Brauereigebäude, auf die hohe Wandfront des Abfüllzentrums. „Dort war vor 150 Jahren das Fasslager!"
Als niemand dazwischenfragte, fuhr Beuge fort: „Wo hat Johannes Grüninger sich versteckt, wenn aus Karlsruhe Gefahr in Verzug war? Wenn hohe Regierungsbeamte in die Brauerei kamen?" Er gab die Antwort gleich selbst: „In einem leeren Fass! Er hat sich ein leeres Fass hergerichtet und ist tagelang darin untergetaucht."
„Sie meinen ...?"
„Ja, das meine ich. Wenn das Fass für diesen Menschen das ideale Versteck war, dann war es auch ein ideales Versteck für seine Papiere. Dort hat er die Sachen versteckt."
Etwas despektierlich kommentierte Oberkommissar Junkel: „Prima! Dann müssen wir jetzt nur noch das Fass finden, und schon haben wir das Rätsel gelöst."
Beuge schenkte ihm einen bösen Blick.
Vom Spielplatz her hörten sie in diesem Moment die vom Winde verwehten Rufe der japanischen Mutter. Vielleicht

rief sie nach ihrem Goldknaben? Vielleicht mahnte sie ihn, nicht bis zu den Knien in die Wasserbecken zu waten? Vielleicht beklagte sie auch nur, dass keine Tempotaschentücher mehr vorhanden waren? Egal, was immer sie auf japanisch gegen den Wind rief, es hörte sich für Alfred an wie Rufe, die er kannte, die in seinem Unterbewusstsein schlummerten. Jetzt kamen sie hervorgeweht, die Erinnerungen an diese Rufe: „Hilfe, Hilfe!" Das war es, was er in jener Nacht des Einzelhandels als Letztes gehört hatte, ehe er im Vollrausch weggedämmert war. „Hilfe, Hilfe!" Er hatte es nun ganz genau im Ohr.
„Jemand hat um Hilfe gerufen. Jetzt fällt es mir wieder ein."
Jens Beuge und Siegfried Junkel konnten zuerst Alfreds abruptem Themenwechsel nicht folgen. Aber Alfred lieferte die Erklärung: „In jener Nacht, als Manfred Noppel verschwand, da habe ich Hilferufe gehört. Ich hatte es vergessen. Aber jetzt hat mich diese Japanerin wieder daran erinnert. Es waren Hilferufe, eindeutig." Er schilderte die Einzelheiten, an die er sich erinnerte.
Jens Beuge bestand darauf, sofort die Örtlichkeit zu überprüfen. Er wollte wissen, ob Alfreds Zimmer zur Straße oder zum Hof hin gelegen hatte, wo Alfred sich genau befunden hatte, als er die Hilferufe hörte, ob die Zimmertür noch offen gestanden hatte oder schon geschlossen gewesen war, ob das Fenster geöffnet war, ob die Hilferufe eher aus dem Haus oder eher aus dem Freien gekommen waren. Also spazierten sie zusammen zurück zum Brauereigasthof und inspizierten gemeinsam das Zimmer, in dem Alfred seinerzeit genächtigt hatte. Oliver Rumpf schloss ihnen auf und erklärte sich anschließend bereit, einmal vom Gang aus, dann aus dem Treppenhaus, dann aus der Küche und zuletzt noch von draußen, nah am Haus und wei-

ter weg Richtung Parkplatz, jeweils laut um Hilfe zu rufen, so dass die Polizisten überprüfen konnten, wie unterschiedlich sich von den wechselnden Standorten aus die Hilferufe anhörten. Alfred musste dabei Einschätzungen liefern, welche dieser verschiedenen Hilferufe denjenigen am ähnlichsten klangen, die er in der fraglichen Nacht gehört hatte. Es lief auf jeden Fall auf Rufe hinaus, die von draußen gekommen sein mussten.

Jens Beuge öffnete das Zimmerfenster. Der Blick ging hinaus auf die Baugrube, aus der inzwischen kahle, mit Eisen gespickte Betonfundamente herauswuchsen. Ein kleiner Baustellenbagger mit der Aufschrift „GattiBau" arrondierte das aufgeworfene Erdreich. Der Kranfahrer stand mit seiner Fernbedienung am Grubenrand und ließ mit stoischer Ruhe und einer Zigarette im Mundwinkel am Haken seines Krans Metallmatten einschweben, die unten zwei Bauarbeiter in Empfang nahmen. Irgendwo röhrte die Trommel eines Betonmischers, ein Ingenieur stand mit Plänen am Rand.

„Das letzte Mal war da unten noch ein großes Loch", erinnerte Alfred sich. „Eine Baugrube mit Wasserpfützen drin."

Jens Beuge zog die Augenbrauen nach oben: „Könnte es sein, dass Manfred Noppel da hineingefallen ist und deswegen um Hilfe gerufen hat?"

„An jenem Morgen lag niemand da unten drin", erinnerte Oberkommissar Junkel seinen Kollegen. „Wir waren doch selber hier und haben den da" – er deutete mit einem Nicken seines Kinns Richtung Alfred – „aus dem Bett geholt!" Er ergänzte: „Das hätten wir sicher nicht übersehen."

TAPETENWECHSEL

Es führte kein Weg daran vorbei: Alfred musste in Freiburg und Emmendingen recherchieren, so wie Anna es ihm empfohlen hatte. Da er sowieso nach Freiburg musste, um sich bei der WG in der Wiehre um einen Platz zu bewerben, nahm er am nächsten Tag die Umstände in Kauf, die eine Fahrt von Rothaus nach Freiburg so mit sich brachten, wenn man keinen Führerschein besaß. Im Zug von Seebrugg nach Titisee, während er auf dem Laptop eifrig virtuell auf Leute eindrosch, die in diversen Blogs ihren Ärger mit ihrer Versicherung ausbreiteten, fiel Alfred ungefähr in Höhe von Schluchsee-Aha ein, dass er ja eine Kamera brauchte. Sein Plan war es nämlich, sich in Freiburg vor dem Bürohaus auf die Lauer zu legen, in dem sich Joe Camptas Agentur CleverMind befand. Dann wollte er alle rothaarigen Frauen fotografieren, die dort ein- und ausgingen, um mit Hilfe von Carola Hannes vom Löffinger Tierheim zu überprüfen, ob eine dieser Frauen vielleicht diejenige war, die im Tierheim den Hund abgeholt hatte. Das Problem war nur: Alfred besaß keine eigene Kamera. Zuletzt hatte er sich stets Linus' nagelneue 800 Euro teure Canon ausgeliehen. Aber das funktionierte diesmal nicht. „Alfred, für wie blöde hältst du mich?", fragte Linus am Telefon, als Alfred ihn nach der Kamera fragte. „Du fährst schnurstracks zum Pfandleiher nach Freiburg, ich kenne dich doch." Alfreds eidesstattliche Versicherungen halfen nichts, Linus blieb hart. Immerhin redete er wieder mit Alfred und hatte auch eine erfreuliche Nachricht: „Die Bosse sind einverstanden. Du kriegst den Vertrag als Versicherungsdetektiv", verkündete er.

„Ich könnte doch das erste Monatsgehalt als Pfand hinterlegen", probierte Alfred es noch einmal. „So lange, bis ich die Kamera zurückgebracht habe."
Linus lachte herzhaft: „Soviel Schulden, wie du schon bei mir hast, da hilft mir kein Pfand mehr etwas. Oder doch! Immerhin steht ja noch dein Auto in meiner Garage. Das ist vielleicht noch etwas wert."
„Untersteh dich!"
Mit Linus kam Alfred nicht weiter. Der Zug ratterte bereits das Bärental hinunter. Da fiel Alfred Anna ein. Beim Hochschwarzwaldkurier gab es eine Redaktionskamera. Vielleicht war Anna bereit, sie ihm auszuleihen. Er hatte Glück und erwischte sie an ihrem Platz in der Redaktion. Sie hörte sich seine Geschichte an und machte keinen langen Umstände: „Steig in Titisee aus dem Zug und warte dort auf mich. Ich bringe dir die Kamera dort hin. Du kannst dann mit dem nächsten Zug nach Freiburg weiterfahren."
Auf der Fahrt von Neustadt nach Titisee musste Anna es sich dann irgendwie anders überlegt haben. Denn als sie Alfred am Bahnsteig Titisee in Empfang nahm, verkündete sie ihm sogleich mit ihrem Zuckerlächeln, dass sie beschlossen habe, nach Freiburg mitzufahren.
Er schüttelte den Kopf: „Niemals!"
Sie lachte und strich ihm fröhlich über das Haar, wie einem kleinen Jungen, dem man großmütig eine Lausbüberei verzieh: „Wehr dich nicht, du kannst es sowieso nicht verhindern. Ich habe die Kamera und ich fahre mit."
Sie erklärte ihm auch, als sie ihm wenig später im Zugabteil gegenübersaß, warum es eine gute Idee sei, dass sie ihn begleitete: „Sieh mal, Alfred, ich habe darüber nachgedacht. Du kannst nicht unerkannt vor diesem CleverMind-Haus fotografieren. Wenn dich dieser Joe Campta sieht,

vielleicht aus seinem Bürofenster heraus, dann weiß er doch gleich, dass du es auf ihn abgesehen hast. Aber mich kennt er nicht. Ich kann da herumlaufen wie eine Touristin und jeden knipsen, der in das Haus hinein geht oder heraus kommt. Das wird niemandem auffallen."
Ihre Überlegungen hatten etwas für sich. Außerdem sah sie hinreißend aus, wie sie sich begeistert in die Sache hineinsteigerte und dabei ihre Bäckchen ein zartes Rot annahmen. Sie saß ihm gegenüber, ihre beider Knie berührten sich, und Alfred fand, dass eine Frau in super engen Jeans aufpassen sollte, wie sie sich im Zug einem Mann gegenüber setzte, denn dieser Anblick war geeignet, einen Mann in Raserei zu versetzen. Was ihn nicht daran hinderte, ganz genau hinzugucken. Vorsichtshalber behielt er schützend sein Laptop auf dem Schoß, der sonst zu viel von seinen Fantasien verraten hätte.
Bis sie im Bahnhof Himmelreich angekommen waren, hatte Anna Alfred überzeugt. Sie einigten sich darauf, dass Alfred bereits beim Bahnhof Freiburg-Wiehre aussteigen sollte, um dort der Männer-WG seine Aufwartung zu machen, während Anna das Fotografieren am CleverMind-Gebäude beim Hauptbahnhof übernehmen wollte. Inzwischen tauchte auch ein Schaffner auf und Alfred zückte ohne groß nachzudenken seine Jahres-Regiokarte.
„Alfred! Was hast du da?" Annas empörte Frage ließ den Schaffner stutzen: „Wieso, stimmt etwas nicht?" Er hob die Regiokarte gegen das Licht, als handele es sich um Falschgeld, das zu überprüfen sei.
„Das ist die Jahreskarte vom Hochschwarzwaldkurier. Unsere Redaktionskarte. Die suchen wir schon seit Monaten."
Leider hatte Anna Recht. Und da der rechtmäßige Karteninhaber auf der Karte selbst vermerkt war, half auch kein

Leugnen. Alfred bemühte seinen unschuldigsten Gesichtsausdruck und stellte sich ganz doof: „Da muss ich aus Versehen ..."

Anna schnappte ihm die Karte aus den Händen des Schaffners weg: „Du bist doch unmöglich. Das ist Diebstahl!"

„Das ist ausgeliehen und lange nicht zurückgebracht", widersprach Alfred. Er legte seinen Laptop auf den Sitz und fischte nach der Karte in Annas Hand. „Komm, gib sie wieder her. Ich brauche sie doch wieder für die Rückfahrt."

„Kommt gar nicht in Frage." Anna wich Alfred aus. Es kam zu einem kleinen körperlichen Gerangel, bei dem sich ihre Arme kreuzten und verhakten und Alfred Anstalten machte, Anna auf den Schoß zu steigen. Ihre Gesichter kamen sich ganz nah. Die Nasenspitzen berührten sich. Sie sahen sich in die Augen. Anna bemühte sich, wütend zu schauen. Alfred bemühte sich um gar nichts, er schmolz dahin. Küssen! Jetzt küssen, befahl sein Männerhirn. Zu spät. Anna schob ihn mit beiden Händen weit von sich: „Setz dich wieder hin, Alfred!", befahl sie. „Die Karte bekommst du nicht mehr. Sei froh, wenn ich dich nicht bei Leuchter verpetze. Das Höchste, was ich für dich tun kann, ist, so zu tun, als hätte ich die Karte zufällig auf dem Grunde meiner Schreibtischschublade gefunden."

„Anna, Anna", bettelte Alfred. „Du weißt, ich habe keinen Führerschein. Ich darf nicht Auto fahren. Ich habe kein Geld. Ich kann mir keine Zugfahrkarte leisten. Ich bin aufgeschmissen, wenn ich diese Jahreskarte nicht mehr habe."

Was war es, was Anna erweichte? Alfreds treuherziger Blick? Seine ehrliche Verzweiflung? Ihre Sympathien für ihn?

Nein, etwas ganz anderes. Eine echte Überraschung, mit der sie jetzt so ganz nebenbei herausrückte: „Eigentlich

hast du Recht. Wieso soll ich mich so für den Laden verkämpfen, darauf kommt es doch jetzt auch nicht mehr an."
Sie hielt ihm die Jahreskarte hin.
„Www ... was .?
Anna lächelte: „Du kannst sie haben. Hier, nimm!"
Alfred griff sich die Karte. „Aber was hat das zu bedeuten? Was hast du eben gesagt? Worauf kommt es nicht mehr an?"
Mit einer beiläufigen Geste strich Anna sich ihr Haar nach hinten: „Ach, habe ich dir das noch nicht gesagt?" Sie legte eine Pause ein. Alfred starrte sie mit offenem Mund an.
„Ich werde den Hochschwarzwaldkurier verlassen."
„Nein!" Alfred entfuhr dieses „Nein" wie die Luft einem Heißluftballon. „Du verlässt ..." Das war ja eine Hammernachricht. Dachte sich Alfred. Die eigentliche Hammernachricht kam aber erst noch: Anna ergänzte: „Ich wechsle zur Badischen Zeitung. Da wird was frei, in der Lokalredaktion in Neustadt!"
Jetzt war Alfred völlig sprachlos. Den Mund hatte er immer noch geöffnet. Sein Verstand arbeitete: Anna zur BZ, eine freie Stelle in der Lokalredaktion. Na prima! Und was hatte man ihm auf seine Bewerbung geschrieben? Sie kommen auf die Warteliste! Ihre Bewerbung ist interessant? Wir melden uns, sobald etwas frei wird?
Eine Welt brach zusammen. Wieder einmal!
Alfred sank in seinen Sitz. Am liebsten hätte er sich unsichtbar gemacht. „Gratulation!", presste er hervor. Jeden weiteren Kommentar schluckte er hinunter. Welch eine Demütigung. Nicht dass er Anna diese Chance nicht gönnte. Aber es war seine Chance gewesen, seine Hoffnung. Und nun löste sie sich gerade in Luft auf. Jetzt begriff Alfred auch, warum Anna darauf bestanden hatte, mit ihm in den

Zug zu steigen und nach Freiburg zu fahren. Nicht wegen der Kamera und der Fotos. Das hatte sie nur als Vorwand vorgeschoben. Um ihm die Nachricht persönlich zu überbringen, das war der Grund, warum sie sich nicht hatte abschütteln zu lassen. Gott sei Dank erreichte der Zug bereits Freiburg. Alfred hätte kein unbefangenes Gespräch mehr führen können. Anna tat so, als bemerkte sie nichts. Sie plauderte gekünstelt über Belanglosigkeiten. Als sie endlich in den Bahnhof Freiburg-Wiehre einfuhren, stieg Alfred nicht aus, sondern er ergriff die Flucht. „Warte nicht auf mich, wenn du fertig bist", rief er noch über die Schulter. „Es kann vielleicht länger dauern!" Er bemühte sich erfolgreich, so schnell zu verschwinden, dass er keine Antwort mehr entgegennehmen musste. Aber Anna antwortete so oder so nicht. Sie sah ihm bekümmert nach. In gewisser Weise litt sie fast mehr als Alfred.

Zwei Seitenstraßen vom Wiehre-Bahnhof entfernt befand sich das Haus mit der WG. Es handelte sich um eine große Jugendstilvilla, drei Stockwerke hoch, mit riesigen, hufeisenförmigen Fenstern, Erkertürmchen und einem Portal als Eingang, der geeignet war, Staatsbesuche einzulassen. Es handelte sich um ein Eckhaus, unmittelbar an der Straße, ohne Vorgarten, ohne Zaun. Der Hauseingang befand sich an der Seite, man musste erst drei breite Buntsandsteinstufen erklimmen, bis man vor der Tür stand. Drei Klingeln an der Tür, für jedes Stockwerk eine. Neben der obersten Klingel stand „Schiller". Das war die Adresse. Wollte Alfred hier wohnen? Er sah sich um. Eindeutig war er ins späte 19. Jahrhundert geraten. Ohne die Autos am Gehwegrand hätte die ganze Häuserreihe in dieser Straße zu Kaiser Wilhelm gepasst. Mächtige Kastanienbäume warfen finstere Schatten. Entlang der Hauswände reihten sich Kolonnen

von Fahrrädern aneinander, was Alfred als ein Zeichen dafür nahm, dass in diesen Häusern viel junges Studentenvolk wohnte. Entschlossen drückte er auf den Klingelknopf. Nichts geschah. „Es ist immer jemand da", hatte jener Schiller gesagt, mit dem Alfred telefoniert hatte. Jochen Schiller. Alfred klingelte erneut. Diesmal hielt er den Finger lange auf dem Klingelknopf. Es regte sich nichts.
Alfred kramte den Zettel mit der Telefonnummer hervor. Er wählte. Nach dreimaligem Läuten meldete sich eine Stimme: „Joy! Was gibt's?"
Joy? Das war nicht Schiller. „Hallo, ist dort Jochen Schiller?"
„Nein, ich bin's, Tim! Jochen ist nicht da."
„Hallo Tim. Ich bin Alfred, und ich wollte die Wohnung besichtigen. Ich habe mich bei Herrn … äh, bei Jochen angemeldet. Ich stehe unten vor der Haustür, aber niemand macht auf."
„Hast du geklingelt?"
„Mehrfach!"
„Sorry! Ich habe nichts gehört. Ich sitze vor dem Computer. Warte einen Moment, ich lass dich rein! Du musst ganz nach oben, dritter Stock!"
Na also! Alfred zog die schwere Eingangstür auf und erreichte schließlich durch ein großzügiges Treppenhaus, in dem es streng nach Putzmittel roch, die Wohnung im obersten Stockwerk. Die Tür stand offen. Keine Spur von einem Tim. Alfred betrat den geräumigen Hausflur, von dem mehrerer Zimmertüren abgingen, die bis auf eine alle geschlossen waren. Aus der offenen Tür drang Schlachtenlärm und das oszillierende Flackern eines Computerbildschirms. Hier war Alfred richtig. Auf einem breiten Schreibtisch gleißte eine ganze Front von Monitoren und warf abgehackte Lichtfetzen in den sonst abgedunkelten Raum. Vier Bild-

schirme standen nebeneinander, und auf allen Vieren fand gerade ein intergalaktischer Sternenkrieg statt, bei dem unzählige Blitze zuckten und schwer bewaffnete Raumflotten durchs Universum zischten. Ein Alien saß davor, mit dem Rücken zur Tür. Das Wesen war breit wie ein Unimog, ein großer, unförmiger Fleischklos, unter dem der Schreibtischstuhl, auf dem das Ding saß, nur zu erahnen war.
„Tim?", fragte Alfred unsicher.
„Moment noch", sagte der Alien. Er war unglaublich fett. Er musste von einem Planeten stammen, auf dem völlig andere Schwerkraftverhältnisse herrschten, als auf der Erde. Als er sich mit seinem Drehstuhl zu Alfred umwandte, ging der Stuhl um ein Drittel in die Knie. Alfred blickte in ein teigiges Pfannkuchengesicht, bleich wie der Mond. „Hi, ich bin Tim!" Der Alien streckte ihm einen monströsen Tentakel entgegen, den Alfred beherzt ergriff. „Ich bin Alfred. Ich wollte mir die Wohnung angucken, das Zimmer, das hier frei ist."
„Ganz hinten im Gang, letzte Türe links. Ist offen! Rechts ist das Klo!" Tim besaß eine cremig weiche Stimme, die überhaupt nicht zu seinem Elefantenkörper passte. Während er mit Alfred sprach, bearbeitete er mit einer Hand bereits wieder die Computertastatur. Seine wurstigen Finger hüpften wie flinke Riesenmaden über die Tasten. Auf den Bildschirmen versanken unverzüglich ein paar überflüssige Galaxien zu Staub.
Alfred deutete zaghaft auf die Front der Bildschirme: „Was spielst du da, Krieg der Sterne?"
Tim verneinte, indem er seinen dünn behaarten Kürbiskopf im Zeitlupentempo hin und her bewegte: „Ich spiele nicht. Ich programmiere. Das ist meine neueste Erfindung. Heißt ‚Andromeda'. Geile Sache. Willst du mal sehen?"

Als Alfred sich nicht gleich wehrte, demonstrierte Tim quer über seine vier Bildschirme hinweg eine ganze Reihe von Spielfunktionen und Schlachtszenarien. Der Clou des Spiels liege darin, dass beliebig viele Spieler online mitspielen könnten, weltweit. ‚Andromeda' werde ein Hit auf dem digitalen Spielemarkt, da sei er sich ganz sicher. Er müsse lediglich noch einen Hersteller finden, der bereit sei, das Spiel zu vermarkten. Tim lud Alfred ein, selbst einmal eine Raumflotte ins Verderben zu steuern, was diesem schnell und gründlich gelang. „Siehst du, eine echte Herausforderung. Da werden sich einige Freaks die Zähne ausbeißen", freute sich Tim.

Lichtjahre später durfte Alfred endlich das freie Zimmer besichtigen. Der leere, weiße Raum wirkte gigantisch groß, hoch wie eine Kathedrale. Man würde Möbel brauchen. Ein Bett, einen Schrank. Der Fußboden bestand aus Holzparkett, an der Decke prangte ein barockes Stuckgeviert und das mannshohe, zweiflügelige Fenster ging zur rückwärtigen Seite des Hauses in einen verwilderten Garten hinaus. Alfred war entzückt. „Wann kann ich einziehen?", fragte er, als er zu Tim zurückkehrte.

„Sofort! Wenn Jochen einverstanden ist. Der hat die Wohnung gemietet. Wir sind nur seine Untermieter."

„Wer ist wir?"

„Ich und Hugo und du, falls du einziehst."

Alfred fragte nach Hugo, aber Tim wupppte dazu nur mit den fleischklopsigen Schultern und meinte: „Du wirst ihn schon kennen lernen."

Sie unterhielten sich noch eine Weile. Alfred gab ein geringfügig geschöntes Bild von sich selbst ab und hinterließ die Visitenkarte „Journalist – Redakteur – Autor". Tim kniff seine Knopfaugen zusammen und studierte die Karte.

„Hatten wir noch nie", kommentierte er. „Klingt interessant."

Tim stellte sich selbst als Informatikstudent vor, welcher nebenbei geniale Computerspiele programmiere. „Außerdem", so flüsterte er verschwörerisch, „bin ich Hacker!"

„Hacker?"

„Ja! Pentagon, Mossad, Nasa, Bild-Zeitung, was du willst, ich komme überall rein. Kürzlich habe ich Bernie Ecclestones Formel 1-Netz geknackt."

Alfred staunte. Er deutete auf die vier Bildschirme: „Hier?"

„Klar! Geht alles über einen Virtual Server mit endlosen RAM-Ressourcen, eigenem Datacenter und natürlich häng ich an leistungsfähigen Backbones. Soll ich es dir mal erklären?"

„Nein, nein, nein!" Alfred wehrte ab. Er verstand sowieso nur Bahnhof. „Kannst du auch private Computer hacken?"

Der beleidigte Ausdruck auf Tims Mondgesicht sprach Bände. Alfred hob abwehrend die Hände: „War nur ne Frage, sorry."

„Wem willst du denn mal in die Unterwäsche gucken?"

„Unterwäsche?"

„Na ja, ins Eingemachte, ins innerste Geheimfach, ins Zentrum. Gibt es jemanden, den du mal auf Herz und Nieren überprüfen willst?"

Alfred überlegte kurz. Anna? Nein, das kam ihm schäbig vor. Leuchter? Langweilig. Polizeichef Beuge? Das war schon besser. Doch dann hatte er den Geistesblitz: „Ja! Da gibt es jemanden. Joe Campta. Joe Campta, hier aus Freiburg. Leitet eine Marketingagentur. CleverMind. In der Bismarckallee. Wenn du über den was herausfinden könntest …"

Tim machte sich Notizen mit einem Bleistiftstummel, der in seinen wurstigen Fingern vollkommen verschwand.

„Bis wann?", fragte Alfred.

„Ich ruf dich wieder an. Muss erst mal sehen. Kann vielleicht ein paar Stunden dauern."

Ein paar Stunden. Alfred hatte mit Tagen gerechnet. Er schaute mit wachsender Anerkennung auf Tim. Wenn der Fettklotz wirklich solche Talente besaß, alle Achtung.

Gerne hätte Alfred es noch erlebt, dass Tim sich erhob und seine ganze Monstrosität zur Schau stellte, aber den Gefallen tat ihm der Fleischberg nicht. Er rollte lediglich auf seinem Schreibtischdrehstuhl bis zur Zimmertür und deutete über den Flur: „Dort drüben ist die Küche. Kannst du auch mal besichtigen." Nachdem Alfred einen Blick in den Raum geworfen hatte, der so groß war, dass ein Lastwagen hineingepasst hätte, stand endgültig für ihn fest: Hier würde er einziehen. Die Berge von ungewaschenem Geschirr, die sich auf der Spüle und dem Herd stapelten, schreckten ihn nicht ab. Dafür gefielen ihm der mächtige Holztisch in der Mitte der Küche, der Platz für Arturs Tafelrunde bot, und der riesige verschnörkelte Küchenschrank, der bis unter die Decke reichte und eine ganze Wand einnahm.

„Ich werde dich empfehlen", versprach Tim, als Alfred sich verabschiedete. „Jochen hört auf mich. Wenn ich ihm sage, du bist ok, dann kriegst du das Zimmer."

NACHLASS GRÜNINGER

Alfred verspürte keinerlei Neigung, sich nach der Wohnungsbesichtigung wieder mit Anna zu treffen. Vermutlich wartete sie jetzt am Hauptbahnhof auf ihn. Aber er konnte ihr jetzt nicht unbefangen begegnen. Jedenfalls heute nicht mehr, wo die Nachricht noch so taufrisch war. Es nagte gewaltig in Alfred, dass Anna scheinbar mir nichts dir nichts genau jenen Job bei der Badischen Zeitung bekommen hatte, auf den er selbst so scharf gewesen war. Wie war das möglich? War seine eigene Bewerbung so schlecht gewesen?
Er wollte nicht mit Anna streiten, obwohl er eifersüchtig auf ihren Erfolg war und sie beneidete. Gleichzeitig fühlte er sich von ihr hintergangen. Sie hatte ihm nichts davon gesagt, dass sie sich bei der Badischen Zeitung beworben hatte. Das Luder. Womöglich war er selbst nur deshalb nicht zum Zuge gekommen, weil Anna mit im Rennen gewesen war. Der Gedanke war unerträglich. Mit dieser schwärenden Wunde an seinem Ego war es auf jeden Fall unmöglich, sich mit ihr jetzt wieder in den Zug zu setzen und zurück in den Hochschwarzwald zu fahren. Er überlegte, welche Ausrede sie akzeptieren würde. Sollte er behaupten, er habe noch an der Uni zu tun? Womöglich kam sie dann auf die Idee, ihn dabei zu begleiten.
Er überprüfte auf dem Laptop seinen E-Mail-Eingang. Noch keine Nachricht von Anna. Eine Mail von Linus, die er ungelesen in den Papierkorb verschob.
Planlos schlenderte er Richtung Innenstadt. An der Günterstalstraße stieg er in die Straßenbahn ein. Dank Regio-Jahreskarte konnte er beliebig spazieren fahren, nicht nur überall in der Region, sondern auch mit der Straßenbahn in Frei-

burg. Er stieg ein und überließ sich melancholisch dem Zufall.So landete er schließlich in Zähringen, auf der anderen Seite der Stadt, wo ihn ein Hinweisschild an der stadtauswärts führenden Schnellstraße auf den zündenden Gedanken brachte: Emmendingen!

Er würde nach Emmendingen fahren und der Witwe Böckler nochmals einen Besuch abstatten. Vielleicht war sie diesmal etwas gesprächiger. Es gab da noch einige offene Fragen. Gesagt, getan!

Die Witwe Böckler empfing ihn überraschend leutselig, als er schließlich nach fast zwei Stunden und einer Straßenbahn- Zug- und Busodyssee endlich im Zentrum für Psychiatrie in Emmendingen angelangt war.

„Es ist hier wie in einem netten Ferienhotel", erklärte sie munter. „Man bekommt alles abgenommen, das ist das Schönste. Man muss an nichts denken." Sie sah besser aus, als bei Alfreds letztem Besuch, wach und zuversichtlich. Ihre Bäckchen hatten eine erfrischend rote Farbe bekommen und nichts deutete darauf hin, dass sie als depressive und trauernde Witwe therapiert werden musste. Offensichtlich war sie auch nicht nachtragend, denn sie freute sich über Alfreds Besuch.

Da die Witterung es zuließ, schlug Alfred einen Spaziergang durch den Park des Psychiatrischen Zentrums vor. Die Witwe Böckler willigte ein. Sie erkundigte sich nach dem Stand der Polizeiermittlungen und forschte nach, ob Alfred bei seinen Recherchen vom Fleck gekommen sei: „Sie kommen doch sicher auch nicht nur, um einer alten Frau eine Freude zu machen, junger Mann, nicht wahr?"

„Das ist richtig!"

„Wenn Sie wieder von Karl Vogt anfangen wollen, bekommen Sie eine Ohrfeige!"

„Nein, nein, nein!" Alfred wehrte ab: „Ich bin aus einem anderen Grund gekommen."

„Also, heraus mit der Sprache! Was wollen Sie von mir wissen?"

Diese direkte Ansprache erwischte Alfred einigermaßen auf dem falschen Fuße. Er hatte sich eigentlich auf ein langsames, diplomatisches Herantasten eingestellt. Aber wenn schon? Dann mitten hinein: „Sie haben das letzte Mal, als ich hier war, so eine Bemerkung gemacht. Erinnern Sie sich? Sie haben gesagt, Joe Campta sei es gewesen, der Ihren Mann erst auf die Idee mit der Brauereichronik gebracht habe. Das habe ich nicht verstanden. Was meinten Sie damit?"

Die alte Dame antwortete nicht gleich. Sie schritten über einen Kiesweg. Ein paar Spatzen flatterten auf. Die Witwe Böckler hielt Abstand. Alfred hatte es nicht gewagt, ihr den Arm anzubieten. Er fühlte sich befangen in ihrer Gegenwart. Er schielte zu ihr hinüber. Sie schien zu überlegen. Er drängelte nicht.

Schließlich antwortete sie: „Ich musste gerade noch einmal kurz überlegen, wie das damals eigentlich alles angefangen hat. Es ist ungefähr drei Jahre her, höchstens. Heinz war gerade frisch pensioniert. Da brachte mein Mann eines Abends diesen Joe Campta mit nach Hause. Er hat mir nie gesagt, wie und wo sie sich kennen gelernt haben. Aber sie redeten nur über die Rothausbrauerei, und Joe Campta beschwatzte meinen Mann, diese Chronik zu erstellen. Das sei doch eine so spannende und ereignisreiche Zeit gewesen, damals, rund um die Badische Revolution, das müsse doch auch für die Brauerei von Wert sein, wenn jemand das alles mal ausführlich niederschriebe. So hat es angefangen."

Sie beschrieb noch weiter, wie Joe Campta zu immer häufigeren Besuchen kam, wie er in ihrem Haus ein- und ausging und immer ganz genau wissen wollte, was Heinz Böckler jeweils Neues herausgefunden habe. Heinz Böckler habe dann den Brauereivorstand von der Chronik-Idee begeistert und dafür gesorgt, dass schließlich Joe Campta mit seiner Marketingagentur den Auftrag erhalten habe, die geplante Chronik zu gestalten.

„Irgendwann hat der Heinz dann gemerkt, dass er zwar alle Fakten zusammentragen, aber die Geschichte nicht wirklich niederschreiben kann. Er besaß ja kein Schreibtalent. Als Kaufmann hatte er es immer mehr mit den Zahlen. Und so hat er dann jemanden gesucht, der professionell schreiben kann."

Alfred nickte. Das war der Zeitpunkt gewesen, zu dem er selbst in die Geschichte hineingezogen worden war.

„Ich glaube, das ist ihm aufgegangen, als er von Amerika zurückkam", sagte Elli Böckler unvermittelt. „Genau! Er kam von Amerika zurück und war furchtbar aufgeregt! Jetzt wird es spannend, jetzt wird es spannend, hat er damals gesagt."

„Er war extra in Amerika?", fragte Alfred.

„Aber ja doch! Sollen wir uns kurz hinsetzen?" Elli Böckler deutete auf ein Bänkchen. „Da!"

Alfred stimmte zu.

Als sie saßen, fuhr Elli Böckler fort: „Die Reise hat ihm Joe Campta bezahlt. Komplett! Alle Auslagen. Das war für Heinz etwas ganz Besonderes."

„Wissen Sie, wo genau er in Amerika war? Was er dort gesucht hat?"

Elli Böckler nickte. „Ja, ich erzähle es Ihnen. Aber ich muss etwas weiter ausholen. Da gab es doch diesen Wirt auf der Brauereigaststätte. Diesen seltsamen Kauz …"

„Johannes Grüninger, ich weiß", warf Alfred ein. „Der über 50 Jahre dort der Pächter war."
„Genau. Er starb 1902. Er war Mitglied im Männergesangverein „Liederkranz" in Grafenhausen. Den Verein gibt es heute noch."
Es schien Alfred, als übertriebe Elli Böckler es mit ihrer Ankündigung, „etwas weiter" auszuholen. Doch als sie fortfuhr, verstand er, warum sie so weit abschweifte.
„Bei diesem Gesangverein tauchte in den 1930er Jahren ein Enkel von Johannes Grüninger auf, der nach Amerika ausgewandert war, nun aber so etwas wie Ahnenforschung betrieb. Und dieser Enkel nahm damals alle Papiere und Unterlagen mit, die von Johannes Grüninger noch vorhanden waren. Joe Campta und mein Mann suchten aber schon die ganze Zeit vergeblich nach irgendwelchen Urkunden, von denen sie glaubten, dass Johannes Grüninger sie besessen hat. Als sie nun von diesem Enkel hörten, glaubten die beiden, dass dieser Enkel damals vielleicht die gesuchten Urkunden mit nach Amerika genommen hat. Und deshalb bezahlte Joe Campta meinem Mann die Reise in die USA."
Alfred beugte sich vor und tat, als dächte er nach. Die Witwe Böckler sollte nicht merken, wie elektrisiert er war. Ganz vorsichtig fragte er: „Und? Hat ihr Mann die gesuchten Urkunden in Amerika gefunden?"
Sie schüttelte bedächtig den Kopf. „Nein! Er hat die Familie jenes Grüninger-Enkels gefunden, der damals Ahnenforschung betrieben hat. Die Nachkommen besitzen ein großes Reiseunternehmen in Indianapolis. Sie wussten nichts von irgendwelchen Urkunden. Sie haben aber die Kiste gefunden, in der ihr Großvater die Ergebnisse seiner Ahnenforschung gesammelt hat. Und bei diesen Sachen hat

mein Mann dann den entscheidenden Hinweis gefunden. Es war ein einstmals versiegelter Umschlag mit einem handschriftlichen Vermächtnis von Johannes Grüninger. Vermutlich war es für Grüningers Kinder oder Enkel gedacht, aus irgendeinem Grund ist es aber bei seinen Sachen in Grafenhausen liegen geblieben, bis der Ahnenforscher kam."
„Was war das für ein entscheidender Hinweis?" Alfred platzte vor Neugierde.
„Wollen Sie ihn sehen?" Die Witwe Böckler stellte die Frage so beiläufig, als hätte sie gefragt: „Wollen Sie ein Bonbon?"
„Wie? Was sehen?" Alfred konnte seine Überraschung nicht mehr verbergen.
„Na den Brief. Diesen versiegelten Umschlag? Heinz hat eine Kopie davon mitgebracht." Sie nestelte in ihrer Handtasche.
„Sagen Sie bloß, Sie haben diese Kopie dabei?"
„Aber ja! Heinz wollte den Brief nicht zu seinen übrigen Akten hinzufügen. Das geht niemanden etwas an, hat er immer gesagt. Mein Mann war ja sonst nicht so ein Geheimniskrämer. Aber in diesem Fall ..." Sie brachte aus ihrer Handtasche einen braunen Umschlag zum Vorschein. Mit ihren zartgliedrigen Fingern öffnete sie die Verschlussklappe und zog zwei fotokopierte Blätter heraus. Ehe sie die Papiere an Alfred weiter reichte, sagte sie noch: „Ganz besonders wichtig war Heinz, dass niemand in der Brauerei von diesem Brief erfuhr. Er wollte es wirklich geheim halten. Aber das spielt jetzt wohl keine Rolle mehr ..."
Alfred nahm die Blätter und las. Es handelte sich um die Kopie einer Niederschrift aus der Feder des alten Brauereiwirtes Johannes Grüninger, datiert vom Januar 1902, also kurz vor seinem Tod. Auf der ersten Seite schilderte Grünin-

ger die Vorgänge, die während der Badischen Revolution zur Übereignung der Staatsbrauerei Rothaus an die Revolutionäre Grüninger, Kempter und Hahn führten. Dann hieß es: „Die notarielle Urkunde über die Eigentumsübertragung ist noch immer in meinem Besitz. Der Badische Staat hat unterschrieben. Für meine Nachkommen oder für die Nachkommen von Ernst Kempter ist diese Urkunde ein Vermögen wert, denn sie begründet ihren Anspruch auf die Brauerei. Mögen meine Enkel oder Urenkel davon vielleicht eines Tages einen Nutzen haben, ich selbst habe mich entschieden, dieses Dokument unter sicherem Verschluss zu halten, so lange ich lebe. Das Versteck befindet sich in meinem Fass, in das ich selbst mich immer geflüchtet habe. Ich habe hinter der mittleren Fassbohle in der Decke des Fasses einen Hohlraum geschaffen und dort die Besitzurkunde in Wachstuch eingewickelt und wohl verwahrt. Man wird die Sachen niemals finden, wenn man von dem Versteck nichts weiß. Da dieses Fass gut geschützt im uralten Gewölbekeller des Brauereigasthauses liegt, wird es dort auch die nächsten Jahrzehnte und Jahrhunderte gut behütet überdauern. Mögen meine Nachkommen entscheiden, ob sie eines Tages den Streit mit dem Badischen Staat auszufechten bereit sind. Von Rechts wegen gehört ihnen die Brauerei."

Alfred las die Passage ein zweites und ein drittes Mal. Die Witwe Böckler sah ihm dabei neugierig zu.

„Was sagen Sie?", fragte sie, als Alfred lange stumm blieb.

Er klopfte mit dem Handrücken auf die Blätter: „Das hat Johannes Grüninger geschrieben, nachdem die alte Brauereigaststätte abgebrannt und das neue Gebäude errichtet war. Der Brand war 1894, der Neubau entstand 1896."

„Ja? Und?" Elli Böckler schien nicht zu verstehen, auf was Alfred hinaus wollte.

„Begreifen Sie nicht? Wenn Johannes Grüninger dies 1902 schrieb, dann existierte der alte Gewölbekeller 1902 noch. Das neue Brauereigasthaus ist demnach auf dem alten Gewölbekeller errichtet worden. Vielleicht gibt es einen Zugang? Und irgendwo da unten stehen heute noch die Reste dieses Fasses. Das bedeutet: Wir können diese alten Dokumente finden." Alfred strahlte. Das war der Durchbruch.
Die Witwe Böckler fasste sich an die Stirn: „Jetzt verstehe ich, warum Joe Campta so aufgeregt war."
Alfred sah sie an. „Joe Campta?", fragte er konsterniert. „Was meinen Sie damit?"
„Joe Campta!", wiederholte Elli Böckler. „Er war furchtbar aufgeregt, nachdem er diesen Brief gelesen hatte. Er sprang auf und hat sich nicht einmal verabschiedet. Ist einfach davongerannt."
„Ist einfach davongerannt …?", stammelte Alfred ihr nach. „Wann?"
„Na heute Morgen, als er hier war. Er hat mich besucht, und da habe ich ihm den Brief gezeigt, genau wie Ihnen. Ist daran etwas falsch gewesen …?"

ENDSPURT

Die Fahrt mit öffentlichen Verkehrsmitteln von Emmendingen nach Rothaus dauert ungefähr so lange, wie ein Flug von Basel nach Rom. Alfred saß auf Kohlen, während er in heillos überfüllten und überhitzten Bussen und Zugabteilen ausharrte und die Minuten zählte. Wenn Joe Campta von Grüningers Nachlass und von der Existenz des Gewölbekellers wusste, dann war klar, warum er es so eilig gehabt hatte. Er war hinter den Dokumenten her, soviel stand für Alfred schon lange fest. Vermutlich war er nach seinem Besuch bei der Witwe Böckler unverzüglich nach Rothaus hinauf gefahren. Vielleicht schnüffelte er dort inzwischen bereits im Keller herum.

Eine genervte Mutter mit drei Kindern zwängte sich im Zug zu Alfred auf die Sitzbank. Einen Säugling trug sie vor sich in einem Tuch, das zweite Kind saß ihr auf den Schoß, das dritte quetschte sich zwischen die Frau und Alfred. Alle drei Kinder hatten grässlichen Hunger, was man an ihrem Geschrei erkannte.

Alfred bemühte sich um Gelassenheit. Nur die Nerven nicht verlieren. Die Mutter verteilte an ihre Kröten Apfelschnitze, die sie aus einer Plastikschüssel fischte. Ein Apfelschnitz landete auf Alfreds Hose. Er schob ihn unauffällig dem Knirps neben sich hinter den Rücken. Dann klappte er sein Laptop auf. Eine Mail von Anna: „Hi, Alfred. In zwei Stunden haben nur zwei rothaarige Frauen das Haus verlassen. Anbei die Fotos. PS.: Ich maile beide Fotos an Carola Hannes vom Tierschutzverein. Sie soll sich melden, wenn sie darauf die Frau mit dem Hund wiedererkennt."

Alfred öffnete den Dateianhang. Das Foto der ersten Rothaarigen zeigte eine etwas in die Jahre und außer Form geratene Punkerin, deren Haarfarbe nur mit viel gutem Willen als rot durchging. Für Alfred war es mehr eine Magenta-Variante mit ein bisschen Pflaumenanmutung. Wenn das rot sein sollte, wie sah dann eine Erdbeere aus? Nein, diese Frau konnte man sicher ausscheiden, sie passte auf die Beschreibung von Carola Hannes auf keinen Fall.

Das zweite Foto zeigte Busen und Frisur! Joe Camptas Sekretärin. Rothaarig. Natürlich! Warum war Alfred eigentlich nicht selbst darauf gekommen. Ich Idiot, so schalt er sich. Das war die aufgebrezelte Tussi, die ihn in der Marketing-Agentur CleverMind seinerzeit in Empfang genommen hatte. Er zoomte das Gesicht und den eindrucksvollen Oberkörper ganz groß auf den Bildschirm. Die Frau war jung, rothaarig und abgesehen von den Eycatchern, die sie im Pullover trug, vollkommen nichtssagend. Das püppchenhaft zurecht geschminkte Gesicht hätte man ein Allerweltsgesicht nennen können, von der Sorte, die man sah und sofort wieder vergaß, wären nicht die altmodisch hochtoupierten roten Haare gewesen. Das war es, woran Carola Hannes vom Tierschutzverein sich so nachhaltig erinnert hatte.

Was war damit bewiesen? Joe Camptas Sekretärin war die Frau gewesen, die den Hund im Tierheim Löffingen abgeholt hatte. Joe Campta schnüffelte hinter dem Vermächtnis von Johannes Grüninger her. Joe Campta hatte Heinz Böckler eine Fahrt nach Amerika bezahlt, damit dieser dort recherchiere. Joe Campta hatte die Witwe Böckler besucht und ihr das Geheimnis um den Gewölbekeller entlockt. Joe Campta hatte überhaupt erst die Idee von der Revolutionschronik in die Welt gesetzt. Alfred zählte im Geiste all diese Fakten zusammen und fügte noch ein paar ganz persönliche Eindrücke hinzu. Campta, der im Museum der Rothausbrauerei herumschnüffelte, Campta, der in Linus

Wohnung die alten Unterlagen fotografierte, Campta, Campta, Campta. Joe Campta, ein Mörder? Es war höchste Zeit, Polizeioberrat Jens Beuge anzurufen.

Vorher muss Alfred aber die Collage aus Apfelschnitzen und Apfelschalen von seiner Tastatur entfernen, die der Knirps neben ihm inzwischen dort angehäuft hatte.

„Eh Kleiner, das hier ist kein Mülleimer!", maulte Alfred absichtlich so barsch, dass der Kleine hoffentlich die nächsten Nächte schlecht träumte.

„Seien Sie doch nicht so grob", keilte die Mutter zurück. „Noah-Alexander wollte doch nur mit Ihnen teilen."

„Noah-Alexander soll seine feuchten Griffel von meinem Bildschirm nehmen", protestierte Alfred und nahm die kleinen, schmutzigen Finger des Kindes, um sie eigenhändig wegzuschieben.

„Fassen Sie mein Kind nicht an", keifte die Mutter. Vom Sitz gegenüber erhielt sie Schützenhilfe. Dort empörte sich ein älterer Herr: „Was sind sie bloß für ein Mensch. Das ist doch nur ein Kind. Können Sie keine Rücksicht nehmen?"

Alfred hatte keine Lust auf Zoff. Er erhob sich und kletterte über Mutter, Säugling und Noah-Alexander hinweg aus dem Sitz. Apfelschnitze kullerten zu Boden. „Seien Sie doch vorsichtig", jammerte die Mutter.

„Sie können mich mal!"

Alfred boxte sich durch den Mittelgang zum Ende des Abteils. Dort war es zwar laut wie in einer Fabrik und zugig wie auf dem Herzogenhorn, aber immerhin kinderfrei. Ein Radfahrer hatte sich hier breit gemacht. Sein Tourenfahrrad stand mitten im Gang. Er hielt es mit einer behandschuhten Hand am Sattel, die andere Hand krallte sich an einen Haltegurt an der Decke. Alfred bekam den Lenker ins Kreuz. Dieser Stehplatz hatte auch seine Mängel.

Alfreds Handy bekam keinen Empfang. Kein Wunder, im Höllental, wo der Zug alle paar hundert Meter durch Felstunnel rauschte. Alfred musste unbedingt Jens Beuge erreichen. Jetzt, wo sich plötzlich alles zu einem Bild fügte: Joe Campta und seine Jagd auf die Geheimdokumente von Johannes Grüninger.
Der Zug rüttelte und bockte, und speziell zwischen den Abteilen, wo Alfred sich befand, brauchte man dringend eine Hand, um sich festzuhalten und beide Beine für einen festen Stand. Alfreds Versuche, mit einer Hand den Laptop aufzuklappen und ihn auf dem Schenkel seines angehobenen und angewinkelten Beines zu platzieren, waren deshalb zum Scheitern verurteilt. Der Radfahrer beobachtete Alfreds Turnkünste mit desinteressiertem Gleichmut. Der Mann trug einen Fahrradhelm, dessen Kinngurt so straff festgezurrt war, dass er ihm das Kinn schier nach oben drückte, was dem ganzen Kerl einen Ausdruck militärischer Borniertheit verlieh. Alfred dachte: Wenn du wüsstest, wie dämlich du aussiehst. Kurz entschlossen platzierte er seinen Laptop auf dem Gepäckträger des Fahrrades: „Darf ich das mal hier abstellen?", fragte er, nachdem er es längst schon getan hatte. Der Radfahrer brachte so etwas wie ein Nicken zustande.
Wütend tippte Alfred auf seinem Handy herum. Der Zug hatte bereits Hinterzarten hinter sich gelassen, doch immer noch kein Empfang. Alfred musste wohl warten, bis der Zug Titisee erreichte.
Vor der Einfahrt in den Bahnhof Titisee begann die Zuglautsprecheranlage verheißungsvoll zu knistern. Alfred erwartete den üblichen Spruch: „Nächster Halt, Titisee!", aber er wurde enttäuscht. Stattdessen schnarrte eine vernuschelte Stimme: „Verehrte Fahrgäste, die Weiterfahrt nach Feld-

berg-Bärental bis Schluchsee-Seebrugg ist derzeit wegen umgestürzter Bäume auf den Gleisen leider nicht möglich. Wir bitten Sie, am Bahnhof Titisee auszusteigen und auf den Busersatzdienst umzusteigen. Sie müssen mit längeren Wartezeiten rechnen." Die Ansage wurde zweimal wiederholt. Dann verstummten die Lautsprecher wieder, nicht ohne vorher noch Geräusche wie eine Nato-Abhöranlage an der tschechischen Grenze abzusondern.

„Und mein Fahrrad?", fragte Alfreds Nachbar. „Was mache ich mit dem Fahrrad?" Da sich außer Alfred niemand in dem Zugzwischenabteil befand, fühlte Alfred sich angesprochen: „Vielleicht können Sie es ja im Bus mitnehmen?"

Der Radfahrer schaute betrübt drein. Sein militärisches Kinn zitterte: „Busfahrer nehmen nie Fahrräder mit. Das habe ich noch nie erlebt." Dann erklärte er Alfred umständlich, welch weiten Weg er von Titisee noch über Bärental bis nach Schluchsee vor sich habe, und dass er unmöglich das ganze Stück mit dem Fahrrad zurücklegen könne, deshalb unbedingt auf den Zugtransport angewiesen sei, und was die Bahn doch insgesamt für ein Schlamperladen sei. Alfred pflichtete ihm im Geiste bei, hörte aber nur mit einem halben Ohr zu. Ihn beschäftigte vielmehr die Frage, wie er es möglichst schnell nach Rothaus schaffen konnte. Dass ausgerechnet heute der Zug ausfallen musste. Standen die Ersatzbusse schon bereit? Fuhren sie auch gleich ab? Waren es überhaupt mehr als einer? Falls nur einer bereitstand, wie lange musste man dann auf den zweiten warten? Und dies alles ausgerechnet jetzt, wo Eile geboten war. Joe Campta durfte nicht ungehindert in Rothaus nach den alten Dokumenten fahnden. Was, wenn er sie fand und an sich nahm?

Unterdessen hielt der Zug bereits in Titisee. Die Fahrgäste strömten begleitet von einem wilden Hauen und Stechen auf den Bahnsteig, verteilten Ellbogenschläge und Bodychecks. Jeder wollte als Erster bei den Bussen sein. Alfred hatte mal wieder die Lumpenkarte gezogen, denn der Radfahrer nötigte ihn, bei seinem Fahrrad mit anzufassen und ihm zu helfen, es aus dem Zug zu hieven. Eingezwängt von der Menge, rücksichtslos zurückgedrängt und weggeboxt, lief es darauf hinaus, dass Alfred und sein Fahrradbegleiter die beiden Letzten waren, die aus dem Zug ausstiegen.

Der Fahrradtourist fasste sich an den Helm, als wolle er den Sitz überprüfen und erklärte: „Wenn Sie mein Fahrrad mal kurz halten, dann sprinte ich voraus und schaue, ob es einen Bus gibt, der mich mit dem Rad mitnimmt."

Alfred fand nicht einmal die Gelegenheit, zu erklären, dass ihn das nicht interessiere und er damit nichts zu tun habe, da stand er schon alleine mit dem Fahrrad auf dem Bahnsteig, und sein seltsamer Begleiter eilte auf stachligen Radfahrerbeinen hinter der Menge her nach draußen, um vor dem Bahnhof nach den versprochenen Bussen zu fahnden.

Alfred sah sich um. Niemand nahm Notiz von ihm. Er sah auf die Uhr. Das mit den Bussen konnte Ewigkeiten dauern, soweit hatte er die Deutsche Bahn inzwischen kennen gelernt. Die Zeit rannte davon. Es war bereits später Nachmittag, die Abenddämmerung kroch über den Hochfirst. Alfred kam ein verwegener Gedanke. Wo war der Radfahrer? Weit und breit nichts von ihm zu sehen. Alfred schwang sich auf den Sattel. Er lieh sich das Rad nur aus. Unsicher eierte er den ganzen Bahnsteig Eins entlang, bis unter dem Bahnhofsdach hinaus und dann weiter Richtung Park and Ride Platz. Dort kam er auf die kleine Teerstraße, die aus Titisee hinaus und am neuen Badeparadies, dem Wund-

Schwarzwaldbad, vorbei auf die alte Bundesstraße führte. Das Fahrrad verfügte über eine hypermoderne Gangschaltung mit ungefähr 250 Gängen. Es dauerte einige Zeit, bis Alfred das Prinzip verstanden hatte: Links drei große Ritzel, rechts sieben kleine Ritzel! Alfred strampelte. Den Laptop hatte er auf den Gepäckträger geklemmt. Fünf Kilometer bis Neustadt, leichter Rückenwind. Mit dem Fahrrad ein Klacks. Es ging nicht anders. Es musste sein. Kleine Gesetzesübertretungen inbegriffen.

Fahrraddiebstahl war ein Kavaliersdelikt. Autofahren ohne Fahrerlaubnis unter diesen Umständen auch. Alfred erreichte in weniger als acht Minuten, nassgeschwitzt wie ein Saunagänger, die Josef Sorg-Straße in Neustadt und dort Linus' Doppelgarage. Seine Raucherlunge pumpte und rasselte wie eine rostige Hundekette. Hustend förderte er einen mittelalterlichen Katarrh zutage. Mit zittrigen Fingern öffnete Alfred die Garage. Dort hatte er für die Dauer seines Führerscheinentzugs seinen roten Flitzer abgestellt. Den Zündschlüssel trug er bei sich, das war sein Talisman, auch in führerscheinloser Zeit.

Spielte es eine Rolle, dass der Wagen abgemeldet war? Wenn ich ohne Führerschein fahren kann, dann kann ich auch ohne Nummernschild fahren, entschied Alfred und ließ den Motor an. Was für ein herrliches Geräusch. Jetzt aber los. Höhere Gewalt rechtfertigte unkonventionelle Maßnahmen.

Der rote Flitzer freute sich über die Ausfahrt wie ein Pferd beim ersten Ausritt, nachdem es den ganzen Winter im Stall verbracht hat. Herrliche 220 PS trugen Alfred im Fluge auf die B500 Richtung Bärental, vorbei an allen LKW, an allen lahmen Touristen und an schnarchigen Rentnern, Hausfrauen und sonstigen Verkehrshindernissen, von Bärental in Rekordzeit nach Schluchsee, mit 120 Sachen durch den Ort, der um diese Jahreszeit zum Glück ausgestorben vor sich hin dämmerte, dann im Grand Prix-Modus bis Seebrugg, dort mit quietschenden Reifen einbiegen auf die Landstraße nach Grafenhausen, wo der rote Flitzer heftig ins Driften kommt, weil er im Abbiegen auch noch einen blau-weiß gestreiften PKW schneidet, der nun – was soll das? – sich direkt an Alfreds Hinterräder heftet. Auch noch mit Blaulicht und Martinshorn! Ein Polizeiauto! So ein Pech! Es gelang Alfred nicht, das Polizeifahrzeug die Kurven hinauf bis zur Rothausbrauerei abzuhängen. Er bog in die Auffahrt zum Brauereigelände ein und legte unmittelbar vor dem kleinen Treppenaufgang zum Hauptverwaltungsgebäude eine Vollbremsung hin. Der Wagen schlitterte über die Pflastersteine. Zündschlüssel abdrehen, Tür auf, hinausspringen – alles ging nicht schnell genug. Schon bremste mit ähnlichen Geräuschen und ebenfalls stinkendem Gummi der Streifenwagen, der Alfred verfolgt hatte, auf dem Hof und verstellte Alfred den Weg.

Polizeirat Jens Beuge konnte nicht nur Dachziegel mit den Handkanten zerschmettern und fünftausend Meter unter 18 Minuten laufen, er besaß auch eine Rennfahrerlizenz und nahm in seiner Freizeit an mörderischen Rallyes in Finnland und Irland teil, die er gelegentlich auch gewann. Von daher war es kein Wunder, dass Alfred ihn nicht hatte abhängen können. Der Polizeirat grinste fröhlich, als er zur Fahrertür ausstieg und auf Alfred zuging. Oberkommissar Junkel, der zur Beifahrertür herausgewankt kam, grinste nicht, sondern war grün im Gesicht. Aber beide Polizisten waren sich einig, als sie Alfred abfingen. Jens Beuge zeigte auf den roten Flitzer: „Dafür brauchen Sie eine richtig gute Erklärung!"

INDIZIEN UND BEWEISE

Alfred lieferte die Erklärung. In kurzen, abgehackten Sätzen berichtete er alles, was er herausgefunden hatte. Joe Camptas ganze Verstrickung in den Fall. Jens Beuge hörte aufmerksam zu. Siegfried Junkel nestelte unterdessen eine bereits fertig gedrehte Zigarette aus einer zerknautschten Packung. Er hob sie Alfred vor die Nase und bot sie ihm an. Alfred nahm das Angebot dankend an.
„Da!" Alfred deutete auf den Wagen, der an der Stirnseite der Brauereigaststätte stand, unmittelbar neben dem dortigen Seiteneingang. „Das ist Joe Camptas BMW."
Jens Beuge näherte sich interessiert dem Wagen. Alfred und Junkel folgten. In diesem Moment öffnete sich die Tür gegenüber beim Hauptgebäude der Brauerei und gemeinsam erschienen der Brauereivorstand und sein Oberbraumeister Max Sachs. Der Brauereichef trug einen dunklen Mantel und unter dem Arm eine abgegriffene Aktentasche. Auch der Oberbraumeister sah mit seinem Hut und im Mantel so aus, als befände er sich bereits auf dem Nachhauseweg. Alfred warf einen Blick auf seine Armbanduhr. Es war Feierabendzeit.
Jens Beuge winkte die beiden Brauereirepräsentanten zu sich her. Der Polizeirat deutete auf den blauen BMW mit den getönten Scheiben und erklärte: „Wir haben Grund zur Annahme, dass sich Joe Campta irgendwo auf dem Gelände befindet, vermutlich im Keller unter der Brauereigaststätte. Außerdem haben wir Grund zu der Annahme, dass er mit dem Mord an dem Pensionär Heinz Böckler etwas zu tun hat, ebenso mit dem Mord an der Hausbesitzerin Luise Ziegler in Neustadt, und ebenso mit dem Mord an dem verschwundenen Manfred Noppel."

„Dem mutmaßlichen Mord. Sie haben keine Leiche …", korrigierte der Brauereichef.

Der Polizeirat warf dem Brauereichef einen indignierten Blick zu. Aber die natürliche Autorität des Brauereivorstandes veranlasste Beuge, klein beizugeben: „Dem mutmaßlichen Mord an Manfred Noppel", wiederholte er. Dann fuhr er fort: „Wenn ich die Herren bitten dürfte, noch kurz bei uns zu bleiben. Vielleicht stehen wir kurz vor der Aufklärung des Falles. Ich hätte sie beide gerne dabei."

Der Rothaus-Chef und sein Braumeister nickten. „Wenn wir behilflich sein können, jederzeit", bot der Brauereichef an. „Hätten Sie etwas dagegen, wenn wir uns hinein begeben. Da wäre es vielleicht etwas freundlicher."

Alfred war dem Brauereichef dankbar für diesen Vorschlag, denn er zitterte in der heraufziehenden Abendkälte wie ein Hund ohne Fell. Er trug noch immer seine beim Fahrradfahren vom Schweiß klatschnass gewordenen Sachen, die jetzt unangenehm kalt und feucht an ihm klebten.

„Schaut euch mal das Kennzeichen an", forderte Siegfried Junkel, der rauchend beim BMW stehen geblieben war, die anderen auf. „FR-CM–1848"

Jens Beuge sah seinen untergebenen Kollegen an wie der Meister einen Lehrbuben. „Eine Freiburger Nummer", sagte er gedehnt.

„1848! Das Jahr der Badischen Revolution", triumphierte Siegfried Junkel. Er warf seine Zigarettenkippe mit einer fahrigen Bewegung von sich und deutete auf das Nummernschild: „Und das hier, CM, das steht bestimmt für CleverMind. CleverMind 1848!"

„Toll!" Der Spott in Jens Beuges Stimme hätte jeden anderen zum Schweigen gebracht. Nur Siegfried Junkel ließ sich davon nicht beeindrucken: „Mir sagt das, dass der Kerl von einer Idee besessen sein muss. Von einer Idee, die etwas mit der Badischen Revolution zu tun hat."

„Das ist schon einmal eine extrem heiße Spur, lieber Junkel", trieb Beuge seinen Sarkasmus weiter. Auf Alfred machte er den Eindruck, als wolle er speziell gegenüber dem Brauereivorstand unbedingt Souveränität demonstrieren. Irgendwie ging das aber schief. Der Brauereichef fand nämlich Junkels Schlussfolgerung gar nicht so abwegig: „Sie meinen diese Idee mit der Brauereiübereignung. Davon ist Joe Campta besessen. Dieses Thema verfolgt er so fanatisch?"

Als Jens Beuge sah, dass er die gewünschte Wirkung nicht erzielte, rettete er sich in schnarrende Befehle: „Also Junkel! Damit auch nichts anbrennt und der Kerl uns nicht durch die Lappen gehen kann: Nehmen Sie den Streifenwagen, und stellen Sie ihn direkt hinter den BMW, Stoßstange an Stoßstange! Verstanden? Und dann fahren Sie diesen roten, nummernschildlosen Sportwagen vor den BMW, ebenfalls Stoßstange an Stoßstange. Wir klemmen ihn ein. Wir gehen auf Nummer sicher." Er warf Alfred einen Blick wie ein Handkantenschlag zu, und Alfred wagte es erst gar nicht, sich doof zu stellen. Ohne Umstände rückte er seine Fahrzeugschlüssel heraus und warf sie Siegfried Junkel zu. Jens Beuge war noch nicht fertig: „Und dann Junkel, dann rufen Sie mal Verstärkung herbei. Melden Sie der Leitstelle, wir stehen vor einer Festnahme im Fall Böckler. Die sollen sich beeilen."

Er winkte Alfred, den Brauereivorstand und Oberbraumeister Sachs hinter sich her: „Folgen Sie mir! Mal sehen, ob der Fuchs wirklich in der Falle sitzt."

Gemeinsam betraten sie das Brauereigasthaus. Jens Beuge ging voraus. Durch den Seiteneingang erreichten sie einen

kleinen Flur, von dem eine Tür in die Brauereigaststätte führte. „Hätten Sie etwas dagegen, wenn ich mit Herrn Sachs im Hansjakob-Stüble warte?", fragte der Brauereichef. „Ich nehme nicht an, dass Sie bei einer eventuellen Festnahme auf meine Hilfe angewiesen sind."
Der Polizeirat: „Entschuldigen Sie vielmals." Erstmals erlebte Alfred Jens Beuge verlegen. „Ich habe gar nicht daran gedacht, dass Sie ja keine Polizisten sind. Das tut mir leid. Selbstverständlich! Warten sie im Nebenzimmer, im Hansjakob-Stüble. Ich mache mich auf die Suche nach Joe Campta!"
„Ich gehe mit!", verkündete Alfred.
An der Rezeption begegneten sie Hotelgeschäftsführer Oliver Rumpf.
„Joe Campta?", rief Jens Beuge schon im Näherkommen, und Oliver Rumpf , wie immer im lässigen Direktorenanzug, deutete in Richtung Treppenhaus, das zum Keller hinunter führte. „Der Kerl hat keine Ruhe gelassen, bis ich ihm den Keller aufgeschlossen habe." Rumpf zuckte entschuldigend mit der Schulter: „Der dreht dort unten jeden Stein um. Was sucht er bloß?"
Aus dem Kelleraufgang dröhnten dumpfe Schläge herauf, als wären Holzfäller am Werk.
„Ist das ein Gewölbekeller?", fragte Jens Beuge.
Der Hoteldirektor nickte.
Beuge forderte Alfred mit einer Kopfbewegung auf, ihm in den Keller hinunter zu folgen. Alfred klemmte seinen Laptop unter den Arm und stieg hinter Beuge her. Der Hoteldirektor schloss sich an und erklärte, während sie die Treppen hinunter stiegen: „Er ist seit über zwei Stunden da unten. Er hat gefragt, ob er die Wände abklopfen darf. Was sollte ich dagegen haben? Da alles voll gestellt ist mit Ge-

friertruhen, Schränken, Kisten und Fässern, muss er ganz schön schuften. Aber Sie hören es ja selbst ..."
Tatsächlich hörte man aus dem Keller die Geräusche einer Großbaustelle heraufdröhnen.
„Was auch immer er da unten treibt, es hat etwas mit Gewalt zu tun", mutmaßte Beuge. Durch einen steinernen Türbogen betrat er über die letzten Stufen die hell erleuchteten Kellergewölbe.
„Er hat sich zwei Baustellenstrahler ausgeliehen, von den Bauarbeitern draußen", erklärte Oliver Rumpf das gleißende Licht.
Im Keller herrschte Chaos wie nach dem Durchzug eines karibischen Tropensturms. Joe Campta hatte wirklich keinen Winkel ausgelassen. Gefriertruhen, Schränke, Regale, alte Aluminiumbierfässer, Holz- und Plastikkisten, alles stapelte sich in wilder Unordnung zu einem bizarren Sperrmüllberg, in dem die aufgescheuchten Spinnen und Kellerasseln panisch nach neuen Schlupflöchern suchten, während gleichzeitig sämtliche Wände des Kellers freigelegt waren. Ein paar zerfetzte Spinnweben hingen wie zerschlissene Vorhänge von der hohen Decke. Es roch nach modriger Feuchtigkeit und nach säuerlichem Bier aus dem vorigen Jahrhundert.
Inmitten all dieser Unordnung stand breitbeinig und mit dem Rücken zu den Neuankömmlingen ein völlig durchgeschwitzter Joe Campta und schwang einen riesigen Vorschlaghammer, den er wütend gegen die Kellerwand schlug. Viele große und kleine Löcher, abgeschlagene Mörtel- und Gesteinsbrocken und Risse und Brüche in der Wand zeigten an, wo überall Joe Campta schon gewütet hatte.
„Hallo Joe Campta", rief Jens Beuge in den Keller hinein.

Campta hielt mitten im nächsten Schlag inne, so dass der Schwung des großen Vorschlaghammers ihn beinahe von den Beinen gerissen hätte. Camptas Gesicht glänzte von Schweiß. Seine schwarzen Designerhaare hingen ihm wirr und nass in die Stirn. Sein Blick hatte etwas Gehetztes, auf Alfred wirkte er panisch.

„He, ey! He! Hallo Kommissar!" Joe Campta brachte ein bleckendes Grinsen zustande. Er ließ den schweren Hammer, den er bis dahin noch hüfthoch in der Schwebe gehalten hatte, schwer auf den Boden knallen. „So eine Überraschung!"

Jens Beuge genoss den Moment. „Suchen Sie ein Fass?", fragte er kalt. Es klang beinahe schadenfroh.

Campta verzog das Gesicht. Es war die Grimasse eines Ratlosen. Mit einer ausholenden Bewegung beider Arme präsentierte er den umgepflügten Keller: „Es gibt hier kein Fass. Das alten Bierfass von die Vergangenheit muss aber hier unten sein, in diesen Keller!"

Oliver Rumpf in Alfreds Rücken meldete sich zu Wort: „Seit ich hier bin, gibt es hier unten kein altes hölzernes Bierfass. Wenn je eines hier stand, dann ist es längst ins Museum gebracht worden."

„Warum klopfen Sie die Kellerwände ab wie ein Höhlenforscher?", wollte Jens Beuge wissen und deutete dabei auf die vielen Löcher, die von Camptas Hammerschlägen stammten.

„Es ist vielleicht ein zugemauertes Gewölben von früher dahinter. Das muss so sein", sagte Campta voller Überzeugung. Sein Brustkorb pumpte immer noch von der körperlichen Anstrengung, doch sein Blick hatte sich wieder gefangen und glich jetzt wieder dem eines lauernden Raubtieres. Er schien seine Chancen abzuwägen, vielleicht

ging er auch im Geiste durch, wie viel der Polizist möglicherweise wissen konnte. Alfred war sich sicher, dass Joe Campta nicht ahnte, wie eng die Schlinge sich bereits um seinen Hals zusammengezogen hatte.
„Dürfte ich Sie bitten, uns nach oben zu folgen?", fragte Jens Beuge ganz höflich, aber mit einem Nachdruck, der keine Ablehnung duldete.
„Und das Ding da", Beuge deutete auf den Hammer, „das lassen Sie bitte hier. Das brauchen wir oben nicht."
Campta schaute auf den Hammer, dessen langen Holzgriff er immer noch mit der rechten Hand umfasst hielte. Einen Moment lang schien er zu zögern, so als fiele es ihm schwer, die Waffe, die dieser Hammer darstellte, aufzugeben. Aber dann gab er doch dem Griff einen Stoß und warf damit den Vorschlaghammer von sich.
Jens Beuge richtete es so ein, dass Hoteldirektor Rumpf und Alfred voraus gingen und er selbst hinter Joe Campta den Schluss bildete. Eine Vorsichtsmaßnahme, falls Campta auf die Idee kommen sollte, auszubüchsen.
Aber Joe Campta folgte brav und ließ sich ohne Anzeichen von Verunsicherung in das Hansjakob-Stüble, das Nebenzimmer der Brauereigaststätte führen, wo bereits der Brauereichef und sein Oberbraumeister warteten.
„Da hätten wir ja alle wesentlichen Beteiligten zusammen", freute sich Jens Beuge. Er trug Oliver Rumpf auf, Getränke zu besorgen und zwang mit einem Handzeichen Joe Campta auf eine Bank. Das stellte er geschickt an, denn jetzt saß Campta mit dem Rücken zur Wand, vor sich einen Tisch, an dem alle anderen Platz nahmen wie ein Kreis von Geschworenen.
„Vielleicht gelingt es uns ja, gemeinsam Klarheit in diesen mysteriösen Fall zu bringen." Jens Beuge stellte sein Glas mit Mineralwasser direkt vor sich auf den Tisch. Dann trug

er vor: „Der ermordete Heinz Böckler fand heraus, dass es Besitzurkunden gibt, die beweisen, dass die Rothausbrauerei seit 1848 gar nicht mehr dem Staat sondern drei Privatpersonen gehört, beziehungsweise deren Nachkommen. Nach einem Besuch bei einigen dieser Nachkommen in Amerika fand er sogar heraus, wo sich diese Besitzurkunden befinden, nämlich in einem alten hölzernen Bierfass, hier auf dem Brauereigelände, im Gewölbekeller des Brauereigasthauses. Alles richtig soweit?"

Keiner wiedersprach. Alfred beobachtete, dass Joe Campta sich duckte und anspannte, wie ein Löwe vor dem Sprung. Camptas Blick blieb hinter einer gelangweilten Fassade misstrauisch. Seine Finger bewegten sich nervös auf der Tischplatte.

„Wer hat Heinz Böckler auf die Idee gebracht?", fragte Jens Beuge theatralisch, um nach einer Kunstpause die Frage selbst zu beantworten: „Sie! Joe Campta!" Er deutete mit dem Zeigefinger auf den Agenturchef. Campta zuckte zusammen.

„Wer hat Heinz Böckler die Reise in die USA bezahlt?" Wieder folgte eine Kunstpause. „Sie! Joe Campta!" Erneut zuckte Campa zusammen.

„Wer hat seine Sekretärin beauftragt, einen wild kläffenden Hund im Tierheim Löffingen zu besorgen, um mit diesem Köter den Hausmeister der Rothausbrauerei abzulenken?"

Diesmal zuckte Joe Campta schon vor der Antwort zusammen, die Jens Beuge kalt abschoss wie einen Armbrustpfeil: „Sie waren das, Sie, Joe Campta! Ihre Sekretärin hat den Hund besorgt!"

Campta wehrte sich: „Das ist einen ungeheurigen Beschuldigung!" Es klang allerdings etwas fade, ohne rechte Überzeugungskraft.

„Sie wollen mir damit einen Schuld behaupten!" Campta lehnte sich mit dem Rücken an die Wand der Gaststube, drückte seine Fäuste gegen die Tischkante und fixierte die Runde, die ihn eingekreist hatte.

Der Rothaus-Chef und Oberbraumeister Sachs staunten stumm und richteten erwartungsvolle Blicke auf Jens Beuge. Da musste ja nun eine Erklärung folgen. Alfred hingegen beobachtete Joe Camptas Hände. Sie umklammerten krampfhaft die Tischkante, dass die Knöchel sich weiß unter der Haut abzeichneten.

„So ist es", bestätigte Jens Beuge, jetzt mit harter Polizistenstimme. „Ich beschuldige Sie! Ich beschuldige Sie des Mordes an Heinz Böckler. Sie haben ihn umgebracht, weil er Ihnen nicht sagen wollte, wo die Besitzurkunden versteckt sind."

Joe Campta blieb stumm. Er starrte Jens Beuge hasserfüllt an, wie man einen militärischen Vorgesetzten anstarrt, von dem man getriezt, gedemütigt und gewaltsam unterworfen wurde.

„Könnten Sie uns vielleicht auch ins Bilde setzen?", fragte der Brauereichef höflich. „Ich kann Ihnen noch nicht ganz folgen."

„Sie haben Recht, ich muss etwas ausholen." Jens Beuge stand auf. Er stellte sich so, dass sich der Tisch zwischen ihm und Joe Campta befand. Eine Vorsichtsmaßnahme, wie Alfred vermutete.

„Heinz Böckler kam aus Amerika zurück und wusste plötzlich, dass es diese ominöse Besitzurkunde noch gibt und dass sie sich irgendwo in einem alten Fass befinden muss, im Gewölbekeller unter dem Gasthaus. Er wollte aus Gründen, die sich mir noch nicht erschlossen haben, dieses Versteck aber nicht seinem eigentlichen Auftraggeber, nämlich

Joe Campta, verraten. Warum nicht, Joe Campta? Was können Sie mit diesen Besitzurkunden anfangen? Wollten Sie die Brauerei vielleicht erpressen?"
Joe Campta schwieg. Jetzt schlich sich sogar ein leichtes Lächeln auf seine Lippen.
„Jedenfalls beschlossen Sie, Heinz Böckler das Geheimnis zu entreißen, notfalls mit Gewalt. Sie wussten, dass er nachts in der Brauerei an seiner Chronik arbeitete. Um ihm dort ungestört auflauern zu können, arrangierten sie die Sache mit dem Hund. Das sollte den Hausmeister ablenken. Zu diesem Zeitpunkt hatten Sie wahrscheinlich noch gar nicht die Absicht, Heinz Böckler zu töten. Sie wollten ihm nur einen Schrecken einjagen."
Während Jens Beuge sprach, schien es, als entspanne Campta sich. Er nahm einen Schluck Mineralwasser und machte eine neugierig interessierte Miene, als Jens Beuge weitersprach: „Heinz Böckler war aber störrisch, er ließ sich nicht einschüchtern. Es kam zu Handgreiflichkeiten, das hat die Obduktion ergeben. Dann muss es Heinz Böckler gelungen sein, aus seinem Büro zu fliehen. Sie verfolgten ihn bis ins Sudhaus. In seiner Not versteckte er sich in einem Braukessel. Aber das war keine gute Idee. Sie fanden ihn und schlugen ihn mit der schweren Taschenlampe ohnmächtig. Wahrscheinlich wollten Sie ihn immer noch nicht töten. Doch Heinz Böckler sank in den Maischesud und ertrank. Sie hatten keine Chance, den Leichnam wieder herauszuholen und irgendwo zu verstecken. Also flohen Sie und warfen die Tatwaffe in einen weiteren Braukessel."
Das war ungefähr der Tatverlauf, so wie ihn sich Alfred in den letzten Tagen selbst auch schon zusammengereimt hatte. Jetzt mischte er sich ein: „Und weil Joe Campta im-

mer noch nicht wusste, wo die Papiere versteckt sind, brach er in der nächsten Nacht in das Büro von Heinz Böckler ein!"

„Genau! Danke für den Hinweis", nahm Beuge wieder das Wort: „Aber auch diesmal kamen Sie zu spät. Denn die Kartons mit den Unterlagen waren bereits weg. Hier, bei ihm, bei unserem jungen Freund, dem forschenden Journalisten." Er deutete bei den letzten Worten auf Alfred. Alfred schien es dabei, als steckte in der Betonung von „dem forschenden Journalisten" eine gehörige Portion spöttischer Herablassung. Er schluckte seine Erwiderung hinunter. Jens Beuge fuhr fort: „Also, Joe Campta, deshalb brachen Sie auch bei ihm in der Wohnung ein. Denn Sie vermuteten ja noch immer, dass zwischen den Ordnerdeckel irgendwo ein Hinweis auf das Versteck zu finden sei."

„Das sind nur erfundenen Vermutungen", konterte Joe Campta. „Sie können das alles nicht beweisen."

Jens Beuge richtete erneut seinen inquisitorischen Zeigefinger auf Joe Campta: „Sie wussten, dass die Brauerei die Aktenordner an ihn gegeben hatte." Der Finger schwenkte zu Alfred hinüber. Joe Campta wehrte sich: „Wenn ich es gewusst habe, warum hätte ich dann vorher noch bei Heinz Böckler in die Büro einbrechen müssen?"

Jens Beuge blieb die Antwort schuldig. Fragend sah er zu Alfred. Der Einwand war berechtigt. Aber Alfred wusste auch keine Erklärung. Statt dessen mischte sich mit findiger Kombinationsgabe Oberbraumeister Max Sachs ein: „War es nicht so, dass Sie das mit den Akten erst nach dem Einbruch in Heinz Böcklers Büro erfahren haben?" Die Frage war an Joe Campta gerichtet. Sachs fuhr fort: „Ich war nämlich dabei, als Sie im Brauereimuseum darüber sprachen. Aber das war erst am Tag nach dem Einbruch. Und das würde doch erklären, warum sie erst bei Heinz Böckler einbrachen und dann in Titisee-Neustadt."

„Wo Sie gleich in zweierlei Hinsicht Pech hatten", nahm Jens Beuge den Faden wieder auf: „Die Kartons mit den Aktenordnern waren schon wieder weg, und außerdem kam ihnen die Hauswirtin Luise Ziegler in die Quere. Und sie haben auch diese Zeugin umgebracht. Mit dem Messingkerzenständer!"

Joe Campta blinzelte. Sein steifes Grinsen gefror zu einem bösartigen Zähnefletschen. „Sie können gar nichts von diesen Dingen beweisen. Nicht einmal ihre komische Hundengeschichte. Wie wollen Sie denn das beweisen, möchte ich wissen?"

Jens Beuge sah wieder Alfred an. Was ist, sagte sein Blick, Sie haben das mit der Sekretärin doch behauptet.

„Moment!" Alfred klappte sein Laptop auf. Vielleicht hatte Anna ja inzwischen die Bestätigung von Carola Hannes vom Tierschutzverein Löffingen erhalten. Mal sehen, ob ein entsprechendes Mail eingegangen war. Alle starrten ihn erwartungsvoll an, während der Rechner quälend langsam hochfuhr.

Endlich erschien die Benutzeroberfläche. Aber Alfred fahndete in seinem E-Mail-Postfach vergeblich nach einer Mail von Anna. Sie hatte sich noch nicht zurückgemeldet. Stattdessen blinkte eine neue Mail vom Absender „Timjoy@web.de" Timjoy? Alfred musste erst kurz überlegen. Aber klar! Das war Tim, das Fettmonster aus der WG in Freiburg-Wiehre. Den hatte er fast vergessen. Alfred öffnete die Mail. Die anderen am Tisch beobachteten ihn wie jemanden, der vor versammelter Familie die Weihnachtsgeschenke öffnet.

Alfred las stumm: „Hi, Alfred! Jochen ist einverstanden. Du kannst schon morgen einziehen, wenn du willst. Deine andere Sache habe ich im Netz nachgeforscht, das mit dieser Agentur und Joe Campta. Hier mal die Fakten: Die Agentur CleverMind gibt es erst seit drei Jahren. Keine Angestellten. Nur der Chef Joe Campta und seine Schwester, die heißt Lisa. Die Agentur hat kaum Aufträge. Nur Kleinkram. Wenn du Zahlen brauchst, kann ich liefern. Die beiden sind Amerikaner. Ihre Eltern besitzen eine Druckerei in Indianapolis. Sie sind Nachkommen deutscher Auswanderer. Irgendwann im vorvorigen Jahrhundert haben sie den Namen geändert. Ursprünglich hießen sie Kempter. Daraus wurde die amerikanisierte Version Campta. Hilft dir das weiter? Gruß, Tim!"

Alfred las den Text zweimal. Dreimal. Über den Rand des Monitors schielte er auf die erwartungsvollen Gesichter der Tischrunde. Campta statt Kempter! Das war ein Ding.

Joe Campta wischte sich einen Schweißtropfen von der Stirn. Ahnte er etwas? Fürchtete er eine Enthüllung?

„Na, was ist?", fragte Jens Beuge ungeduldig.

Alfred schob ihm vorsichtig sein Laptop mit dem aufgeklappten Monitor vor die Nase. „Hier, lesen Sie mal!"

Jens Beuge beugte sich über den Bildschirm. Er studierte den kurzen Text und schnaufte dabei wie ein Asthmatiker. Schließlich richtete Jens Beuge sich auf und verkündete: „Und es gibt auch ein Motiv!" Er ließ die Worte kurz wirken. Joe Campta zeigte keine Reaktion. Noch nicht. Beuge richtete wieder seinen Finger auf ihn: „Sie, Joe Campta, Sie haben ein Motiv. Sie sind ein Urenkel oder Ur-Urenkel von Ernst Kempter, dem ehemaligen Bauaufseher und Revolutionär. Und als solcher sind Sie sein Nachkomme und Erbe. Sie und Ihre Schwester, Sie beide haben es auf nichts Geringeres als die Rothausbrauerei abgesehen. Deshalb wollten Sie so hartnäckig diese Dokumente. Sie planten, ihre

Ansprüche auf die Brauerei geltend zu machen. Ist es nicht so?"

Stille!

Es schien, als hielten alle den Atem an. Joe Camptas Verstand arbeitete, man sah es an der pochenden Ader, die ihm auf der Stirn schwoll wie ein plötzlich zum Vorschein gekommener Wurm.

Jens Beuge reichte Alfreds Laptop zum Brauereichef und zu Oberbraumeister Sachs, damit diese beiden den Text des Mails ebenfalls lesen konnten.

Joe Campta schnaubte: „So, jetzt wissen Sie vielleicht, wer ich bin und warum ich für History der Brauerei habe interessieren. Das ist alles wahr, jawohl." Er zeigte eine entschlossene Miene, sein zuvor in sich zusammengesunkener Körper straffte sich wieder: „Aber ich bin kein Mörder. Und etwas anderes können Sie mir auch nicht beweisen!"

„Ich finde, die Beweise sind bereits ziemlich umfangreich, mein lieber Freund", erwiderte Jens Beuge. Er nestelte ein Funkgerät aus der Innentasche seines Jacketts. „Jedenfalls umfangreich genug, dass ich Sie festnehmen lasse."

Unterdessen hatten der Brauereichef und Oberbraumeister Sachs die Mail auf dem Monitor von Alfreds Laptop gelesen. Der Oberbraumeister zog ein Notizbuch hervor: „Kann ich mir das mal abschreiben?", fragte er Alfred.

„Na sicher!"

Joe Campta reckte den Hals, um ebenfalls einen Blick auf den Monitor zu erhaschen. Unterdessen schnarrte Jens Beuge ein paar zackige Befehle in sein Funkgerät, mit dessen Hilfe er Kontakt zu Siegfried Junkel vor dem Haus aufgenommen hatte. Max Sachs zückte seinen edlen, silbernen Mont Blanc-Kugelschreiber und fing an, den Mailtext abzuschreiben.

Joe Campta starrte auf den Oberbraumeister. Ohne Vorwarnung griff er plötzlich über den Tisch und riss Max Sachs den Kugelschreiber aus der Hand. Es war eine Affekthandlung, ein automatischer, empörter Reflex, für den Campta auch sogleich die Erklärung lieferte: „Hey, das ist meiner! Ich suche ihn schon lange. Wo haben Sie ihn mir weggenommen?"

Max Sachs schaute immer noch konsterniert auf seine Finger. Einen Augenblick lang schien es, als wolle er mit seiner mächtigen Pranke Joe Campta an den Kragen. Eine knisternde Spannung lag in der Luft, so dass sogar Jens Beuge aufmerksam wurde: „Was ist los?"

Max Sachs erhob sich und schob den Stuhl zur Seite: „Herr Polizeirat!"

„Ja? Was ist los?"

„Er war es!" Max Sachs zeigte auf Joe Campta.

Auch Campta sprang auf. Den Kugelschreiber hielt er wie einen Dolch vor der Brust, die Spitze auf Max Sachs gerichtet.

„Er ist der Mörder!"

Alle standen jetzt auf, auch der Brauereichef und Alfred. Ein Stuhl kippte um. Joe Campta beugte sich kampfbereit vor.

„So reden Sie doch, Mann!"

Max Sachs deutete auf den Kugelschreiber in Camptas Hand: „Dieses Stück habe ich im Sudhaus aufgelesen. Es lag dort auf dem Boden. Exakt an jenem Morgen, als ich Heinz Böckler fand. Ich habe den Stift eingesteckt und mir weiter nichts dabei gedacht. Aber nur der Mörder kann den Kugelschreiber verloren haben. Und er hat sich gerade selbst verraten ..."

Es gab nur diesen einen Sekundenbruchteil, in dem die Überraschung alle anderen lähmte, in dem die Aufmerksamkeit von Joe Campta ab- und auf Max Sachs hingelenkt war. Doch diesen einen Sekundenbruchteil nutzte Joe Campta, um auf die Bank zu steigen und mit zwei weiten Schritten quer über den Tisch hinweg an allen anderen vorbei zu fliehen. Er sprang geschmeidig vom Tisch in die Gaststube und erreichte bereits die Tür, noch ehe der überrumpelte Jens Beuge richtig reagierte. Campta riss die Tür auf, schlüpfte hinaus und verriegelte sie hinter sich. Dummerweise hatte von außen ein Schlüssel gesteckt. Jens Beuge rüttelte am Türgriff. Vergeblich! Die schwere Holztür war jetzt abgeschlossen, sie waren eingesperrt.

DAS FASS DES JOHANNES GRÜNINGER

Ein Karatemeister wie Jens Beuge kann vielleicht auch verschlossene Türen aufsprengen, indem er sich mit Anlauf und mit eisernen Schultern gegen sie wirft. Im Kino hätte das auf jeden Fall geklappt. Im Hansjakob-Stüble des Rothausbrauereigasthofes klappte es nicht. Jens Beuge donnerte zwar mit der Urgewalt eines Kampfstieres gegen die abgeschlossene Tür, aber diese bestand nicht aus Sperrholz, sondern war solide geschreinerte Handwerksarbeit. So kugelte er sich eher die Schulter aus, als dass er die Tür geöffnet brachte.

Jens Beuge rieb sich die malträtierte Schulter und fixierte die Tür abermals mit dem Todesmut eines japanischen Kamikaze-Fliegers. Ehe er einen neuerlichen Anlauf unternahm, schickte er per Funk Warnungen an Siegfried Junkel: „Joe Campta ist uns entwischt! Er hat uns hier im Gasthof eingesperrt. Pass auf, wenn er rauskommt. Ich fürchte, er ist gefährlich. Ende!"

„Wie? Was?" Beuge hielt das Funkgerät auf Abstand zu seinem Ohr. Es rauschte wie ein Langwellenprogramm des Deutschlandfunks.

„Woher soll ich das wissen, ob er zum Vordereingang oder zum Seiteneingang herauskommt? Vielleicht klettert er ja noch mal in den Keller hinunter. Pass auf jeden Fall auf seinen BMW auf. Früher oder später wird er versuchen, mit dem Wagen wegzufahren."

Das Gerät knatterte wieder, als hätte es außerirdische Signale eingefangen. Jens Beuge brüllte hinein: „Und sind die Kollegen schon da, die Verstärkung?"

„Hä? Was? Ja! Nein, noch nicht da? Wo bleiben die bloß? Was sagst du?"

Er presste das Funkgerät wieder an sein Ohr: „Nein, ich kann nicht sagen, ob er bewaffnet ist", brüllte er schließlich hinein. Dann drehte er dem Kasten den Saft ab und verstaute das brikettähnliche Gerät wieder in seiner Innentasche.

Alfred hatte noch nie verstanden, warum die Polizei sich nicht einfach ganz handelsüblicher Mobiltelefone bediente. Diese anachronistischen Funkgeräte aus der Zeit des Kalten Krieges passten doch überhaupt nicht mehr in die moderne Kommunikationswelt.

Jens Beuge senkte wieder den Kopf. Wollte er die Tür erneut rammen? Er kam nicht mehr dazu, denn Oberbraumeister Sachs unterbrach ihn in seiner Konzentrationsphase: „Wollen wir nicht einfach durch das Fenster nach draußen klettern?"

Irritiert schaute Jens Beuge auf und blickte sich im Raum um. Er schien überhaupt jetzt erst zu realisieren, dass es Fenster gab. Er räusperte sich ertappt, schüttelte die verrutschten Schultern seines Jacketts zurecht und schritt zum Fenster an der Seitenwand des Raumes. Es ging direkt auf die Brauereizufahrt hinaus, auf jene Gebäudeseite hin, wo auch Joe Camptas BMW stand. Und es ließ sich mühelos öffnen. Alfred und Max Sachs halfen Jens Beuge, die Blumenkästen mit den Stiefmütterchen abzuräumen, die hier bereits eisenhart dem winterlichen Frühling ein paar gelbe Blüten abtrotzen. Die Fenster befanden sich im Erdgeschoss und stellten für einen sportlichen Polizeirat wie Jens Beuge kein Hindernis dar, auch nicht in der Abenddämmerung, die inzwischen das Areal der Rothausbrauerei einhüllte. „Ich klettere nach draußen!", verkündete er. „Ich auch", schloss Hoteldirektor Rumpf sich an. Für Alfred war klar, dass er den beiden ebenfalls folgen würde, während der Brauereichef elegant verkündete: „Die Herren erwarten sicher nicht, dass ein älterer Herr wie ich sich diese Gymnastik noch zumutet. Wenn Sie erlauben, rauche ich in Ruhe eine Zigarette und bitte darum, dass einer der Herren in absehbarer Zeit zurückkommt und mir die Tür öffnet."

Just in diesem Moment brach draußen der Höllenlärm einer Baumaschine los. Irgendjemand hatte einen Bagger oder die Planierraupe auf der Baustelle vor dem Hotelgasthof in Gang gesetzt.

„Campta!", rief Jens Beuge, während er sich aus dem Fenster schwang. Alfred und Hoteldirektor Rumpf folgten ihm. „Ich gehe vorne wieder ins Haus und schließe das Hans-Thoma-Stüble wieder auf", rief Oliver Rumpf hinter Alfred und Jens Beuge her, die beide am Gebäude entlang in Richtung Baustelle stürmten.

Alfred blieb dicht hinter Jens Beuge. Zum ersten Mal sah er, dass der Polizist bewaffnet war. Von irgendwo aus den Innereien seiner zivilen Garderobe hatte Beuge eine Dienstpistole herbeigezaubert. Mit der freien Hand bedeutete der Polizeirat Alfred, hinter ihm zu bleiben.

Die gelben Scheinwerfer einer Planierraupe bohrten sich durch die heraufziehende Nachtschwärze. Die Raupe selbst rasselte wie ein Kettenpanzer über den Teer der Brauereiauffahrt Die grellen Lichtkegel der Raupe zielten genau auf den Streifenwagen, mit dem Siegfried Junkel dem BMW von Joe Campta den Weg versperrt hatte. Von Junkel war keine Spur.

„Mein Gott, Junkel wird doch hoffentlich nicht im Wagen sitzen?", stöhnte Jens Beuge, während er die Waffe in Anschlag brachte und unsicher in die gelben Scheinwerferbullaugen hinein zielte.

Gegen das gleißende Licht war nicht zu erkennen, wer die Raupe bediente. Aber Alfred glaubte sofort, dass es Joe Campta war.

Beuge presste sich an die Hauswand: „Der Wahnsinnige will den Streifenwagen mit der Raupe wegschieben. Er wird die Kiste zerquetschen."

Ohne groß nachzudenken erwiderte Alfred: „Ich versuche, hinter ihn zu kommen. Er wird nicht darauf achten, was in seinem Rücken geschieht."

Jens Beuge befahl Alfred, dazubleiben: „Spielen Sie nicht den Helden. Sie gehen nirgendwo hin. Bleiben Sie immer in meinem Rücken. Oder noch besser, verschwinden Sie ins Haus!" Beuge drehte sich bei dieser Aufforderung um. Doch Alfred war schon weg. Untergetaucht in die Nacht.

Alfred rannte um das ganze Gebäude der Brauereigaststätte herum. Von der Vorderseite vernahm er das grässliche Geräusch von schleifendem Blech auf Teer. Dazwischen die Schreie von Jens Beuge. Es rumpelte und krachte wie auf dem Autofriedhof, wenn die Schrottpresse in Aktion trat. Jetzt erreichte Alfred die rückwärtige Front des Hauses und dort die Baustellenabsperrung. Wo vor einigen Tagen noch eine metertiefe, offene Baugrube gewesen war, stand jetzt ein frisch betoniertes Fundament mit kahler Betondecke. Alfred drückte sich unter der Absperrung hindurch und eilte gebückt über das Areal. Eiserne Drahtstangen ragten empor und stellten sich wie Wachtposten in den Weg. Auf der anderen Seite, zum Brauereigebäude hin, sah er die Planierraupe hektisch rangieren. Wie hatte Joe Campta die Maschine zum Laufen gebracht? Vielleicht hatten die Bauarbeiter den Schlüssel stecken lassen. Alfred hatte keine Vorstellung davon, wie die Spielregeln auf einer solchen Baustelle waren, was er aber sah, das war ein dämonischer Joe Campta im Sitz des Führerhauses, der an den Hebeln und Knöpfen hantierte wie der Pilot im Cockpit eines Raumschiffes.

Alfred hatte keinen Plan. Was wollte er unternehmen? Die stählernen Ketten der Raupe frästen sich bei jeder Umdrehung in den Untergrund und warfen Brocken von Teer und Dreck von sich. Der Streifenwagen stand bereits schief und wies an der Fahrertür, da wo die Raupenschaufel aufgeprallt war, eine frische Einbuchtung auf, die quer von der Fußleiste bis hinauf zum Seitenfenster reichte. Campta rangierte zurück, dann schob er seinen Baustellenpanzer wieder nach vorne. Jetzt sah Alfred erst, was Camptas Problem war: Die schwere Schaufel der Planierraupe lag leicht nach vorne abgekantet direkt auf dem Erdreich auf, und immer wenn Joe Campta den Minibulldozer nach vorne bewegen wollte, gruben sich die krallenartigen Zähne der Raupenschaufel ins Erdreich und das ganze Fahrzeug bockte auf. Wütend rüttelte Campta an allen Hebeln, die er fand, doch die Schaufel wollte sich nicht bewegen. Das einzige, was Joe Campta deshalb blieb, war jedes Mal, ein Stück weiter rückwärts zu fahren und einen neuen Anlauf zu unternehmen.

Alfred hielt Ausschau nach einem schweren, sperrigen Stück Eisen, das er der Planierraupe vielleicht zur Blockade in die Ketten hätte werfen können. Aber ein großer Baustellen-Stromkasten, den er sich dafür aussuchte, war so schwer, dass Alfred ihn keinen Millimeter bewegt brachte. Er fluchte und schnappte sich eine Schaufel, die am Stromkasten lehnte. Mit grimmiger Entschlossenheit sprang er einige Schritte auf die rückwärts zuckende Planierraupe zu und warf die Schaufel zwischen die durchdrehenden Kettenglieder. Er kam sich vor wie ein Panzerangreifer im Prager Frühling. Es knackte kurz genussvoll, und schon flogen die Einzelteile des Schaufelstiels und das zerbeulte Schaufelblech schrapnellartig in alle Himmelsrichtungen davon. Alfred zog den Kopf ein. Das war keine gute Idee gewesen.

Wieder setzte die Planierraupe einige Meter zurück. Alfred musste sich in Sicherheit bringen. Das schwere Baustellenfahrzeug ratterte jetzt rückwärts über die frische Betondecke und hinterließ tief eingeschürfte Abdrücke. Die Betondecke erzitterte. Da Alfred die Baugrube im Rohzustand gesehen hatte, wusste er, dass sich darunter ein zwei Meter hohes Fundament mit Kellerhohlräumen befand. Trug die Decke das tonnenschwere, tobende Monster überhaupt? Noch ehe Alfred über diese Frage so richtig nachdenken konnte, gab der frische Beton mit einem explosionsartigen Bersten nach und krachte unter der Last zusammen. Die Planierraupe kippte nach links, ihre Kette auf dieser Seite fräste sich mit garstigen Geräuschen und funkenschlagend noch tiefer in die Bruchstelle, während die rechte Kette hilflos durch die Luft rasselte und wütend kleine Steinchen und Dreckfetzen davon schleuderte.

Alfred ging hinter dem Stromkasten in Deckung, in dessen Inneren es alarmierend knisterte und zischte. Plötzlich erhellte ein funkenstiebender Blitz die Nacht und aus dem Stromverteilerkasten schlugen helle Flammen. Alfred stolperte rücklings über ein Armierungsdrahtgestell und verheddert sich mit Füßen und Armen in dem rostigen Geflecht. Die Planierraupe sank unterdessen in einer Staubwolke durch die nun gänzlich durchgebrochene Betondecke in den Baustellenuntergrund, immer noch mit rasselnden Ketten und hektisch in die Nacht hinein blendenden Scheinwerfern. Joe Campta saß wie gelähmt im

Führerhaus und ließ das Unglück über sich ergehen. Mit einem letzten Donnern und Bersten brach die Betondecke in sich zusammen und verschluckte im Einsturz die waidwunde Planierraupe, die sich mit Kettengerassel um sich selbst drehte, als zöge ein Strudel sie in die Tiefe.

Aus der Ferne ertönte das Sirenengeheul der herannahenden Polizeiverstärkung. Die rettende Kavallerie! Sie kam gleichzeitig von Bonndorf, Schluchsee und St. Blasien herbeigeeilt. Im Brauereigasthaus herrschte inzwischen Festbeleuchtung. Überall aus den Hotelzimmern im Obergeschoss reckten die Gäste die Hälse zu den Fenstern heraus und wollten schaulustig am Geschehen teilhaben. Auch in der Brauerei selbst flammten Scheinwerfer auf. Zwei spätheimgekehrte LKW-Fahrer rangierten auf Geheiß von Siegfried Junkel ihre Gigaliner in die Brauereiauffahrt und versperrten so einen möglichen Fluchtweg.

Aber Joe Campta hatte auch so keine Chance mehr. Alfred stand am Rande der eingestürzten Decke und beobachtete, wie unten die röhrende Planierraupe weiterhin wütete, jetzt im Kellergeschoss des künftigen Anbaus, vorwärts und rückwärts, vorwärts und rückwärts. Jedes Mal demolierte die außer Kontrolle geratene Baumaschine ein Stück des Kellers, nach vorne eine Betonsäule, nach hinten die Rückwand. Beton rieselte, ganze Brocken schleuderten durch die Luft, zwei stählerne Baustützen gerieten in die Raupenketten und verhakten sich funkenschlagend ineinander wie zwei kämpfende Schlangen. Die martialisch rasselnden Kampfgeräusche der Raupe dröhnten vielfach verstärkt nach draußen, die tanzenden Scheinwerferlichter beleuchteten ihr zuckendes Aufbäumen wie eine Bühneninszenierung. Jens Beuge, der von Alfred unbemerkt neben ihn getreten war, brüllte Alfred ins Ohr: „Das Ding wird da unten so lange im Kreis herum wüten, bis es alles zusammengerissen hat."

„Campta kann es nicht abstellen. Er weiß nicht, wie man die Kiste abstellt", brüllte Alfred zurück. So war es! Während hinter ihnen der Stromverteilerkasten einen sprühenden Funkenvorhang in die Nacht zauberte und aus der Dunkelheit plötzlich von allen Seiten schwerbewaffnete Polizisten in diese festlich illuminierte Szenerie strömten und ihre Waffen auf das Loch in der Betondecke richteten, tobte unten im Loch der amoklaufende Riesenkäfer. „Gleich bricht die Wand zusammen", warnte eine Polizistenstimme. „Zurück! Bringt euch in Sicherheit!"

Die Warnung kam gerade noch rechtzeitig. Schon neigte sich der bisher noch stabile Teil der Betondecke in eine bedrohlich Schieflage, dann barst die Wand, gegen die die Planierraupe nun minutenlang so beharrlich angestürmt war. Metergroße Betonbrocken, zusammengehalten von verbogenem Armierungsstahl, kippten auf die Raupe, drückten das Dach des Führerhauses nieder, füllten die Schaufel und blockierten die kreischend aufbegehrenden Ketten. Gurgelnd würgte die Maschine ein paar letzte Protestgeräusche hervor, dann explodierte krachend irgendeine Eingeweide und schwarzer Qualm stieg aus dem lahmgelegten Panzer empor. Eine über und über mit Staub und Mörtelbrocken überzogene Gestalt kletterte unter artistischen Verrenkungen hustend und gegen den Rauch fuchtelnd unter dem eingedellten Führerhausdach hervor: Joe Campta. Es standen schon ein gutes Dutzend schwer bewaffneter Polizisten bereit, die ihn in Empfang nahmen.

Doch im Lichte der Raupenscheinwerfer tauchte noch eine weitere Gestalt auf. Aus dem Trümmerfeld der eingestürzten Betonwand krabbelte käfergleich ein Wesen, ein Mann.

Auf allen Vieren, geblendet, wackelig, unsicher, so kam die Gestalt zum Vorschein, jämmerlich wie ein nach Jahren der Einzelhaft aus der Zelle befreiter Häftling.
„Da! Was ... Wer ist das?"
„Hey, Sie!"
„Ein Mann. Wo kommt der denn her?"
Die Polizisten riefen und schrieen durcheinander. „Helft ihm doch auf die Füße", brüllte Jens Beuge in das Loch hinunter. Nur Alfred erkannte sofort, wer dort aus der Unterwelt zurück zu den Lebenden gekrochen kam: Manfred Noppel, der vermisste Funktionär des Einzelhandelsverbandes. Noppel sah aus wie ein nach Wochen geretteter verschütteter Bergmann. Sein Haar hing in wirren Fetzen um seinen kantigen Schädel, eine verkrustete Beule zierte die hohe Stirn, Abschürfungen am Nasenrücken und am Kinn zeugten von kürzlich erlittenen Sturzverletzungen, der einstige Festanzug hing zerknittert und feuchtschmutzig wie ein Sack auf seinen Rippen, und insgesamt wirkte Manfred Noppel wie der letzte Überlebende einer gescheiterten Amazonasexpedition.
Noppel winkte geblendet gegen das Scheinwerferlicht. Er krächzte: „Hilfe, Hilfe!" Das war so unnötig wie sonst noch etwas, denn schon standen zehn diensteifrige Polizeibeamte um ihn herum, um ihn gemeinsam aus der Bauschuttgrube zu hieven.
Jetzt erst sah Alfred, wo Noppel überhaupt hergekommen war. Er kam aus einer Öffnung gekrochen, die hinter der eingestürzten Betonmauer klaffte. Es war eine Maueröffnung in einer dicken Bruchsteinmauer, die hier verborgen im Untergrund lag. Eine Bruchsteinmauer, die zu irgendetwas dahinter gehörte, zu einem alten, längst verschütteten Gemäuer, zu einem alten Gewölbekeller. Alfred erleuchte-

te diese Erkenntnis wie das Scheinwerferlicht der Planierraupe die unterirdischen Hohlräume jenseits der Baugrube. „Das ist der alte Brauereikeller!", rief er Jens Beuge zu, der die Bergung Manfred Noppels mit einem Auge verfolgte, während sein Hauptaugenmerk auf Joe Campta gerichtet war, der gerade von einem halben Dutzend Polizeibeamten regelkonform in Handschellen gelegt und abgeführt wurde.

„Was haben Sie gesagt?"

„Das ist der alte Brauereikeller. Der Gewölbekeller von Johannes Grüninger. Dort!" Alfred deutete in die Grube hinunter, wo die zerstörte Bruchsteinmauer seltsam anachronistisch aus den eingestürzten Betonfragmenten herausragte. „Das Loch da, da geht`s hinein. Dahinter ist der Gewölbekeller." Alfred war ganz aufgeregt, aber Jens Beuge bremste ihn. „Langsam. Das läuft uns jetzt nicht weg. Zuerst hören wir, was Manfred Noppel zu sagen hat."

Mehrere Beamte brachten den völlig unterkühlten und leicht verwirrten Noppel ins Brauereigasthaus. Man führte ihn in das Hansjakob-Stüble, wo immer noch der Brauereichef und sein Oberbraumeister Max Sachs ausharrten.

„Ruft einen Krankenwagen", befahl Jens Beuge seinen Beamten. „Der Mann braucht ärztliche Betreuung, er muss in ein Krankenhaus."

Oliver Rumpf stellte heißen Tee vor Noppel auf den Tisch. Jemand legte ihm eine Wolldecke um die Schulter. Der arme Mann zitterte am ganzen Körper und blickte ungläubig in die Runde. Sein Antlitz war gezeichnet von den Strapazen, voller Schürfwunden, verkrustetem Blut, Dreck und Tränen. Die Entbehrungen einer fast zehntägigen Gefangenschaft standen ihm ins bärtige Gesicht geschrieben. Aller Augen waren auf ihn gerichtet, doch niemand wagte es, ihn anzu-

sprechen. Schließlich brachte Noppel selbst die spröden, aufgesprungenen Lippen auseinander: „Danke!", krächzte er. Was war geschehen?
Langsam, vorsichtig die Worte wägend und behutsam aussprechend, kam Noppel ins Erzählen. Zwischendurch, nach jedem halben Satz, nippte er an seinem heißen Tee und zog sich seine Decke fester um die Schultern: „Ich bin in die Baugrube gestürzt. In der Nacht, als ich meinen Geschenkkorb zum Auto bringen wollte. Es war so dunkel. Und ich war ... ich war ... ich war so ..."
„Besoffen!", half Alfred.
Noppel blickte auf und grinste müde: „Ja, kann man wohl sagen."
Er nahm einen neuerlichen Schluck Tee. Seine Hand zitterte, als er die Tasse wieder abstellte: „Ich habe noch um Hilfe gerufen, aber irgendwie bin ich dann bewusstlos geworden, oder eingeschlafen."
„Sie sind nicht nur in die Baugrube gestürzt, sondern dort durch ein Loch in den dahinter liegenden alten Gewölbekeller. Das muss der ehemalige Gewölbekeller des Brauereigasthofes sein", kombinierte Alfred.
Max Sachs pflichtete ihm bei: „Das hätten wir wissen können. Heißt es nicht in der Chronik, dass der alte Gasthof vor dem Brand von 1894 viel näher an der Straße stand?"
Alfred ergänzte: „Und durch die Bauarbeiten ist der seit damals unter Erdreich verborgene Keller ausgerechnet an jenem Tag kurz zum Vorschein gekommen, mit einer schmalen Maueröffnung, durch die Sie dann hineingestürzt sind."
Noppel nickte zaghaft. „Eine Erklärung", bestätigte er.
„Und am nächsten Morgen, als Sie noch Ihren Rausch ausschliefen, schoben die Bauarbeiter das Loch bereits wieder

zu und zogen dort die neue Betonmauer hoch", kombinierte Jens Beuge weiter. „Eingemauert für den Rest Ihres Lebens. Wenn nicht Joe Camptas Amoklauf gewesen wäre, steckten Sie immer noch dort unten fest."

Wieder nickte Noppel zustimmend. Er war zu schwach, um lange zu reden.

„Aber eines müssen Sie mir doch noch verraten", verlangte Beuge neugierig. „Wie haben Sie es geschafft, in diesem alten, kalten Keller fast zehn Tage zu überleben? Sie sehen zwar ramponiert aus, aber nicht verdurstet und nicht verhungert."

Ein schmales Lächeln schlich sich auf Noppels stoppelbärtiges Gesicht: „Luft kam immer rein, da war ein Spalt. Und ich hatte doch meinen Geschenkkorb! Badische Spezialitäten."

Einen Moment herrschte verblüfftes Schweigen in der Runde. Alfred fand zuerst seine Sprache wieder: „Dann haben Sie gegen den Durst Ihr Fünf-Liter Fässchen Rothaus-Bier geleert?"

„Zuerst habe ich den Breisacher Sekt getrunken", korrigierte Noppel. „Dann erst das Bier. Zum Schluss das Kirschwasser!"

„Unglaublich!", staunte Jens Beuge.

„Das schlimmste war die Kälte", setzte Noppel nach einigen weiteren Fragen und Rückfragen seine Erzählung fort. „Ich habe geschlottert dort unten, das kann ich Ihnen sagen. Zum Glück gab's ein bisschen Holz, und ich konnte zwischendurch sogar mal ein Feuerchen machen."

„Es gab Holz da unten?"

„Ja, erstaunlich. Nicht wahr? Irgend so ein altes Fass!"

Alfred und Jens Beuge sprangen fast gleichzeitig von ihren Stühlen auf. Ein altes Fass! Der Brauereichef sprach aus, was die anderen dachten: „Das alte Fass von Johannes

Grüninger. Das Fass, in dem er sich nach der Revolution immer versteckte."
War das möglich?
„Wir müssen hin", bestimmte Jens Beuge. „Sofort! Das müssen wir kontrollieren."
„Wenn das wahr ist, dann lag Joe Campta doch richtig mit seiner Vermutung. Dann gibt es die alten Besitzurkunden vielleicht doch noch", sponn Alfred die Überlegungen weiter.
„Möglicherweise eine unliebsame Entdeckung." Der Brauereichef dachte bereits politisch. Welche Komplikationen mochte es wohl auslösen, wenn tatsächlich Papiere auftauchten, die das Eigentum des Staates an der Brauerei in Zweifel zogen?
„Reden Sie von so alten Papierrollen, eingelegt in Wachstuch?", fragte Manfred Noppel, der interessiert dem aufgeregten Hin- und Her zugehört hatte.
„Ja, ja! Haben Sie die Sachen gesehen?" Jens Beuge packte Noppel an den eingefallenen Schultern und machte Anstalten, weitere Informationen aus dem armen Mann herauszuschütteln.
„Die waren versteckt in der Holzdecke des Fasses", bestätigte Noppel. Dort hing eine Planke lose herunter, deshalb habe ich das Holz von der Fassdecke zuerst verbrannt."
„Und dann sind Ihnen die versteckten Urkunden in den Schoß gefallen." Aufgeregt wie ein kleiner Junge drängte Beuge Noppel zu weiteren Auskünften.
Aber Alfred ahnte bereits, dass Noppel deshalb so schleppend antwortete, weil irgendetwas nicht stimmte, weil er noch irgendein Unheil zu verkünden hatte. Es war nur so ein Bauchgefühl. Aber Alfred täuschte sich selten. Noppel zögerte.

„Reden Sie!", forderte Beuge ihn auf.

Wie um Zeit zu schinden, trank Noppel einen weiteren Schluck Tee. Er richtete seinen gequälten Blick stur in die Tasse hinein, nur um niemandem in die Augen schauen zu müssen. „Es tut mir leid!", sagte er dann.

„Was tut Ihnen leid? So reden Sie doch, Mann!"

„Es war so eisig kalt da unten. Ich habe nicht nur das Fassholz verbrannt."

„Sie haben was?"

„Ich habe nicht nur das Fassholz verbrannt. Ich brauchte doch Papier, um das Feuer überhaupt in Gang zu bringen. Und so habe ich …, so habe ich …"

„Nein! Sprechen Sie es nicht aus!, warnte Jens Beuge entsetzt.

Doch Noppel sprach weiter. Es klang wie das Geständnis eines Massenmörders: „So habe ich diese alten Urkunden verfeuert. Ich wusste ja nicht, wie wichtig sie sind …"

EPILOG

Joe Campta gestand beim Verhör die Morde an Heinz Böckler und Luise Ziegler.

Manfred Noppel erholte sich schnell in der Helios Klinik in Neustadt und wurde nach zwei Tagen bereits wieder nach Hause entlassen.

Die morschen Reste von Johannes Grüningers Bierfass im alten Gewölbekeller wurden zwar geborgen, aber das nutzte nichts mehr. Bis auf das Wachstuch, in dem Grüninger einst die Urkunden versteckt hatte, war nichts mehr übrig geblieben, was an die revolutionären Geschehnisse von 1848 erinnert hätte.

Alfred zog mit seinen wenigen Habseligkeiten und einem Fahrrad nach Freiburg um und wurde Mitglied einer Wohngemeinschaft im Stadtteil Wiehre.

Bis auf einen gnädigen Strafzettel wegen Fahrens ohne Fahrerlaubnis kam er ungeschoren davon. Der rote Flitzer kehrte per ADAC an seinen Platz in Linus' Doppelgarage zurück.

Auf dem Postamt durfte Alfred einen Brief vom BAFÖG-Amt abholen. Der Bescheid auf seinen BAFÖG-Antrag.

Er rief Anna an: „Ich lade dich zum Abendessen ein! Mein BAFÖG-Antrag ist bewilligt."

Anna: „Super, Glückwunsch! Was kriegst du im Monat?"

Alfred: „39,80 Euro! Das reicht für ein Abendessen zu zweit im Dennenbergstüble!"

Schwarzwald-Krimis

Die im Dunklen sieht man nicht.
Höchstspannung um Mörder und Verbrechen
zwischen Kuckucksuhr und Tannendunkel.

Taschenbücher,
Paperback.
Je 8,80 €
im Buchhandel

Das Kirschtortenkomplott,
2008, ISBN 978-9-9811708-2-5

Das Morgengrauen,
2010, ISBN 978-3-9811708-6-3

SCHWARZWALD-KRIMIS

Die im Dunklen sieht man nicht.
Höchstspannung um Mörder und Verbrechen
zwischen Kuckucksuhr und Tannendunkel.

TASCHENBÜCHER,
PAPERBACK.
JE 8,80 €
IM BUCHHANDEL

DIE SCHWARZWALDFALLE, 1998
ISBN 3-9808633-7-9

KELTENKULT UND KUCKUCKSUHREN,
2003, ISBN 3-9808633-9-5

Sternwald Verlag